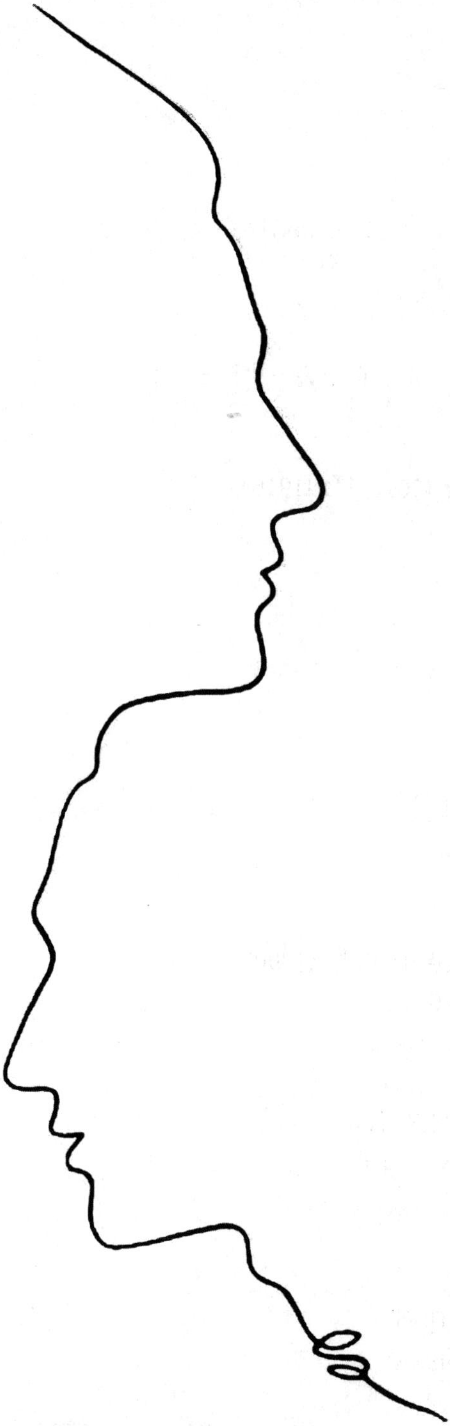

似笑非笑

沙玑 / 著

九州出版社 JIUZHOUPRESS | 全国百佳图书出版单位

图书在版编目（CIP）数据

似笑非笑 / 沙玑著. -- 北京 : 九州出版社, 2015.9

ISBN 978-7-5108-3983-2

Ⅰ. ①似… Ⅱ. ①沙… Ⅲ. ①长篇小说－中国－当代 Ⅳ. ①I247.5

中国版本图书馆CIP数据核字(2015)第241916号

似笑非笑

作　　者	沙玑 著
出版发行	九州出版社
出 版 人	黄宪华
地　　址	北京市西城区阜外大街甲 35 号 (100037)
发行电话	(010)68992190/3/5/6
网　　址	www.jiuzhoupress.com
电子信箱	jiuzhou@jiuzhoupress.com
印　　刷	三河市九洲财鑫印刷有限公司
开　　本	787 毫米 ×1092 毫米　16 开
印　　张	19
字　　数	260 千字
版　　次	2015 年 12 月第 1 版
印　　次	2015 年 12 月第 1 次印刷
书　　号	ISBN 978-7-5108-3983-2
定　　价	36.00 元

献给我一生的爱人

挚友 兄弟

笑非

我曾失去你

并将永远找寻你

序章

1

笑非含胸低头斜倚在铁栅栏门一侧的水泥柱子上，火柴头腾起的白光在他的左脸前晃动了片刻，烟头凝结的红色斑点犹自由弱渐强，再由强渐弱。他轻吐了一口烟，并不抬头，只是咧开一侧的嘴角露出了叼着烟的两三颗牙齿，悄无声息地做了一个似笑非笑的表情。

我心头一惊，竟似下意识地退了一步，雾渐渐散去，一阵风过，雨点细密而模糊地笼罩下来，我决定再也不见这个人，但此刻我仍然在等待着什么，然而那又是什么呢？一个回心转意的借口还仅仅是一个熟悉的眼神，甚或是一声不着边际的叹息？在我转身之前我什么都没有得到。

脚步在街角处突然减速，我的泪水奔涌而出，街灯亮起来，我被挤压得失去了维度的胸腔里爆发出阵阵雷鸣，撞击着胸口坚硬的皮肤轰隆作响，我险些跌倒，只好扶住一根灯柱，等待这阵昏厥慢慢消退。

雨丝依然粘黏在我所有裸露着的寒毛上，而额角却有大颗的水珠跌落下来。

我用毛巾胡乱抓弄着湿淋淋的头发从盥洗间走出来，心里想着是不是该去买瓶洗发水的问题时便抬头看见了他，他斜倚在门框上，仰着头磕着左手拇指的指甲，眯着双眼朝我扬了下下巴算是问候，我“嗨”了一声表示回应，扭头钻进斜对着他的门里。

宿舍里依然乱糟糟的，大多的行李都还没打开，我弯腰在床铺上翻我的皮箱，想找一件干爽的背心换上。紧赶慢赶靠窗的两个上铺还是被占了，而我又讨厌挨着门，索性择了朝东的一张下铺，至少免于清晨的阳光直射到脸上。

“嗨！”声音不大，但显然是冲着我的，其他的同屋还在和父母兄弟依依惜别，估计不吃过晚饭是不会回来的。我缩了脖子回头看去，果然是他，宽大的牛仔裤下一双塑料夹趾拖鞋，脚白得像在锅里煮过。“进。”我说。

“你也是汉语文的？”他问我，依然靠在门口。“嗯。”我有一搭无一搭地，好吧，就穿这件了，不算新，但还干净，我把一件半袖衫抽出来凑到鼻子底下闻了闻，还带着家乡阳光的香气么。“坐。”我把脖子从领口处伸出来，抻平衣襟，站直了说。他咧嘴一笑，露出洁白的一排牙齿，舌尖一抿抵在右侧的虎牙上，眯着眼看我。一阵寒气瞬间由脊柱升腾上来，我先他一步坐下，顺手指了指对面的床铺。

“我在对门，有空来坐。”他没有进屋，却转身出去了。

我忽然很想上厕所。

我发育得比较晚，第一次感觉异样翻过身把自己骇了一跳的时候已经是初中毕业的暑假了，我当时狼狈地扔掉手里的《封神演义》侧身面墙假装睡觉，虽然屋里一个人也没有，仍旧让我紧张得大汗淋漓。待得终于忍不住向我哥讨教时，竟被他一军钩踢在屁股上摔了个狗啃屎。“以后上床睡觉前把尿给我尿干净了！”他吼到。

这一踢非同小可，从此我便像落下了病根儿似的惧怕上床，每每困意袭来定要一拖再拖直到确定自己到了非上床不可的境地才懒洋洋爬到床上，却要辗转反侧细心揣摩两髋前膀胱那敏锐的压迫感，神经质地往返于床铺与厕所之间，不逼出最后一滴尿来绝不肯安然闭上双眼。至于白天趴在床上看书的好习惯从此也便从我的生命中消失了。

我哥比我大整整十岁，据我那素未谋面的父亲说，基于我哥的完美，我的诞生与存在皆属偶然，于是我哥便在我爹英年早逝之后顺利接手了我娘，当然还包括这个家。

“哥，给我五毛钱。”“滚犊子！”我想我对这个家及当初组建这个家的那个陌生的父亲缺乏感情不是偶然的。

青春期时幸得我哥住校读研，我才有机会把满腔怒火发泄在所有能读得到的文字上，而避免了许多精神和肉体上的创伤，至于我娘对其无与伦比的长子的朝思暮想，我也会聊胜于无地捎带化解，到我考上大学，我哥则刚好博士毕业回到了家乡。就冲这一点我决定不再记恨他了，我对自己说，至少他挺爷们儿的。

但决定并不代表一定，我和我哥及我哥掌管的那个家还是尽量拉开距离比较好，既然我是个多余的人，不如索性就待在这个被过多的多余的人充斥着的城市吧，于是，我仿佛如释重负般打定了主意，想尽一切办法留在这里，至于未来，就让未来去决定吧。

2

我抬头望着昏暗的天空，这深秋的细雨并不像来自这座北方的城市，如此毫无态度毫无表情地只一味粘在你身上，让你不能沉浸其中也休想摆脱得掉。而我的生命已经濒临严冬了么？我感到扶着路灯的手臂有些酸麻，也许该回家，家？我掏出手机，翻到那个熟悉的号码。

“今晚有空吗？我在云客等你，九点。”这显然不是一条征求意见的短信，我按下退出键长身靠在椅背上，阳光明媚的下午，楼下绿地上的几棵刚刚抽出嫩芽的柳树茸毛般的色彩填补着光线与光线之间的空隙，让被寒冬掠夺过的世界渐次饱满起来。忽然心情大好。

“如果是别人这个点儿约我我会以为她想跟我上床。”我盯着那双习惯半眯起来看人的大眼睛恬不知耻地说。十年风霜伤绿鬓，如今二十年过去了，她依然眉目如画。这个女人我爱过，现在还爱着，那已随时间慢慢消逝的疼痛感如今依然清晰，但我拒绝打开尘封的记忆，“醉生梦死”其实只是一个玩笑。

“也许有一天，我喝得太醉，想起我们年少时的那些美好，说不准真迷迷糊糊爬上了你的床。”她用同样的微笑回答我。“然后呢？”我自问自答，“从此从我的生命中消失？”“试试么？”“还是算了。”我搞不定这个女人，保持距离会让我更有安全感。

好在她从未用胜利者的姿态俯视过我，这让我感觉很舒服。“说吧，什么事？”我知道她喜欢这样直接的交流方式。她忽然沉下脸来，盯着半端起的茶杯半晌没有说话，我心头一紧，心想出事了。

“笑非失踪了，”她放下杯子盯着我，“我希望你找到他。”

我一时语塞，其实我可以用：为什么是我？当然是我。我可以。我愿意。我考虑——之类的话来掩饰我的失态，但我没有，我知道在她面前一切的掩饰都毫无必要。

“我想你会帮我，”她的声音忽然很遥远，“或者也是帮你自己。”

这是这座城市最高的一家咖啡厅，离地二百六十米，可惜她从来不喝咖啡。我们就这样肩并肩地站在环形落地窗前，俯瞰整座城市的灯光，那些静止的和移动着的。通常，站在如此高的地方，人们会下意识地寻找自己的家，但我知道我的目光投向哪里，她也一样。

分手时，我们彼此微笑告别，共同在一个城市里生活了二十年，我们依然不知道下次什么时候能再见。

3

笑非的闯入，让我的生活忽然间拥挤起来。你不知道他什么时候出现，也不知道他什么时候消失，所以你必须为他腾出足够的空间任他挥霍，再任他像风一样离开。

一天中午，我正和周公就紫微斗数阴阳相生讨论得热火朝天，他突然摸到我床上，一双冰凉的手恶狠狠地插到我腋下，我被惊得大喊出来，睁开眼看到他手舞足蹈地乱笑，就沉着脸骂道：“你有病吧！”其实这种恶作剧在宿舍里司空见惯，可我偏不知道什么原因发起火来，他突然收住了笑声，只是无辜地看着我，眼睛里亮晶晶的。我见他可怜，又不想服软，索性翻了身背对他，却听他轻轻地说了句：“你睡觉的样子真可爱。”我腾地转过身，使出全身的力气嘶吼道：“你丫能再恶心点吗？”他站起来走了，拖鞋啪啪地拍打着地面。

晚饭时他又出现了，全不顾身边拥挤的人群硬是在我对面挤出一个空位来坐下，若无其事地把饭盒摔在我面前，说：“来！吃丸子。”我没理他，他纳闷地抬起头问：“唉？你不是爱吃丸子吗？”我从来就不爱吃丸子，是你爱吃，因为你说这东西好，简单。

“打会儿球去？”回宿舍的路上他问。“累了，不去。”我说。“成，我自己去。”他说完就走远了，不多久，操场上传来一群二货女同学的尖叫声，我苦笑着摇了摇头。好像要小性子的是我？我他娘的有什么毛病？在气急败坏地全盘检讨并否认了自己所有的缺点后，我确定有病的是他。

笑非注定是个传奇，很多年后，那个荒草蔓生的古老校园里还流传着有关他的那些真真假假的正史外传。按说，他并不是个讨男同学喜欢的人，不止因为他长得太帅，身材太好，女粉丝太多，还因为他从不学习却从不挂科。当然，他总有办法让所有的人喜欢他，说喜欢或许有些折辱，不如说是几近崇拜，要知道，大学里二货就是很多。

而唯一没被我归到二货那个盛行于上世纪九十年代的无比庞大群体内的人就是小青，她缺少温柔可爱的小女生应该具备的所有优点，有时候我觉得她把女孩子的温柔当作一种耻辱，但又绝不是时下风行的女汉子，她不彪悍，只是冷淡，冷得透到骨子里。

即便这样依然有无数只蜜蜂夹杂着苍蝇镇日围着她乱转，可她仿佛周身罩着一层无形的天蚕丝网，任你爪子牙齿多么厉害都抓不开啃不烂，在未找到缝隙突围进去与她亲近之前已纷纷阵亡在十米开外，纵使如此，阵亡人数依然与日俱增并毫无衰减之势。她能这样旁若无人地独来独往，把一切男儿视作粪土的本事也的确让我钦佩，于是我习惯于点根烟看着兄弟们排着队前去送死，转而微微一笑，心道：“拽什么，早晚是你哥我的囊中之物。”

笑非则不同，他属于来者不拒照单全收型，他会神不知鬼不觉地钻进人群制造点小轰动后又神鬼一般消失，用一片失落的叹息声来装饰他那瘦骨伶仃的背影。偏他爱黏着我这一点让我很无奈，说是无奈其实还带着点小虚荣，因为他，兄弟们已经早早改口叫我期哥了，我虽面不改色，但心里还是有那么一点美滋滋地不是味儿。

所幸的是，这两个妖精至今各不理睬，相安无事。

“谁都知道那只是个假象，但偏偏我不知道。”很多年之后的一天，我对小青说。“知道为什么吗？”她淡淡地抿嘴一笑，这微笑若放在十年前，一定让那些迷途蜂蝇纷纷折翼欣然受死。“因为你太自信。这是你的优点。”也是我的缺点，自从被我哥狠狠地踢了那一脚之后，我就变得夸张地自信起来，其实全是因为自卑好吗！“那笑非呢？”我问。“他比你脆弱得多，他需要爱，也比你更懂得什么是爱。”

什么是爱？什么他妈的才是爱？难道不是爱做不做的爱？

我当然没说话，只是回了她一个不以为然的笑容，她忽然盯着我说：“你刚才的笑……”“怎么？”她犹疑了半晌，才又说：“和笑非很像。”

雨依然绵密地落在身上、脸上、手指的每一个关节上，像是要吸走你所有的灵魂，天黑下来，行人都已简化成单薄的影子，即便带着面孔，却各个冰冷生硬毫无表情，只有湿淋淋的一抹魂魄，飘了来，又散了去。

这个城市对于我，真的那么重要么？如果你们都已放弃，我是不是也该离开？我曾为谁停留的脚步如今因严冬过早地降临而冻结在原地，那曾经对我来讲无比强大的存在，对于今天的我还有什么意义？那些我从来不肯用来说服自己的理由，此刻全部像陨石一样砸向我面前漆黑的地面，激起的熊熊火焰瞬间烧着了夜空，充斥了我模糊的眼睛。

4

笑非不止失踪一次两次了，如果你责怪风的来去无踪，那只能怪你不了解风。只是这次不同，我看到小青的脸色已经知道了大概，这次真的出事了。

六年前，在我们的事业都已步入正轨，且理所当然地进入上升期时，笑非辞掉工作一个人去了印度和尼泊尔，六个月后当他再次出现在我们面前时，被小青戏称为垮掉派的悲剧复兴。垮掉派有没有复兴我不知道，我只知道他还是老样子，白得刺眼的牙齿和天真无邪的笑容，甚至连装模作样的胡茬子都懒得留。

那天我们聊了整晚，三个人在初秋的梧桐树下端坐发呆，笑非嘴边烟头的红光一闪一闪，睫毛在脸颊上投下巨大的一片阴影。小青扶着左肘托着太阳穴眯眼看我，但更多的时候她的目光只投向远方，我不知道在她的视野里是否有清晰的图像，在深夜的街灯下，她更像一只猫，永远带着猫科动物的轻灵、矜持和骄傲，那神情只为了告诉你，你说的那些她都不在乎。

但我知道她在乎，她在乎笑非，也在乎我。那天，她说了一句意义非常的话："我们三个人，除非其中的一个死掉了，另外两个才能在一起。"我被这句话惊住了，心里忽又想：但愿死掉的不是我，活着的时候不能忍受的事情，死了一样不能。我把烟头弹出老远，满不在乎地说出来的却是："这样不是挺好。"可小青似乎看穿了我的心思，歪着头看看我，又看看笑非，莞尔笑道："如果是我，那这事还有些麻烦。"我被她的话逗乐，嘿嘿地笑出声来，笑完才发现自己的声音在周遭漆黑的环境下着实恐怖至极。笑非没有动，也没有抬头，微微扯了一下嘴角说："我希望那个人是我。"

难道一语成谶？笑非的这句话一直沉沉地压在我心里让我喘不过气，

毕业这些年，我们三个在一起的日子真的不多，像是故意躲避着彼此，躲避着一个心照不宣却又都看不懂猜不透的迷题的答案。不触碰不等于被尘封，我知道它始终都在那里，成为一条束缚牵扯同时也丈量着彼此距离的一根线，在这个城市的某三点间拉成一个等边三角形。

我问过自己无数次我更在乎谁，在无数次被自己拒绝回答后，我放弃了。但今天，当我的身影在他的视线里消失之后，我知道是什么让我突然崩溃，是再也不见他的那个决定。

我按下拨出键，三段蜂音响过我听到了她的声音："子期？"

"是我……"我觉得自己很不男人，但内心的灼烧感让我顾不了那么多，我极力控制住自己的语调缓缓说出了四个字："折戟沉沙。""什么？子期，你怎么了？出了什么事？"我喜欢听她这样问我，那语气实在让人舒服，嘿嘿。我说："小青——我爱你。"

这是我第一次先她之前挂了电话。无论如何我说了，我已不在乎结果如何，我只知道我们都没有时间了，大家都在等着这句话，无论谁先说出来，都会改变这一切，而这一切已太久太久没有改变了，是不敢不想还是不愿意？管他的，我说了，我需要改变，再不改变我会死，而我不能允许最先死掉的那个人是我。

上部

我们三个人，除非其中一个死掉了，另外两个才能在一起。

第一章 | 核桃林

1

我在电脑前坐了整整一个下午，尝试着进入笑非的邮箱，没有人相信他是个拒绝一切现代通信工具的人，我们之前唯一的联系方法便是打电话，可他偶尔会发邮件给我，在不想得到任何回复的时候。

咖啡已经冷了，我右手的三根手指不停地敲入一行行打散重构后的数字，依然解不开他所设置的谜题。我捕捉拼凑着所有在我脑海中浮现出的代码，早知道这不过是徒劳，但我无法停止尝试，因为我所想到的可能找到他的方法都已尝试过了。咖啡的香气还在，我却不想喝，端着杯子的手在脸前晃动了好久，洒了。我放下杯子，抽出一张纸巾。

一条刺目的疤痕沿左手的拇指经过虎口狰狞地延伸到手腕中间，时至今日，这条伤疤带给我的疼痛早已被酸胀麻木所替代，但所有潜伏在伤口中的故事我却须臾不肯忘记。

学校里有老生欺负新生的旧例，读过《第 22 条军规》的人都知道那意味着什么，凡是被欺凌折辱过的大一新生一旦升到大二势必加倍欺凌折辱倒霉的后来者，手段之丰富多彩及层级之精细绵长堪称一本大学版的《极权主义的起源》。懵懂幼稚的新生命在学长们统一“关爱集训”后都能成长不少，并能深刻领悟很多做人做事的道理，原来学习好腰杆硬都只是个屁。那时候除了地方帮派阶级兄弟外没什么富二代官二代之说，会溜须拍马低三下四给人当孙子的无非少挨几脚，趁各地方势力还没有搓堆儿抱团儿之前先吃几个下马威是免不了的，何况多数孩子都是步行来的。

对学长们的“关爱集训”略有耳闻的小字辈们会提前互通有无，想着至少保证面对强权时能呼啦啦站起一大片，却不知诸般伎俩早被先人们玩过用过并被一一击破化解过，何况弱势群体汇聚而成的乌合之众本就没有任何抵抗力，分分钟被消解得面目全非。

我们5号文学楼的阶级氛围还算相对文雅和谐，除了个别给学长打水买饭洗袜子捶腿外，受辱失常辍学停课的案例还没出现过，这全赖文学青年较之其他专业的愣头青们更加识时务罢了，也可以说是鸡贼。虽然兄弟们说这一概仰仗我这个九三会长深谙谈判之道，把风险降到最低的同时尚能不卑不亢全身而退，给这届新生挣了脸，其实谁又知道我整整半个学期后脊梁冒汗半夜睡不着觉的痛苦呢。

“你叫陆子期？”面前的这个阶级仇人全然不是满脸横肉面目狰狞的恶霸形象，但姿态足够震慑表情十足挑衅。“是我。”我说。

“啪”一盒Camel扔到面前，我知道这烟绝不是孝敬我的，但我还是拿起来不以为然地掂了掂，从烟盒底部抠了个窟窿，慢腾腾抽出来一支夹在手里。对方一怔，旋即一大群人哄笑起来。你大爷的，我长这么大除了挨过我哥的拳脚外还真没被别人唬住过，我想好了，真要动手我只抓住他猛捶，绝不让他占了便宜。彼时脑海里瞬间闪过高中时带着小兄弟们吹角连营的豪迈，腰杆也挺直了些。要深沉，要淡定，想想柯里昂阁下沙哑的嗓音，眉不蹙眼不抬地化解掉多少纷争，我这个会长岂能白给？

对方还算沉得住气，挥了挥手止住了沸沸扬扬的笑声，说：“知道找你来干嘛吗？”好吧，开门就得见山，我说：“‘关爱集训’的事我听说了，今年不烦学长们大驾，这事不如交给我。”又是一阵哄笑。“你？你是谁？”那货有些急了，把翘得老高的一只脚放下来，一张讪笑的冷脸直压到我面前。“如果不退学，我就是明年的学长。”我把烟在手背上磕了磕，递了过去，那句话怎么说来着？哦，识时务者为俊杰。

“你这是威胁我？”对方两指一夹夺过香烟，立刻听见“啪啪”的火石撞击声，他也不回头，就着最近的火苗点着了烟，吸了一大口。

“别误会，到什么时候学长还是学长，只是多了几个兄弟而已。”一阵沉默，对面的脸纠结成一团捏乱了褶子的肉包子，我有些心凉。忽然教室的门被推开，熟悉的拖鞋声踢踏着传过来，我靠！这小子来干什么？“期哥，东北帮和内蒙帮的兄弟今天联欢，就等你了，让我过来问下。”笑非毕恭毕敬的姿态让我险些笑出声来，我强忍住未动声色，手一挥，装作不耐烦地说：“去吧。”“好嘞！”笑非施施然地走了，这边厢的大包子扭曲了一下，和我拉开了距离。

“你小子也算识相，但‘关爱集训’免不了，不如你说给我听。”对方显然有意让步，却依然端着老大的架势，一只手在我面前指指点点，丫还真以为自己是黑社会了。

“该做的都会做，只是不烦劳学长们出头了，不对的地方教导我就是，也免得事情搞得太大，这帮孩子脾气都冲得很，打打闹闹的也不是咱文学楼的做派，何不抱起团来一致对外的好？我想学长们总有用到我们的时候。”

我说着长身靠到椅背上，知道胜算有了七成，“但这事还是学长们拿主意，我也只是提个建议。”

被“学长学长”叫得舒服了的那货眯起眼睛，阴沉了半晌，吐了一口烟说：“就给你个面子，看表现，滚吧。”我当然不是滚出来的，出门的那一刻我明显觉得自己衣服前襟儿短后襟儿长了。

一战告捷，我名声大噪，笑非的马虎眼当然功不可没，只是我们谁都没说。

“非哥！期哥！”我和笑非并排站在宿舍门口抽烟的时候路过的小兄弟点头哈腰地招呼着，却被笑非一巴掌扇在头顶，唬道：“先叫期哥，没大没小的。”“期哥！非哥！”小伙子说完赶紧溜了，我俩相对莞尔，放下不提。

2

我一笑，拿起水笔沿着左掌的疤痕描了深蓝色的一道粗线，又在这条粗线两侧添了几十条小爪子。

事当然没完，临时搭建起的组织架构也松松散散，还是有骨头软的小兄弟挨欺负，但九三文学的名头还算响亮，只不过我和笑非要时不时地出出头，带着几号核心人物搭台唱戏，偶尔也会负伤挂彩，却是慢慢长了不少威风，大小琐事也就多起来，开始我还虚荣心作祟乐在其中，慢慢的也烦了。

大学的第一年就这样胡乱过去了，大二时同屋的一个孩子转学，靠门的一张上铺腾了出来，我并没有在意，只是一天下午进门时看到了铺下摆着笑非的那双夹趾拖鞋，抬头看他正倚着头顶的储物柜翻书。

“我靠，招呼都不打，407也是你说来就来的？”我佯怒道。“我来保护你。”笑非嬉皮笑脸地说。我叹了口气，一头扎在斜对面的床上，淡淡地说：“随你。”

笑非就这样搬了进来，同时来的还有大一新生小青。

小青的出现开始并没有引起我的注意，她沉默不语的独来独往让她如同一只散步在校园里的流浪猫，我偶尔见到一个瘦小的身影夹着饭盒出现在通往食堂的甬路上，还以为是哪个老师家的孩子，但宿舍里已经传起了关于她的片言只语，我才意识到这个女孩不一般。

8号楼里住的是艺术系的女生，和5号楼隔着两栋，最先骚动起来的是大三那群无所事事的二货。彼时校花班草早已排了名次，连稍微像点样儿的姑娘都和学哥学弟们出双入对了，偶尔进来个才子佳人也被那群眼尖手快的哄抢一空，偏偏这个混沌初开时被女娲娘娘精心揉制的小妹子还闲着，简直天理不容。

正当刚刚荣升的学长们对小字辈儿的关爱活动正如火如荼地开展着，我仔细叮嘱了汉语文的兄弟要推己及人慈悲为怀，得到的回复也只是几个“尽量吧”，我也懒得管那么多，只想把获得的第一个“三好学生”称号保持下去，其他一切都很次要。班主任乌贼章刚找我威逼利诱软硬兼施地做了一次长谈，其实学校对“关爱集训”心知肚明，之所以不管，乌贼章说：你懂的。没错，我的确懂，能进得了这所学校的孩子都不是省油的灯，有人替他们修理修理何乐不为？隔岸观火的不嫌事儿大，事儿大了也有办法摆平。纵如此，乌贼章还是对我上一年“九三文学楼关爱谈判事件”给予了首肯，并鼓励我把这个良性的火种传下去，传下去。

谁当真谁就是王八蛋，我也知道以我对汉语文的热情“学科状元”肯定没戏，如果能把四年的三好拿到手没准对未来有点帮助，我哼哈地答应着，心里却想着别的事情。

我开始关注起小青来，大一一整年除了处理该发生不该发生的那几件烂事儿，所有时间都用来泡图书馆看书，我想尽快把四级过了，毕业前再争取过六级。笑非有时在我身边的空位上出现，有时一天无影无踪，我曾跟他打趣说让他趁我还没功夫下手前赶紧解决自己的个人问题，他笑笑说：我还小。

笑非的确小，因为小学初中各跳了一级，所以比我们这些正常年龄上学的孩子整整小了两岁，其实他不说大家也知道，却依然“非哥非哥”地叫着。我大抵把他当孩子，有的时候也像烦小孩子一样烦他，但他出奇地会看人眼色，没等你开口赶他他早就一溜烟没了，有时候也不免让你觉得可爱。是么？我竟用了可爱这个词。

“笑非。”周末下午我躺在自己的铺位上发呆，偷偷抬眼瞄他，他正把枕头抵在储物柜上斜倚着看书，手里是一本内部版的《百年孤独》，于是我装作漫不经心地搭话。

“啥事，哥！”自从笑非搬进这间宿舍，他就改口叫我哥了，并且坚决不让其他人这么叫，我只当全然不觉，随他吧，总不能和孩子较真。

“你觉得程青怎么样？”我问。笑非放下书，盯着我说：“哥，你在试我，我对她没感觉。”人太机灵有时候也让人很无奈，我叹了口气说：“不试怎么知道？”

“啥意思？”笑非双腿一盘坐起身来，一脸严肃地说，“我没听懂。”

“我是说，你不试试怎么知道有没有感觉，我觉得与其让那班鱼鳖虾蟹糟蹋了，不如你去拿下算了。”我依然故作漫不经心的样子。

笑非没再说话，光脚从上铺跳下来，趿拉着拖鞋出去了。

时隔二十几年，想起来最让我后悔的无非是这件事，我虚伪的本性从未有所改善，如今却是越来越严重了，我总是对自己说，这就是人生，其实我从来就他妈不知道什么才是人生，我活着，仅此而已。我把冷掉了的咖啡倒进脚边的花盆里，看着它们慢慢地渗进蓬松的土壤，那若有若无的嗞嗞声在我听来竟像是最宁静的夜晚那长空中传来的嚎叫。

3

“叮！”手机响了一声，我急忙抓起来，期望发来信息的会是小青。

不是，我烦躁地划开屏幕，看到了这样一行字：“给妈打个电话。”我按了退出，把电话远远地摔在写字台的一角，微一用力撑开地板，椅子滑出一段适当的距离，正好容我把双脚架在面前的桌子上。

春天总是过得太快，如果没有沙尘暴你会怀疑它是不是真的来过，那些前日还给你带来一丝暖意的毛茸茸的橄榄色嫩芽，如今一径换了吹不散扯不开的大片大片浓沉的绿，似乎刚过总角既已及笄的少女，让你总不免遗憾错失了豆蔻的色彩。

我一个人提着行李走出火车站，一如我当年一个人提着行李走进校园，嘴里哼着“这个冬天雪还不下，站在路上眼睛不眨……”迎着七月份热辣辣的阳光踏上了公交车。我不知道这个家有没有人欢迎我，整整一个学期我没有提回家的事，也没有人提过想让我回来，而这个暑假我的计划是只在家住七天，七天，足够我们互相厌烦到剑拔弩张。

进门时气氛有些异样，我才发现一个面容尴尬的女子孤零零地坐在沙发上，长长的刘海勾勒出柔滑的一张脸。我放下皮箱问了句：“妈呢？”我哥带上门，皱着眉指了指卧室。好吧，怪我回来得不巧，站在门口我不知道自己该进卧室哄我老娘开心还是和客厅里这个已不大可能成为我嫂子的女人打招呼，在我哥的示意下我还是先进了卧室。

“妈。”我走过去坐在我妈身边，低头仰脸看她，她还是那么年轻漂亮，神色忧郁。我时常觉得面前的这个人不是我妈，她从未属于我，无论在这个世界上还是在她的生命中只有另外两个和我同姓的男人。“子阔。”我妈喃喃地说。“妈，我是子期。”

“子期？”她抬起头认真地看着我，我被那貌似全然不认识我的眼神深深伤害了。半晌，她犹自落下泪来。“妈，你怎么了？”我抬手去帮她擦泪，不管你是否把我当你的儿子，我也只有你这么一个妈。“子期，你怎么回来了，也不提前说一声。”我妈的自言自语似乎还夹杂着些许埋怨。其实我提前一周打过电话，当时还是她接的，她忘了，或者说故意不记得了。我把一切会令我不快的意识扫开，才刚进门不是么？“哦，我就是临时回来取点东西，住几天就走，学校的事也挺多。”我说，她没再说话。

“妈，我先送小肖回去了。”我哥不知道什么时候站在卧室门口，而我完全看不见那个叫小肖的女子。我妈不吭声也不抬头，片刻后，传来大门关闭的声音。

“妈，你不喜欢我哥的女朋友？”我试探着问，要不还能说点什么呢？“别哭了。”

“子期，你哥说要让她来跟我一起住，我怎么能让她来跟我一起住呢？”我妈抽泣着说。“那你想让他们结婚以后单住？”其实我是明知故问，她的世界里怎么还能容得下别人？我拍拍她的手，示意她不必回答，随后站起身来说：“我去收拾下行李，晚上吃什么？我做吧。”

“你哥回来再说吧。”我妈擦干了眼泪。我腾地冒出火来，一个大跨步走出卧室，拎着行李进了自己的房间。永远是这句话，等你哥回来再说，你哥你哥，回来再说！难道我就从未存在过？你妈！你哥！你们他妈的！你们他妈的……我把行李箱“砰”地摔在地上，却轻轻关上了门。

4

“你哥叫陆子阔？”笑非扬着一封信进门说。“怎么了？”我放下手里的书，盯着他问。“那你应该叫子契，为什么叫子期？”笑非走过来坐到我床边，把信递给我。“‘死生契阔，与子成说。执子之手，与子偕老。’”笑非悠悠地念道，“‘于嗟阔兮，不我活兮。于嗟洵兮，不我信兮。’怎么听也足够悲情，没想到你妈给你俩起这样的名字。”

“是我爸。”我把信塞在枕头底下，低声说，“‘期’字是我爸去世后，我妈改的。”我不知道为什么要跟他说这个，我从未跟人提过，关于我爸、我妈、我哥和那个家，但那天我们聊了很久。笑非靠在床头的栏杆上静静地听着，一直没有插嘴，直到发觉我再也不想说了他才喃喃地吐出几个字：“俄狄浦斯。”我抬起腿一脚踹在他腰窝里，他嘴里呲呲啦啦地一阵呻吟，半晌才带着哭腔说：“我是无意的，真是无意的，你相信我。”

我相信他，他也只是代人受过。

我哥的信向来只有短短的几行字，而这次他足足写了十一行，十一行，我知道他有很多话想跟我说，但他只是含糊其辞地表达了一个意思，让我放心，他会把妈照顾得很好。我开始可怜他，刚过而立之年，他为这个畸形的家庭付出了太多。但可怜之人必有可恶之处，我不能理解也不能接受，他说我不懂，我也的确不想懂，只认定他迂腐不堪且无可救药，随他去吧，有时我会卑鄙地想到他的选择也许成全了我，但没有想到的是我依然在劫难逃。

“我不怪她。”若干年后，小青对我说，“只是不想尝试，我觉得自己没有勇气尝试，你会因此而恨我吗？”“你在乎过别人恨你么？”我苦笑着问。“在乎你。”在乎我？但更在乎的不是我。事已至此，多说无益。

彼时我并不懂因爱生怨、因怨生恨的道理，因此也不懂如何化解心中的愤懑，只是一味地制造一个不以为然的表象去掩饰内心的不平，久而久之，虚伪便成了我摆脱不掉的恶习。

幸好还有笑非。虽然我努力不让自己和他走得太近，但有些事情不是我能控制的。

汉语文的大一新生和广告系的结了怨，七八个小师弟摆酒请我和笑非去摆平，同屋的几个兄弟都叫我不要管，我问为什么他们却不肯说，我挥挥手说你们待着吧。

老楚是407年纪最长的，凡事不愿牵涉，他大学考了三年，难怪他珍惜自己的学业胜于其他，但这次他语重心长地对我说：“子期，你应该先把事情搞清楚，再冲动也不迟。”可年轻气盛如彼时的我，怎么肯听一个老书虫的规劝，何况放出去的话如何收得回来，我硬着头皮想，偌大的校园还没有什么我不能解决的问题，不过是“事了拂衣去，深藏身与名”罢了。我对笑非说：走。

笑非默不作声地穿好衣服，随我走出5号楼。刚走到南面的核桃林，笑非忽然站住不动了。我扭过头看他，他说：“哥，你不能去。”我一愣，随即给了他一下，不耐烦地嚷道：“有完没完？你不去算了。”“是你不能去，这事和你无关。”笑非依然很固执地站着不动。“什么事和我无关？5号楼的事都他妈和我有关？你到底想说什么？”我忽然意识到事有蹊跷，便转了身面对他。

“你能不能不问？”“不能！”“哥！”“少废话！”

笑非忽然紧紧攥住我的一条胳膊，大声说：“哥，你信我一次，给我十分钟，你在这等我，我一定能搞定。哥！我求你了，这是我的私事。十分钟，我马上回来。”他说着把一盒烟塞到我手里，转身跑了，跑出几步，回头又说：“等我，别走！”

我忽然有些好奇，便收住迈出去的步子，停了下来。

我盯着手里的那盒好彩，再抬头笑非已不见了踪影，索性叹了口气，找了路灯照不到的一张长椅坐下，抽出一支烟点上。深秋的校园冷清了许多，三两成双的人依偎得更近了，我望着远处的一对儿默默发着呆。这孩子今天不知道怎么了，一改平日的作风这样煞有介事地求我，如果他自己真能搞定我也实在懒得管，不过是一帮小屁孩儿，还能折腾出花儿来？他也是带着一干兄弟的，我操心了。

想着这些两支烟已经抽完，正当我打算抽出第三支时，忽然意识到什么“腾”地站起身来，向校西门的福新饭庄跑去。

人去楼空，没有一个汉语文的人，我意识到不妙，心里大骂了一声“操！”疾步折返回来。刚走到广告系楼门口，便见一群人聚在那里喧嚷，我扯了一个面熟的师弟问怎么回事，他见是我，磕磕巴巴地说：“去了，都去了，非哥也去了。”“去哪儿了啊？”我大声问。“西街，都去了西街。”“我操！”我一把推开他要走，忽又回头嘱咐道：“你去，407，去！”“是！是！去、去、去找谁？”那孩子明显紧张起来。我略一犹疑，说道：“算了！”丢下他转身就跑。看热闹也有嫌事儿大的，我知道几个人远远地跟在我身后。

我还是没有赶上那次汉语文与外系的唯一一次群殴事件，笑非被记了大过，当他挂着彩回到宿舍，我眼也未抬一下，夸张地翻了个身，面墙而卧，他自己爬到上铺去躺下，整整一晚宿舍里没有一丝声音。从那以后，我一周没有跟他说话，他也再没提一句当天晚上的事情。

5

校园里开始沸沸扬扬地传起关于笑非的那次“当阳立马”，我一笑而过，你既不肯说我只当一切都是闲言，我本就是个怀疑一切的人，长这么大除了自己的判断我不相信任何人，但这次我信你，你说是你自己的事，我只当和我无关。

我开始独来独往，更多地泡在图书馆，笑非总是远远地坐在一边，我装作不知，他也没有上来跟我说话。兄弟们依然对我毕恭毕敬，但总好像有些话在我经过的时候被纷纷咽了回去，我也不在意，只是觉得一切无聊得很，我累了。

大三下半学期我过了六级，心里再无负担，便时不时地去文学社逛逛，其实我早在那里挂了个社长的头衔，只是没有当作正经事，最近闲了，便去得多了些。

“‘戏马台前，采花篱下，问岁华，还是重九。恰归来，南山翠色依旧。帘栊昨夜听风雨，都不似，登临时候。一片宋玉情怀，十分卫郎清瘦。’”一个新面孔自顾自地念着，我一笑，接道：“‘秋已无多，早是败荷衰柳。’”

“期哥。”那孩子跟我打招呼。“嗯。”我应着。

“‘强整帽檐攲侧，曾经向，天涯搔首。’十年灯，一杯酒，秋草独寻人去后。”

“非哥也来啦。”我不回头也知道是他，却装作不知，低头翻看他们写的新诗。“期哥。”笑非喊我，我心中一凛，一股寒气直逼头顶，险些一个趔趄。我强自忍住，点了点头。

方馨跑过来，大咧咧地说：“正好你们来了，有事要跟首长汇报呢。”说完还假模假式地敬了个军礼。这丫头长得还行，就是黑了些，眼神也太媚。“什么事？”我也假模假式地回她。“后天是中秋节，社里的几个不回家的想凑份子聚餐，你们可一定要来。”说完死死盯着笑非。哦，看来我是作陪的，好吧，也没什么不可以。我点点头说：“凑什么份子，我请。”“真的！那说定了，非哥来吗？”我没抬头，笑非犹豫了一下说：“老大都在，我当然不能不来。”你可以随便，但我没说。

十年灯，一杯酒，秋草独寻人去后。唉，又是一个秋天。

“哥！你看。”笑非从外面慌张地跑进来，微蹙的眉头藏不住满脸的幸福感，他敞开裹得紧紧的外套，露出一只足月不久的小猫来。“我捡的，在核桃林，你看那，可不可爱？”我抬眼看他，微微咧开的唇角上还挂着前些日子“当阳立马”的青紫，立刻狠下心来不耐烦地推开他说：“拿一边去，没时间看。”笑非无辜地走开了，爬到上铺去，开始安顿他那只顺水漂来的流浪儿。

“宿舍里不让养猫。”老楚不咸不淡地说了句。我斜眼白了他一下，咳嗽了一声。

“我要养怎么着？掐死我？”笑非突然发起脾气来，“我看谁敢！”“非哥，这么小的猫你怎么养？喂啥吃？拉哪儿？”下铺的亮子不识相地又问。“拉你炕上！去，给我装一鞋盒沙子去，就放你床下！”“好嘞您那！”亮子也不算笨，屁颠儿屁颠儿地去了。

小猫很乖，笑非给它起了个名字叫点点，其实我也喜欢猫，小时候住二楼，一只怀了孕的母猫冬天没地方去，跑到我家门外叫门，我收养了它，那段日子如今想来还甜蜜得很。可惜好景不长，一窝小猫还未足月就被我哥连窝送了人，敢怒不敢言的我哭了一下午。

笑非有事做了，反正他也不学习，除了没日没夜地读小说外，如今很少往外跑。自从有了点点，他连小说都读得少了，偶尔去西街买猫粮，他会带些吃的给我，我不吃，也就被宿舍里的其他兄弟分了个光。老楚说何苦呢？我说你别管。

“期哥，一起走吧，兄弟们都在楼下。”笑非穿好衣服站在门口。我故意不动，半晌才说：“你们先去，十分钟后到。”“哦。”笑非走了。我是不是不该这样对他？但他既然不再叫我哥，我和他还有什么情分？

我独自穿过核桃林，向西门外走去。北京的仲秋还不算凉，银杏叶子却已经掉光了，铺了一地黄灿灿的柔软，梧桐叶子在秋风中飒飒作响，“世事漫随流水，算来一梦浮生。醉乡路稳宜频到，此外不堪行。”小青的样子突然浮现在我脑海，她冰冷的笑容依然是我不能逾越的距离。但也许有一天，树高千丈，叶落归根，是我的早晚是我的。我挥了挥手把这些纷乱的思绪赶走，挺直腰身走进福新的大门。

“期哥来了！”一屋子人都站起来，说是一屋子，其实只有不到十个，方馨右边挨次坐着末末和桃子，剩下的都是男生。他们把最里面的位置让给我，斜对着笑非。既然来了，就不能挂冷脸，我笑说：“怎么？今天是什么令？”

“你没来我们正说呢，过节更得行令了，要不枉了我们这个文学社的名号，不过这个得老大定，我们不敢说。”方馨笑闹着抢话。“点菜吧。”我没理她。“早点完了，一人一个，不过你那个非哥帮你点了。”

果然又是，丸子。

6

我能怪他么？我从来没说过自己不爱吃丸子，还因为他说爱吃我就跟他一起装作吃得津津有味，你大爷的，老子今天就是不吃这丸子了。

“这个菜谁点的？这么体贴。”我指着一盘芫爆肚丝问。“非哥给你点的啊！”书锋说。好吧，就当我没说。

“今天我们行雅令，我当令官，首令是我，逆时针排，如何？”又是方馨，不过大家都不介意，她来暖场也省事。“谁跟你抢，可是别自己合计好了算计大家。”末末佯嗔道。“小看我，我只说做令官，令牌你们定，不过既然过节图热闹，还是定个简单的令好。”方馨咯咯笑起来，这丫头其实蛮可爱。“别太吵就行，饭馆又不是咱的。”笑非说。这的确不算是单间，只有简易透光的帘子隔着，索性过节人少，我反驳道：“没事，玩么，不醉不归。”

“今天中秋节，我们就选个‘月’字令如何？”我说。“好主意！就接‘月’字令，应时应景，云遮月，雪打灯，我看我们今天也不用出去赏月，就在这里尽兴！”“带‘月’字的诗句倒是不少，但这个字不好接，不如这样，首句带一‘月’字，下家接上句的末字起头，不拘诗词歌赋俗语格言，接得上就好，接完喝一口，再说一‘月’字句，只是不能用俗语格言。接不上的罚一大杯，下家也一样，三秒为限，有头无尾，怎么样？”这个简单，又有酒喝，大家纷纷说好，我也来了兴致。

“那我起头了？”方馨说着站起来，一口把杯里的酒喝干，亮了下杯底说：“我是令官，先干为敬！听好：‘月夜一帘幽梦，春风十里柔情。’”“不愧是女孩子，只是艳俗。”我调笑道。“我怎么俗了？怎么又俗了？我这是有感而发好不？”方馨争辩，我一笑，瞟了一眼笑非，好个有感而发。“末末接着。”

“嗯，情，‘情最难久，故多情人必至寡情；性自有常，故任性人终不失性。’”“接得好！”有人喝彩。“别吵！”末末小酌一口，眼波流转，指着方馨的鼻子说：“本待将心托明月，谁知明月照沟渠？”大家一阵哄笑，我也跟着大笑起来，这丫头嘴也够厉害的。“这个难了，‘渠’字可怎么接？我不干了。”大家笑声没完，桃子就嚷起来。“是啊，这也太难，但酒令如此，你接不上就当罚！”大家抢着说。“罚酒可以，只是谁要能接得下，我再敬他一杯。”桃子也算爽快的，咕咚喝了一杯。可惜这‘渠’字句我一时也想不起来，正思忖着，就听笑非说：“‘渠当无绝水，石计总生苔。’”“好一句‘渠当无绝水，石计总生苔。’非哥我敬你！”桃子端着酒杯站起身来。“好，我也陪你一杯。”笑非端起酒一饮而尽。“好句，可是出处呢？”“隋末王绩的《在京思故园见乡人遂以为问》。‘院果谁先熟，林花那后开。’”笑非淡然一笑。大家一时沉默了，生子突然说：“我靠！这你也行，‘妹妹平时都读什么书？’”“不曾读，不过些许认得几个字。”笑非也不示弱。气氛顿时活跃起来，我也跟着笑了一场，看了一眼笑非，他正望向我。

“‘月明满地水，云起一天山。’吴桐，便宜你了。”桃子捅了右边的小吴一下。“山，‘山不在高，有仙则名。’”“切！”大家合起来哄他，“什么烂句，你哪来的？怎么混进的文学社？”“唉？怎么说话呢？这可是唐代的大文学家！大哲学家！刘禹锡的《陋室铭》，谁敢说烂！”小吴也不好惹。“且听我下句，”他仰头喝了半杯，却不放下，继续说，‘举杯邀明月，对影成三人。月既不解饮，影徒随我身。暂伴月将影，行乐须及春！’三个‘月’怎么样？”“三个‘月’也是个俗人，去去去，下个来！”“这个简单，春……”“春眠不觉晓，处处‘问题鸟儿。’哈哈哈哈——”大家异口同声地嚷道。我说："不许闹，让生子说完。""哼！别以为这就难住我了，春么，有了，'春江潮水连海平，海上明月共潮生。滟滟随波千万里，何处春江无月明。江流——""停停停，你也学他？我们都知道这首诗有十三个'月'字，你这是耍赖！"方馨不干了。"我怎么就耍赖了？怎么又耍赖了？我这是有感而发好不？非哥你说呢？"大家又哄笑了一场，气得方馨把脸扭到一边去，也不知道是偷着乐呢还是偷着乐呢。

酒令就这么乱哄哄地接下去，该喝一口的喝了满杯，不该罚的主动请罚，不消一刻微醺之态便满桌四散开来，又到我时，上面的一句偏是'挑兮达兮，在城阙兮。一日不见，如三月兮。'"这可难住了我，'兮'字本是文言助词，怎么会有'兮'字开头的句子？我叹了口气说："罚吧，怎么罚都随你们，我这个社长让位。""咦！这就难住你了？你可知'昔我往矣，杨柳依依；今我来思，雨雪霏霏。'""希君生羽翼，一化北溟鱼。'""'惜花邀客赏，劝酒促歌声。'""'夕来秋兴满，回首意何如？'""'溪头一径入青崖，处处仙居隔杏花。'"……大家你一言我一语地抢着说话，方馨急得直拍桌子："有完没完？有完没完？老大说了，谁能接上谁当社长，你们这些混子还想鱼目混珠？""我们都是鱼目，你是珍珠，你行你来呀！"大家继续哄闹，屋里顿时如同泼了一锅开水，一时人声鼎沸。

"都他娘的小点声！一群穷酸臭屁的招人烦！"外面突然"哗啦"一声几个杯子落地，屋里霎那消停了，半晌，一桌子人呼地站起来。

7

我心道糟了，都怪我，我是面着门的，竟然没注意来了这么一群横着走的人，看样子不是校里的，却也不像西街的小混混。可情势已不容我多想，何况"眼花耳热后，意气素霓生。"岂能让人看扁了我，于是大喝一句：

“丫们找死啊？”这一句非同小可，外面桌上的五个年轻人瞬间掀了凳子站起来，笑非看了看我，我看了看大家，三个丫头不说，生子和吴桐基本上不了场，书锋还能支把两下，至于那个新来的小师弟云泽，看他的身量也是个怂货，这一架恐怕败了。

“你丫再说一遍？”带头摔杯子的那人怒道。我靠，对白也不知道换个新鲜的，我笑骂：“想死早说，哥送你一程。”说着就往外冲，老子今天正开心，既然有人犯贱，少不得拿你们松松骨，泄泄我这一年多来的闷气。书锋伸出手想拉我，我肩膀一闪，两步到了门外，却被笑非挡住了。

笑非一手拦着我，一手指着已欺到面前的那人说：“小子你别太跋扈，这里没你嚣张的份儿，最好老实点。”对方急了，抬手打掉笑非的胳膊，照脸就是一拳，却被笑非一脚踹在心窝，一个趔趄摔了回去。场面顿时乱起来，生子忙着拉住几个丫头，吴桐缩在屋角不敢动，书锋和云泽跟着我往前冲，笑非已在人群中奋战起来，店老板大喊：“都出去！都出去！再不出去我报警了！”谁还管得了那么多，啤酒瓶子哗啦啦碎了一地，倒地的那人突然间抽出把砍刀来，迎着笑非的头砍了下去。我眼前一热，不及细想，一把抓住飞来的刀刃，大叫：“小心！”笑非抬头时对方的刀已抽了回去，我手心一凉，一股热乎乎的鲜血顺着夹克袖口淌进肘窝。“期哥！”书锋立刻上来护住我，我反手一看，白花花的肉翻卷着，血咕嘟咕嘟地往外冒，如同盛开在掌心的一朵大红牡丹。

我一时怔住，没想到会为笑非挡这一刀，瞬间有种异样的感觉掠过，心中不觉一紧。我见笑非抡起酒瓶子重重向那人头上砸去，便大喊一声：“笑非！”笑非痛苦地看了我一眼，啤酒瓶子砸在刀背上碎了，那家伙一甩手，长刀再次挥出，笑非攥着碎成刀尖一样的瓶子直直地捅出去，我一惊，一把拽住他的外衣，抬起血淋淋的胳膊大喊道：“都住手！”另一只手死死抓住还在往前冲的笑非。“哥！我宰了他！我宰了他！”笑非红着眼睛怒喊着。“都他妈的住手！”我咆哮道。对方见我伤得不轻，便都停下手来，双方怒目而视，背后传来末末的抽泣声。

“散了吧。”我忽然苦笑莫名，便淡淡地说，“笑非，咱们走。”对方听我这样一说，巴不得尽早收场，互相对视几眼后，转身便都跑了。云泽冲出门去被书锋拽回来，笑非回身扫了一眼，又看了看我，没有动。

“去医院。”半晌，笑非说。大家围上来查看我的伤势，只有云泽还站在原地，手里提着刚才挥舞过的凳子发呆。笑非把大家一一推开，抽出钱夹塞在生子手里：“结账，送女生回去。”“我们陪老大去医院！”“去你大爷！都给我老实地回宿舍！谁他妈的也不许乱嚷嚷，”笑非怒骂道，“小泽跟我俩走。”

出租车上，我们都没有说话，笑非一直紧紧抓着我的手腕，皱着眉头望向窗外，小泽时不时回头看我一眼，大气也不出，以贫嘴著称的司机师傅显得汗淋淋的，倒似比我们三个还紧张。笑非脱下来裹着我左手的牛仔夹克早已被血浸透了，热乎乎的液体一股一股地淌在我腿上。我觉得有些头晕，却忽然一笑，说：“小泽，我错看你了，你小子不错。”“期哥，别说了，你歪会儿吧。”我无言，头扭到另一边的窗外去。

不知何时，月亮已经挣脱了厚重的云层，清丽而温婉地露出笑脸，街道安静，路灯显得有些苍白，我想起点点，叹了一口气。

医院对我们这种打架受伤的人向来没有好脸，一把塑料刷子蘸着酒精刷刷地在我面前挥舞，看着翻卷的白肉和深处更加苍白的手骨，我眼前一阵阵发花，笑非一直站在一边咬着牙不吭气。待得三十多针缝合完毕，他整整在我床前睁着眼睛坐了一夜。

我几次心满意足地闭上眼睛，却是睡不着，点点的形象一直在我脑海中翻腾旋转，我想开口和笑非说点什么，但每每看到他的眼神我又假装闭上眼睡过去，索性也就睡过去了。

8

“哥！帮我照顾下点点，我周末要出去一趟。”笑非走过来对我说。我不理他，只在鼻子里哼了一声。“我周日晚上回。”他说完出门走了。

我喜欢如今长得胖胖圆圆的点点，最近它总赖在我床上不肯走，偶尔也会晚上吃完猫粮蹭在我枕头边上睡一会儿，可天还没亮就跑回笑非那去了。我会趁笑非不在时逗它玩，摩挲它柔软的被毛，说：“点点真乖，点点也喜欢我呀？”谁知道对面的老楚笑了下接道：“那是因为你床上有笑非的味儿，你不在时，笑非有时候在你床上睡觉。”我一把把点点推下床，嫌弃地抖抖床单，拿了本书假装看。老楚摇了摇头，没再说话。

查夜的大爷总是准时准点来敲门，今天他依然踏着熄灯铃出现在门口，看了一眼笑非的床铺，问：“杜笑非呢？”“厕所呢。”亮子头也不抬地说。因为笑非很少夜不归寝，老头儿也就没再问，看了一眼窝在他铺上的点点，没好气地说：“跟你们说多少遍了，这猫不能在这儿养，信不信我把它扔出去？”“这事儿你得跟笑非说，我们做不了主。”王超抢白道。那老头儿自然知道笑非的厉害，却也不肯服软，只是恨声道：“行！杜笑非了不起，我管不了他，还管不了一只猫？”“大爷，你就行行好吧，它又没碍着谁，何必赶尽杀绝。”亮子也不咸不淡地说。我一笑：“革命者是杀不绝的。”那老头听着这一通阴阳怪气，早已怒了，转脸冲楼道大喊道：“杜笑非！杜笑非！”当然没人应他，他索性壮了胆子，爬到上铺去抓猫。“唉？大爷，别急，您老抽根烟，慢慢说。”王超站起身拦着。“宿舍里不许抽烟！少跟我废话，信不信我通报你们407！”“信、信、信！大爷威武，大爷——”“让他抓，”我截住王超的话说，“不就是只猫么，让大爷带回去炖了补补身子，省得总是虚火太盛。”我话一出口，知道重了，但既然已经说了，索性抬了眼直视他。老头子二话没说，转身出去了。

点点被抓走了，宿舍里大家面面相觑，我故作不以为然地说：“放心吧，等笑非回来去要回来就是了，谅他也不敢不给。”话虽如此，心里却打起鼓来，早把自己那个不存在的大爷翻来覆去骂了七八十遍。

“哥，点点呢？”笑非周日晚上早早回来了，脸上还带着不易觉察的笑容。“我是帮你看猫的吗？不知道。”我没好气地说，其实心里虚得像被穿堂风灌了个透凉。“亮子？”笑非转脸又问。“非哥，你昨晚不在，查寝的秦大爷带人来抓走了。”亮子看了我一眼说。“什么？”笑非火腾地蹿上来，狠狠地推了亮子一把，转身就往外跑。

笑非这次被全校通报，革了文体会的头衔，他没跟秦大爷动手，只是把值班室的桌子掀了，锅碗瓢盆碎了一地。当天晚上他没有回来，在核桃林喊了点点一个晚上，我们都知道秦老头儿不过信口说把猫扔在了核桃林，但去劝他的人都被他骂了回来。

我也一晚没睡，但我没去找他，我知道他也不想见我。

9

噩梦搅得我一身冷汗，我喊着笑非的名字醒过来，看见他正坐在床前看着我。“哥，我在呢，你好点儿吗？”“笑非。”我喃喃地说。“怎么了？”“没事儿。”我扭过脸去，忽然控制不住地流下泪来，笑非一怔，半晌没有说话，等我再看他时，他正在擦眼睛。

“回校吧。”我说。“嗯，大夫说了，下午我们就可以走。”

兄弟们接连五四地过来看我，吃的喝的堆了一屋子，我一概报以泰然自若的微笑，打着石膏的左手炫耀地挂在胸前，像是一枚巨大的白色勋章。整整一个月笑非都没离开过我身边，打饭、洗澡、伺候我睡觉，在我偷偷发胖的同时他瘦了。那阵子，他买了一双棉拖鞋给我，说：“哥，你晚上起夜多，穿塑料拖鞋太冰脚了，换双吧。”我应承着收了，但毕业时，那双拖鞋却无论如何也找不到了。

“期哥，我打听明白了，那伙儿人就是这附近的，总在体育学院打台球，想找他们很容易。”一天，小泽跑过来说。“谁让你打听的？”我怒目而视。小泽看了一眼笑非，低头说：“那这事儿也不能就这么算了，你也快好了，兄弟们合计着……”“合计你妈蛋！谁再提打架的事就他娘的给我滚！”我累了，事已至此，何必再去惹麻烦，转眼大三就快过去了，到了大四散的散走的走，顺利毕业比什么都强。我瞪了一眼笑非，恶狠狠地问：“听到没有？”笑非把脸扭到一边，对小泽说：“你去吧。”

那个大一时风一样洒脱快活的笑非不见了，当又一季的春风带着沙尘再次光顾这座北方的城市，我望着笑非纤瘦的身影，心中倒数着分别的日子。手上的伤疤依然有些痛，但我已可以分心去做别的事情。我开始关注那个始终独行的身影，却从未提起过哪怕走上前打声招呼的勇气，我真的怕被拒绝，那维持了三年的虚荣心依然作祟。大四时我申请留校，很快便批了下来，每每走在校园里，我都希望可以和这个身影擦肩而过，但偶尔的相遇却明显感到她在躲着我，我自认为她或许已经注意到我这个风云人物，加之我故作不经意地打听过她在学校的情感轨迹，那一页白纸更让我心安理得。毕业前的半个学期，407 的兄弟都找到了实习的单位，很多人搬出去租房子，只有笑非还每晚回来住。

他每天早早出去上班，走之前一定去北门给我买一碗馄饨备着，起床时便有一股热腾腾夹杂着胡椒那辛辣味的香气扑鼻而来。“以后别买馄饨了。”一天我对笑非说。“怎么了？”他问。“吃腻了。”“哦。”“趁这会儿闲了，去找个女朋友吧。”我看着他又说。“你呢？不是比我还闲？”笑非咧开一侧的嘴角，淡淡地笑道。我？我望着校园里雾一样弥漫着的湿气，心想“枕上轻寒窗外雨”吧。“我知道。”笑非叹了口气。唉，你哪里知道，其实我也一样不知道。

第二天，早餐换成了包子，我没吃。

第三天又是馄饨，我吃了。

这一切恐怕很难改变了，除非有外力的介入，我真心希望他能找个女孩陪他，但我也知道多说无益。笑非根本就不搭理包括方馨在内的一切女生，要不是他行动举止还蛮爷们，估计关于我俩那些锦上添花的话就更多了，说我毫不在意是假的，只是我相信笑非对我的情义，更不愿意往其他地方想。何况大学这些年我也一直没有女朋友，虽然和笑非分分合合，但我知道在彼此心中这就是兄弟，且绝不同于那些称兄道弟的哥们儿义气，我也曾想过在未来的某一天我们能带着各自的妻儿欢聚一堂，畅谈年少时的疯狂，笑骂彼此苍老模样。

毕业时，我们甚至没有道别，固执地以为踏入社会才不过刚刚开始，日子漫长，人生无限，既然同在一个城市，相聚绝不会太难。可惜我错了，我忽略了笑非分别时的眼神，那一天，他显得苍白无力。

我擦去手上的墨水印，椅子一转面向窗外，盛夏的蝉鸣依然热烈，像是宣告着某种存在，只是夜幕降临，除了灯光我已看不到这个城市真实的容貌。我摆弄着手里的香烟盒，红红的正圆商标如同一面随时会显形的魔镜，在你毫无准备时映照出所有的青春岁月，提醒你不可须臾遗忘。

我从未曾想过会和笑非天各一方，甚至幼稚地以为他会永远在我身边，在我需要他的时候咧开嘴角露出洁白的两三颗牙齿，叼着那从未换过的Lucky Strike，回身时冲我喊："等我，别走！"可一转身已千年，太多的故事拉开了彼此的距离，而谁也不能为此负担全部责任，只能在自己胸口慢慢融化，等待时间去风干，但时间却突然走到了尽头，在我转身的那个雨夜。

第二章 | 草青青

1

笑非的工作单位就在长安街上，共和国50周年庆典的前一天他忽然打电话给我，邀请我去他单位楼下的餐厅吃饭，我刚好无聊便答应了。那时学校的事情不多，我镇日长闲，正琢磨着是不是该为自己赎身，尽快投入同学们如火如荼的赚钱事业，毕竟我这个学长的生活如今竟像白开水一样清贫见底，总觉得和主流生活距离太远，外加虚荣心作怪，便整天心猿意马着。

我打了个车来到笑非单位，他正站在大门外等我，见我到了，迎上来叫了一声“哥”。我见他胖了些，便调笑说：“你小子离开我看来清闲了不少啊？”笑非微微一笑，递过来一支烟，随手帮我点了，我便和他一起站在门口吞云吐雾，一时却找不到话说。

这座办公楼缩进街面，正对着一条宽阔的马路，抬眼便能看到繁华的长安街，初秋的傍晚，天还没有暗下来的意思，乌鸦聚集在近处的一棵梧桐树上用腹语开会，黑黑的影子在茂盛的枝叶间静止不动。我抬头看了一眼笑非，他粉嫩的唇间叼着香烟，微眯着眼睛想心事，虽然毕业一年多，他却依然是初见时的样子，没有什么可以改变他。

“怎么？今天是什么特别的日子？不是想请我一起去看国庆彩排吧？”我努力寻找话题。“就是吃个饭，想你了。”他咧开嘴角说，“走，先进去吧。”我随笑非进了餐厅，人不多，我们择了靠墙的一个安静的角落坐下，半晌笑非才又说：“一会还有一个人来。”“哦？”我刚一怔，转又笑道：“怪不得叫我来，是让我见见弟妹吗？”嘴上虽如此说，心里却忽然冷下来。“见了你就知道了。”他说，这次却没有笑。我心想可能真有事，但来者何人？我依然毫无头绪。我们点完餐，喝茶的功夫笑非一直在看表，我和他闲扯着最近的工作，见他也没什么心思，便渐渐地不再说话。

一壶茶喝完，门开了，一个婷婷的身影飘了进来，我正要问笑非可是此人？定睛看时却忽然失语，心中像翻了油盐酱醋一桌子调料，偌大的醋坛子率先摔在地上砸了个粉身碎骨。笑非起身招呼，那穿着墨绿色绣花半袖旗袍的美女便安静地坐了下来。

“原来是程大小姐，我还当是谁？怎么，半年多不见，何处高就了？”我规整好被翻炒得七零八落的心情，故作大方地问。心却骂道：“杜笑非，你丫够狠，悄无声息地就把正事儿办了，我还当你真他娘的没感觉，没感觉，没感觉！我操！”“哥，你别误会，我和小青只是好朋友。”笑非听出我的话音，尴尬地说。

他就是这样，心里想什么就说什么，从来不考虑这话说出来会造成什么后果，气氛立刻尴尬起来，倒像我是只酸溜溜的冻柿子，被扔到滚烫的油锅里炸了个外焦里嫩。“说什么呢？校友重逢大快人心，要不是你，我哪有机会和程大小姐同桌吃饭，恐怕连见上一面都难于登天呢。”我开始语无伦次起来，小青只是笑笑，并不接茬，我真想狠狠抽自己一个嘴巴，纵使脸皮再厚，这次也险些失态了。

原来早在“没感觉”的那天晚上，笑非就去找了小青，他趿拉着拖鞋出现的时候，小青正坐在体育场无人的台阶上望着夕阳发呆，笑非直愣愣地走过去问：“你觉得我大哥怎么样？”“谁是你大哥？”小青当时一定是讥笑着白了他一眼。“九三学生会会长，文学社社长，陆子期。”“和我有关系吗？”“或许会有。”

这个或许拖了四年，直到国庆庆典的前一天晚上，我们三个人终于坐在了一起，把这个或许想办法变成可能。小青笑着问我：“你难道不知道？”“当然不知道。我只以为他和你从无交集，况且……”“况且他也知道你喜欢我，所以自然不敢和我交往，你对这个弟弟还挺放心。”小青继续笑。“说，你俩还有什么事瞒着我？如实交代，我赦他不死。”我揽着小青的肩膀，咬着耳朵问她，她早“咯咯”地笑着滚到我怀里，忽又抬头望着我说：“笑非对你真好。”“那当然，要不我能替他挡刀么？”我自豪地说。小青翻开我的手掌，轻轻抚摸着那道疤痕，一字一顿地说：“可惜，你对他不够好。”

那是生命中最短促的一个夜晚，我们三个聊了各自的工作和很多上学时的开心往事，尴尬的气氛也慢慢缓解下来，我也了解到笑非和小青真的只是朋友这么简单，便开始频频向小青示好，只是她这个人冷热不吃，总是淡淡地拒人千里，偶尔露个笑脸给我我便美得钻进了云里雾里，迷瞪瞪摔了个四脚朝天。但心里再美我也得忍着，我知道小青这个人不是块好啃的山芋，一切都得慢慢来，不过我有信心，没有也得拼。

笑非也貌似心情不错，饭局散了之后他建议一起去酒吧坐坐，我见小青还有些犹豫，便说：“这会儿街上正在戒严，你若回去只能步行了，看来还得选个身体好的陪你走，要不这二十多里路还真不是一般人能码完的。”这招儿果然奏效，小青决定留下来，我高兴地看了一眼笑非，笑非回了我一个莫名其妙的微笑。

2

小青点了血腥玛丽，我和笑非喝啤酒，为了尽快把自己灌高，我频频举杯，说着乱七八糟和心事无关的话题，很快，看小青的眼神就已经直了。小青只当不知，浅浅地酌着杯中酒，血红色的液体为她玲珑瘦削的脸颊蒙上一层粉嫩的红晕，我借着酒劲放肆起来，突然问她：“小青，你有男朋友吗？”小青瞥了一眼笑非，淡笑着说：“没有，也没打算。”“没打算？”我笑道，“可是‘拣尽寒枝不肯栖，寂寞沙洲冷。’”小青突然沉沉一笑，这一笑惊得我一身冷汗，她指着笑非的鼻子一字一顿地说：“杜笑非，你不错，我拿你当知己，你可是把我当什么？”我以为笑非会争辩，可他红着脸一声不吭，我不知道如何是好，心里又骂又恨，酒已醒了七分。

小青站起身走了，我和笑非呆坐着，谁也不曾看谁一眼，半晌我转身喊道：“服务员，买单！”那个站在一边偷听了很久的男孩微笑着走上前来，礼貌地说：“您好，你们的单刚才那位女士已经买过了。”

“哥，对不起。”送我出来的路上，笑非的声音细若游丝。“说什么呢，不是你，是我没想到这丫头脾气这么大，急了。再说了，”我故作姿态，仰头喷出一口白烟，“你哥我堂堂大丈夫何患无妻？”话刚出口，知道说漏了，只好讪然一笑。“哥，你别放弃。”笑非自然一眼看得透我，但他半晌又说，“如果有一天，你真的和小青走到一起，我希望……”笑非喃喃地把话含在嘴里。“哈哈，你放心，你哥是重色轻友的人吗？”我见他这个样子，心里反而暖暖的，便接口道。“不是……我的意思是……”“你什么时候变成支支吾吾的人了，到底想说什么？”“没，没事了。”

我觉得笑非突然变得怪怪的，他极少像今天这个样子，除了那次汉语文和广告系的群架——我脑袋“嗡”的一下，难道那次打架真的有什么不可说的因由？小青恰是九四广告的啊！靠！当时我怎么就忽视了，还有老楚和宿舍兄弟们的劝说，那些欲言又止，难道——可如今时过境迁，我如何再提？只能安慰自己说多心了，一切都刚刚好，只要我不放弃早晚会如愿以偿。但笑非和小青……知己……怎样的知己呀？我甩甩头，笑非是个人见人爱花见花开的优良种子，女孩子喜欢他也是正常，不喜欢反而没天理了，不过我倒是对小青估计不足。我忽然觉得其实他俩蛮像，眉眼间的英气咄咄逼人却又若有还无，纯净的大眼睛让人不敢逼视。我很快说服自己说没事，干干净净的，但有半分不正常我今天也看得到，心下反而明朗了。

我盯着手机屏幕发呆，电话簿上的那个号码已经存了很久，却始终没有拨出过，不是不想，是太想太想想到不敢想，如果换做笑非他一定毫不犹豫地就去做了，可惜我不是他，也无法成为他。可我总要迈出这一步，时不我待呀不我待不我待，唉。管他呢，小青并不是个爱炫耀的人，即便被拒绝也不会有人知道，笑非么，自从上次不欢而散估计他们也不会过多联系了，我狠下心来，拨通了电话。

“小青吗？”听到话筒里传来“喂？”的一声，我顿时踏实了，淡定，淡定。“期哥？”“叫我子期吧。”“哦，什么事？”对白我当然提前斟酌过许久，这一次绝不会冒失了。“上次的事是我不好，借着酒劲儿胡言乱语，你别介意。”“你今天不是也借着酒劲儿给我打的电话么？呵呵。”我靠！这丫头果然厉害，淡定淡定，撒谎没好处。“是啊，喝了一点点，我是被你吓着了，一直想跟你聊聊却不敢打给你，你别怪笑非，他就是个孩子。”大爷的，对白完全乱了。“怪他？我怪他什么？”那边一句冷语，我顿时又怯了，我胡扯笑非做什么？我正不知如何接下去，小青又说：“我怪的是你，你不明白？”“我明白，我明白。”我明白个大头鬼，唉，真不该喝那两瓶啤酒。“呵呵，你若明白，你说吧，我听着。”“那个，那个……”我顿时悟了，忽然想到自己很不男人，羞愧难当，可说出来的却是：“其实我就是想认识你，做个好朋友，没有别的意思，也不知道笑非会去找你，这事本来应该自己跟你说。”我靠！我能再虚伪一点吗？但我真的不敢——“哦，我知道了，挂了。”

放下手机，我狠狠地给了自己一下，陆子期呀陆子期，你丫怂蛋包一个，这辈子就该人见人弃孤独终老晚景凄凉断子绝孙！我“嘭”地起开第三瓶啤酒，咕嘟咕嘟灌了个饱，盯着酒瓶子鼻子一酸。

3

学校附近有一家叫“亮门”的酒吧，小小地窝在马路对面的胡同里，只一扇门亮堂堂地对街开着。老板是个云游世界的韩国人老朴，请了一支乐队长期驻场，乐队的名字叫“染色体”，主唱是个西北的瘦高小伙子，他们的一首原创我特别喜欢：“河西呀河西，古老又神秘，河西呀河西，苍凉中的美丽，如果一天我离去，不会把你忘记，如果一天我离去，你永远在我心里，你永远在我心里——”

彼时九十年代初的摇滚热潮还未衰退，很多这样飘来飘去的年轻人停留在北京，有时我会和笑非及几个亲密的兄弟跑到海淀去刷夜，天擦亮时再回，那时的夜班车不多，等不到车的我们会就近找一家路边的小馆子早餐，看晨起的大爷遛鸟儿，小孩踢毽儿，大娘大婶们穿着睡衣逛早市。日子祥和，心思坦荡。

再次光顾“亮门”已是2000年初了，老板打算离开北京，特意叫我和笑非过去告个别，我带了珍藏四年多的学校纪念册，笑非只拿了一张光盘。“是什么？”我问。“这些年我拍的北京城。”他说着把光盘夹到册子里，没在吭声。那天酒吧没有营业，只一帮相熟的人为老朴送行，纵如此依然挤了一屋子半生不熟的面孔，大家对老朴的去向都很好奇，却没想到他的回答竟是：“回家。”

“真的打算回家了？”有人问。“是的，想老婆了。”老朴在北京待了五年，汉语的发音依然不太标准，他平时话也确实不多，但为人热情礼貌，从不锱铢必较。这话大家听了不禁唏嘘一片，道喜的、遗憾的、不舍的声音此起彼伏，老朴一一点头回应，开放了吧台让大家尽兴，人群顿时欢呼起来。朋友们送的礼物堆满了柜台，老朴说这些东西都无法带走，只留一件吧，在一片反对声中，老朴抽出一本纪念册说：“这个对我最珍贵，我在北京待了五年，从没有搬过家，我喜欢这里，喜欢你们这些学生，学校的纪念册我一定要带回去。”有人开始流泪，女孩子们早已哭得嘤声一片。我心酸不已，只好一把搂住浑身颤动的笑非，低下头去。

老朴劝住大家，从吧台下拿出一挂装裱精美的招贴画，说：“这幅画是我在北京这么多年最喜欢的一件东西，四年前一个女孩熬了一整夜帮我画的，我精心裱好了，想送还给她。”大家纷纷凑上去细看，是一幅圣诞手绘招贴：没有圣诞老人，漫天的飞雪覆盖着绵延的群山，山脚下一扇亮门灯影氤氲，画上方一行手写体的字是：“天无情，人易老，亮门常在。”这幅招贴曾在店里挂过一段时间，却没人知道出自谁的手笔。哭声再次响起，老朴看了一眼人群说：“青青，你来。”我猛地抬起头，看到了人群中的小青，她面带淡淡的微笑走过来，接过那幅画，抱在胸前，又走到远处去。“程青！是她！”人们开始低语，伴着“啧啧”的赞叹声。我傻呆呆地看着小青从我面前走过，她甚至没有扫我和笑非一眼。

老朴今天话突然多起来，讲了许多这些年酒吧里的奇闻逸事，有欢喜有伤感，经过他夸张的演绎都化成笑声一片。他能记住所有人的名字，谁歌唱得好听，谁酒量惊人，谁一杯就倒，谁只喝咖啡，还有来了就趴着写诗的，爱和别人争吵喧闹的，谈文学艺术电影痴迷成性的，谁和谁成了患难兄弟，谁又和谁两情相悦出双入对，说到笑非时，他想了想，突然严肃地问：“这小子还没有女朋友？”大家立刻哄起来，女孩子相顾而笑，窃窃私语。

“他爱的是陆老师，别人抢不走！”一个男孩的声音传出来，人群顿时笑成一团，我“嘿嘿”地揽过笑非的肩膀，调侃道：“这你也嫉妒？我以为我的情敌都是女生！”我也不知道哪里来的气魄，许是见了小青忽然情绪高涨，有意在她面前卖弄。笑非也笑了，笑得满脸通红，指着那人咳着说：“你等着，回头我就去找你。”“啊呀！使不得使不得，我老婆可是搞 IT 的！”

笑闹过后，相识的朋友互相打过招呼，大家便都找地方坐了下来，我看了一眼笑非，他立马会意，起身走到门口叫住正和老朴告别的小青，说了句什么，老朴在一旁也正劝她留下，小青看了一眼我，和笑非走回来。

4

有过上次的前车之鉴，我还真不知该怎样开场，笑非也不敢说话，只一个劲儿地看我，我又不敢跟他使眼色，只好别扭地坐着喝酒，小青倒是淡然，微笑地接过老朴递来的酒杯，说了声“谢谢”，便一个人静静地喝起来。我正努力挖掘合适的词汇，舞台上适时传来“染色体”乐队主唱鲁军的声音："这首歌我们要献给一个人，不是朴哥，而是一个叫青青的女孩，歌的名字是《花房姑娘》。"大家纷纷鼓掌，小青低头不语，眉若远山，不喜不怒。

"我独自走过你身旁，并没有话要对你讲，我不敢抬头看着你的，噢——脸庞。你问我要去向何方，我指着大海的方向，你的惊奇像是给我，噢——赞扬。你带我走进你的花房，我无法逃脱花的迷香，我不知不觉忘记了，噢——方向。"

我开始不自觉地哼唱，大家合唱的声音也越来越响，充斥着整间酒吧，老朴在人群中往来招应，我的全部心思早已投在小青身上。我知道笑非有点尴尬，但我示意他留下来，我自然想和小青单独在一起，可还没傻到一错再错，索性找了大家都感兴趣的话题聊起来。开始小青话并不多，只有一搭没一搭地应着，捱到酒过三巡，我的心态慢慢放松，话题逐渐丰富，大家便略有谈笑风生的意思了。

我们从各自的家乡聊到贫穷落寞的大东北，从父辈们的祖籍聊到跑马占荒闯关东，从中国南北差异聊到清朝闭关锁国，从文化衰退聊到摇滚乐的崛起，从国内聊到海外，从文学聊到绘画、雕塑、建筑、电影。亏得我知识储备量尚可，在三人中拔得头筹，却又始终记得谦虚谨慎戒骄戒躁，慢慢地小青看我的眼神也柔和起来。

我不敢再说敏感的话题，只一味搜肠刮肚地寻找新奇的内容，笑非配合得天衣无缝，偶尔还不忘隐晦地拍一拍我的马屁，但每次都被小青看出来，她也不过莞尔一笑，并不拆穿，我一时爱得不行，心中暗暗下定决心，今生非她不娶。告别时，我主动要求送小青回家，她竟没有拒绝，我乐得百花争艳，却装作面不改色心不跳，唉，追个女孩子还真累人。

"听说你离开学校了？"回去的路上，小青问我。"是啊，我本来也不是当老师的料，何况我一本科毕业，在学校也没什么地位，不如早点想办法谋生。”没想到她主动和我搭话，我不敢胡乱回答，只好有什么说什么。“谋生？”她自顾自地说，便没了后话。“嗯，其实你也知道我留校不过为了户口，早晚要出来，男人就该先立业……”话多了，我立马打住，几分尴尬。“是。”小青说，显然他对我的诚实还算满意。“有空常出来坐坐，叫着笑非，你俩本来就是好朋友，多我一个也不嫌多吧？”我试探着问。“好。”好耶！万事开头难，我如今终于迈出了第一步，之前的心结总算绕过去了，这一节，完胜！

我还是高兴得太早了，那次分开后，小青对我的态度并没有大的转变，依然不咸不淡地，我两次邀约都被她拒绝了，她这个人拒绝别人根本不用找借口，一次是太累，一次是不想。我被打击得身心疲惫，几次想要放弃，却端正心态强撑下来，这点事都坚持不了，我还能成什么大器？何况“曾经沧海难为水”，再看身边的那些姑娘不是太俗就是太丑，如何配得上我这个诗书才子翩翩少年，罢了罢了，一棵树上吊死吧。

5

我盯着墙上的那幅圣诞招贴，亮门一别再未见过它的主人，但这幅画却给了我很大的安慰，我相信小青那天是故意把它遗忘在出租车上的。“天无情，人易老，亮门常在。”如今亮门不在，却是“天不老，情难绝，心似双丝网，中有千千结。”可惜当我以还画为借口约她见面时，她只淡淡地说了句：“留着吧。”我虽欢喜，却也知道一时半会儿见她难了。

我反复念着招贴上的那行字，突然有一种似曾相识的感觉，这虽是依手写体描摹的美术字，但还是能看出几分书写人的笔风。不能够！四年前？

那小青把画留给我的意思是……我立刻拨通了笑非的电话。

“哥？什么事？”看来笑非接到我的电话很开心。我心下有些踌躇，不知该不该问他，突然想起一件事来，便说：“上次忘了问你，我们同事家有一只美短生了七个，我想你要是喜欢，就要一只给你吧。”笑非停顿了一下，马上说：“要，哥，我要。”“行，那周末我去找你，你先准备点养猫的物件儿，顺便咱俩聊天。”我说。“好啊！那我等你。”笑非又高兴起来。我挂了电话，心想，哪里去搞一只两三个月的美短呢？

一个月的工资捐给了宠物店，我把一只美短直接抱去了笑非的宿舍。笑非特意收拾了屋子，他是很爱干净的人，除了堆成山的影碟和CD让房间显得略为拥挤外，一切都整理得恰到好处，但男孩子的宿舍太过干净就显得清冷，我说：“没事多出门走走，窝在家里也不见长肉。”他不理我，只不叠声地问：“猫呢？猫呢？”我一愣，忽然捶了一下脑袋说：“哎呀，今早我一开门，那猫就溜出去了，我找了大半天儿也没找到，咋办？”“啊？”笑非难掩沮丧和失望，一时站住呆了。我左右上下地端详他许久，心想，这小子还真实在，我是不是不该欺负他？心虽如此想，嘴里却说：“算啦，哪天再给你找一只吧，猫不有的是。”“不是啊，现在虐猫的人那么多，你总得知道它的去向才好。”笑非依然紧皱眉头，叹息着说。恰在这时，小猫在我背包里憋得难受了，开始叫唤起来。笑非立刻转到我身后，拉开背包链子，双手把猫咪捧了出来，嘴里夸张地赞叹道：“好漂亮啊，好漂亮！哥！你太好啦！”哥不好，哥害你丢了点点，你从来没怪过我，我也该将功补过。

小猫很喜欢笑非，一直在他怀里蹭来蹭去的，我心里也高兴起来，把来的用意一时抛到脑后去了。“给它起个名字吧，”我说，“不如还叫点点。”我突然失言，没想到笑非却不介意，正经地说：“不好，点点是点点，它是它，再说它身上也没有斑点儿呀，就叫‘核桃’吧。好吗？核桃？”小猫“喵”地叫了一声，我们都笑了。我知道他起这个名字还是为了纪念那只在核桃林出现又消失在核桃林的点点，只是没有说穿，心里依然不是滋味。

“找部老片子看吧，我也歪会儿，不耽误说话。”我掂起一本《教父》说。“看《大话西游》吧，我好久没看了。”笑非说着低头去找，很快便翻了出来，却看我手里拿着《教父》，突然笑了，我也笑了，唉，时虽过境已迁，唯少年情怀不变呀。

“看《教父》，对！看《教父》吧。”他立刻改口。“不，就看《大话西游》，好片子，我也爱看。”我马上说。“《教父》好，柯里昂阁下多有范儿，咱的偶像啊！”“《大话西游》好，我想听片尾曲。”“《教父》吧，下次再看别的。”笑非依然坚持。“听我的，就看《大话西游》，都一样，别争了！”我知道这样争下去没完，索性斩钉截铁地说。“好吧。”笑非见我态度坚决，也不好再让，便去开了电视。

6

当《一生所爱》的音乐响起，我见笑非在默默地流泪，便把脸扭到窗外去，天已经黑了，路灯把树影投在玻璃上，像一群沉默的偷窥者，安静地注视着屋内的一切。整整二十四年过去，除了笑非，如今还有谁陪在我身边？四海云游的老朴尚且知道回家，我却停留在这个陌生的城市，如阔水浮萍般飘摇不定，两手空空。再过三年五载，即便在这里扎下了根，谁又知道伊人身在何处？童话里的故事不过是童话，白晶晶猜不透上天注定，至尊宝也逃不出五百年的轮回，现实从不关心理想，错过了便是一生，再回头幸福不知在谁怀中。

有些事不知道反而更好，也许我早该承认笑非和小青更加般配，相似的出身背景，相似的脾气秉性，如果他们真的愿意在一起，我是不是能够放得下？但我知道笑非不会，除非我死了。核桃“咯吱咯吱”地吃着猫粮，吃完便蹿到床上，倚着笑非的腿洗脸，笑非这才回过神儿来，起身去关了电视，笑着说：“哥，出去吃饭吧。”

“给小青姐打电话了吗？”笑非突然问我。我倏地一惊，小青姐？小青的确比他大一岁，但他从来没喊过她小青姐呀，我抬头疑惑地看着笑非，笑非一龇牙又说：“哥，慢慢来。”我放下筷子，盯着他，“笑非，你跟我说实话，你和她……”“哥，你怀疑我？我俩真的只是朋友。”笑非这次很坦荡地说。朋友？我从不相信男女之间有朋友这种感情，还不如小青说的知己更贴切点吧？红颜蓝颜也算朋友的话，那托马斯和萨宾娜也是朋友喽？可以推心置腹，可以随时上床？这到底算他妈什么朋友？“那我问你，”我停顿了一下，咬牙问道，“你是不是喜欢她？”

“喜欢。”笑非毫不犹豫地回答。

我顿时乱了头绪，一时无语。笑非就这样一直看着我，我别过脸去，点了一支烟抽起来。半晌，笑非说：“哥，我不可能和小青在一起，也没想过。”又是小青，怎么不叫姐了？我一声冷笑。“别人不知道你，我还不知道吗？你喜欢她喜欢了这么多年，连你留校都是为了她……”“不是！”我怒上心头，大声反驳道。

“是！你不要不承认，你每天趴在窗边看什么？看日落大道？看倦鸟归巢？”笑非也有些急了，“可你从来都不愿意跟我承认，你试探我，你要我猜！是，我是成天缠着你，但我……总之，你没把我当兄弟！”

“那你呢？你把我当大哥了？你既然知道，为什么和她认识了那么久都不告诉我？你不告诉我，还让兄弟们都瞒着我，我什么时候才知道的？什么时候？半年前！”我一时气得懵了，险些和他拍了桌子。

“哥！”“不要叫我哥！”

“哥，你——”笑非气得满脸通红，我从未见他这个样子，嘴唇惨白，连眼睛都泛起了血丝，我心中一紧，鼻子也酸了。

笑非张着嘴，死死地盯着我，我极力控制住情绪，依然装作厌恶的样子，抽着烟冷笑。他站起来，小声说：“哥，对不起。”说完转身走了。

我的眼泪“唰”地流下来，长这么大，小时候被我哥打得再狠我都不会哭，除非受了严重的委屈无处可诉又无法排解时我才会一个人偷偷地哭上一小会儿，可这一次，我为什么要哭？

我决定不再去找小青，我无法面对他们中的任何一个，我是个懦夫，活该众叛亲离。不！凭什么？我不要别人的施舍，不要别人关爱，我可以不要爱人，不要朋友，不要父母兄弟，生活是我自己的，路也要自己走，我只想要自由，总有一天我会拥有属于我的一切。朋友可以再交，女人可以再找，只要我足够强大！对，足够强大！放弃很痛苦，坚持更痛苦，关键你得找对路，要么坚持，要么放弃，怎么选择都没错。自由只属于一无所有的人，放不下就得忍着，不如闭上眼选一个，反正怎么选择都是错。靠！我什么时候变得这样唧唧歪歪的了？就因为一段根本没可能的爱情？又不是初恋，如果我哥当年没踹我那一脚，我高中时就跟同桌的女生上床了，多大点事儿？至于么？

我晃晃悠悠地在街上走着，夜凉如水，靛蓝色的天空一角竟然还有晚霞遗留的颜色，或许那是灯光？多么繁华喧闹的城市，这是属于我的城市，这里是我的家，早晚是我的家。不知走了多久，我把烟盒里的最后一支夹在手里，拐进了一间酒吧。

7

我不知道怎么回去的，醒来时出租房里冰冷潮湿，我盯着天花板看了一会儿又把眼睛闭上了，没错，是我的家，我一个人的空间，充满了我身上酒醉后的酸腐气味，但整齐干净，床有点硬，但被子很暖，窗帘廉价，但也透得进阳光。我睁开眼环顾四周，又抬眼看看天花板上的水印儿，那是一只熊和一只蜗牛在对话。

熊说："你肉太少。"蜗牛说："你皮太厚。"于是熊笑了笑："我还有毛。""毛毛草草，一枪就倒。"蜗牛不屑一顾。"外硬内软，一脚就扁。"熊不以为然。"有种你踩我？""不值一提。""你动不得，空谈而已。""你不是一样？""哈哈哈——我本好静，作壁上观。"熊不说话了。

我闭上眼，喉咙干渴，但不想起床，就这样躺了整整一天，半睡半醒间我听见有人叫我："子期。"

"妈，你怎么来了？"我立刻翻身坐起来。"好孩子，喝醉了怎么不回家睡？"我妈出奇的温柔把我吓住了，"妈，我好像在做梦。"

"傻孩子，妈都来了，妈来看你，惦记你。"我妈坐到床边，关怀地看着我，我怎么都感觉这眼神不对，"妈？你自己来的？"我伸着脖子看门外。

"你哥出门了，好长时间没回来，你也不知道给妈打个电话。"我妈期期艾艾地说。

"他去哪儿了？我哥。"她没回答，只是自顾自地说："你看孩子也大了，我养是不养？我自己寻思着要不就算了，你爸也是这么说。"

"我爸？妈，我爸不在了呀！"我忽然觉得有点冷，定睛使劲儿看了看面前的这个人，是我妈没错。

"子期呀，回家吧。"她又说。我回去能干嘛？当老师？教中文？和一帮小屁孩儿断混？看着他们在我日渐苍老的岁月里长大成人？还是捱日子等死，在死之前不得不忍受自己老婆孩子悲凉又失望的眼神？

“妈，我要娶小青，我喜欢她。”我突然脱口而出。

我妈诧异地望着我，像是完全不能相信我的话，眼圈一红，说：“长信，你不爱我了？”

“妈，是我呀，我爸早就不在了呀！”

“你说什么？长信，小青是谁？你真的不爱我了？”我妈完全听不进我的话，只是死死瞪着我，浑身颤抖。

“我爱你呀，我不娶小青，你别难过。”我只好安慰她，她是我妈。

“嗯，长信，你喝醉了，好好休息，我去给你煮点粥。”我妈说着要走，我一把拉住她，“妈！你别走。”可我抓不住她，我挣扎着想要站起来，但完全不能移动，只能眼睁睁地看着她消失在门外。我想再喊，可喉咙也哑了，才发现自己依然躺在床上，被子沉甸甸地压得我喘不过气，我想要掀开被子，却找不到手在哪里。

“妈——”我听着自己没有声音的嘶喊，急着满头大汗，半天才意识到这是个梦魇，我妈年轻的时候总说她被鬼压，听到我爸和她说话却不能回答，醒来就哭。如今这个毛病怎么转移到了我身上？我屏住气，对自己说醒来醒来，这不是死亡，我只是累了，需要休息，我以后一定会对自己好，对家人好，无论你是谁，别想压住我，等我翻身那天，翻身，翻身——然后我醒了。

醒来后我立刻去摸电话，幸好还在，我翻出电话簿，看着那一排号码，犹豫了片刻，还是放下了。天已经黑了。

8

百无聊赖，我靠在办公桌前的扶手椅上，盯着电脑屏幕发呆，二十多封邮件需要处理，我却懒得点开查看，突然 MSN 上一个头像跳出来，是陈熙。我犹豫了一下，这小妮子最近总有事儿没事儿地缠着我，我知道她对我有意思，可我对她实在没感觉，不是因为她长得平淡，而是略微臃肿的胸部戳痛了我少年情怀的审美观，好吧，如果你愿意称之为丰满。

“期哥，忙着呢？”她是我的校友，叫期哥也算正常，办公室里还真没人这么叫我。我盯着她头像上的那一缕金毛，冷笑了一下，回了一个字：“闲。”“那我跟你说点事儿？”“说呗。”总回一个字不好，加一个吧。

“下个月校庆，咱俩一起回去呗？”“校庆？”我看了一眼台历，11 月 10 号，还有大半个月。“是啊，你没收到邮件？”“哦，还没看。”“行不行嘛？”我微微一笑，平淡而丰满的晨曦，带着泥土般富裕的芳香，和一张毫不相称的惨白的脸，幸好妆粉多情，不离不弃，成就了她过早脱离青春年少走得太急的脚步。不过，既然“花径不曾缘客扫”，“好吧。”我说。“太好啦！我愁死了，去年就一个人回去的，被她们笑话惨了。”“有佳人在陪，何乐而不为？”我敲出这行字后，又删掉了。“不许诓我，要说话算数！！！”当然算数，不就是一起露次脸吗？你还能吃了我？我一笑，回道：“放心。”

随后的几天，陈熙故意疏远我，每每碰到都面含羞涩退避三舍，我还真有点后悔，不过见她乍现在两腮的娇嫩，心里也可怜见儿的，何况这几日乐得清闲，便渐渐把这事儿夹在文件柜里了。

校庆的头一天晚上，我忽然烦躁起来，前两年都是笑非主动邀约我，去年我借故没参加，是因为实在不想凑那个热闹，虽然兄弟相见依然亲切热情，但看着他们一个个志得意满的样子，我却要装作满不在乎地谈笑风生，把我这个四年学生会会长和留校老师的身份牵强地扮演下去，太累。我知道他们嘴上羡慕我清闲快活，心里却认定我脱离社会止步不前，如今虽找到了份满意的工作，却被远远地抛在后面了。

去年笑非没参加，那今年呢？如果碰到了该不该装作若无其事？还是算了，阳关道独木桥，各走各的吧。心虽如此想，眼睛却始终盯着手机屏幕，哪怕一条短信也好啊，可转念又怕收到任何信息，就这样矛盾纠结着，捱到十点，我关了电话。

周六一大早，陈熙的电话就打了进来。“期哥，下午咱俩哪儿碰头儿？要不我去接上你？”“不用，不是说好了校门口见吗？”“我想了下，恐怕不太好……”也是，熟人那么多，我一个人门口一站，只为了等个平淡丰满，更让好事儿的有了说辞，一起去就说从单位走的。“也行，你两点整到我楼下吧。”反正她也顺路，我想了想说。“好嘞！到时候见啦！”

一拉车门，把我吓了一跳，莫非陈熙今天高价请了京城某著名造型师给她开了光？这小妮子咋想的？一改平时奔放夸张的装扮，纯净可爱中透着明艳照人，一条蛋青色长裙勾勒着玲珑有致的腰身，外搭一件半袖裘皮短氅，深蓝色的麂皮软靴裹住了曲线饱满的小腿，高高绾起的头发散落下的几缕青丝恰到好处地修饰了她略显圆润的脸，竟连那缕光辉灿烂的金毛也不见了，瞧这蛾眉淡扫，朱颜粉嫩，啧啧，我立马回过头去。想这丫头在学校时招蜂引蝶四处放电，倒也并没出什么大的绯闻，若如今当真洗心革面回头是岸……我心里不免嘿嘿笑了，女人呀，真揪心。

“期哥，我今天还行吗？有没有点太素了？”陈熙见我不说话，娇嗔问道。她双手握着方向盘，眼睛直视前方并不看我，脸上却掩饰不住满心的欢喜和得意。

“不错，保持住，年底拿个年会女皇没问题。”我说。

“真的？你喜欢就行，我又不是给别人看的。”这话我不信，哪个自视颇高的女孩子不喜欢前呼后拥的，不过树大招风，花艳招虫，你自己照量着办呗，我又不是你的护花使者，我一笑，说：“不敢当，你自己喜欢就得。”

“又不用你当，你怕什么？”这算明晃晃的挑逗了吧，俺也不是吃素的，便回道：“‘草木本有心，何求美人折？’”

“哎呀，别欺负我们没文化的，啥意思？”我顿时没了兴致，淡淡地说：“夸你呗。”陈熙听出我的话音，一时不知道怎么接下去，半晌叹了口气说：“我如果也是汉语文的，和你总能谈到一块儿去，多好。”我心一软，说道：“一身酸腐气，女孩子还是少沾染的好。”

“期哥，你别这么说，你知道我多敬佩你。”敬佩？嗯，这个词用得好，我知道她收敛了些，心下略放轻松。

9

这一路陈熙的车开得很慢，我知道她有意拖延时间，一是想让更多人看到我俩出双入对，再者哪个女孩不喜欢压轴出场万众瞩目呢？我不拆穿她，随她吧，也不枉负了她今天精心装扮的一番心思。

到得礼堂大厅，人果然已经站满了，兄弟们见我立刻围了上来，“期哥”“陆老师”的一通乱叫，接下来的第二句却都是：“呦！这不是陈熙吗？”陈熙挂着腼腆的微笑以掩饰内心的洋洋自得。“哦，我俩现在一个公司。”我本想说加完班一道来的，看她乖巧可爱的样子索性把话咽了。

例行的调侃寒暄后，我看到了不远处站着的笑非，他微笑地看着我，却不上前来，我也只当没见，继续和几个刚到的老师闲聊，眼角余光却瞄着他的前后左右，看看那个人是否在。开场铃声响了两遍，人们陆续到礼堂里就座，陈熙几次催我我都没理会，她又不肯自己进去，只好任由她深情款款须臾不离。

笑非独自站在大厅门外眯着眼抽烟，风吹起他细软的长发，拂过棱角分明的侧脸。他今天穿了一身藏蓝色的修身西装，洁白的立领衬衫和黑色的尖头皮鞋，配上他一米八几的个儿头，越发显得高挑出众玉树临风。“期哥，你怎么不和非哥打个招呼？”陈熙纳闷儿地问。“他最近更年期，不能惹，离远点好。”我笑了笑回答。“真逗。”陈熙也不傻，便不再问。

铃声响过三遍，我正要和陈熙进场，却看到了姗姗来迟的小青。我立时呆住了，原来笑非果然在等人，沉淀于心底多时的醋意又翻搅上来，“扑通扑通”作响的小心脏也被腌得酸软松嫩。我故意停住脚步，装作和陈熙搭扯：“热不热？把外套脱了我帮你拿吧。”“嗯，正是呢，我也觉得热了。”陈熙果然冰雪聪明，早早看穿了眼前的一幕，撒娇似地说，并忸怩地把外衣脱下来交到我手里。“那咱进去呗？”她笑着又说。“走吧。”此时，笑非和小青已经越过身畔，并同时朝我们点了点头算是招呼，我故作没有看见，在他们身后拖着僵硬的双腿进了礼堂。

晚会的内容我完全没了概念，只有一浪高过一浪的掌声与欢笑声，刺激得我头皮嗡嗡炸响。陈熙几次试探着和我搭话，我只能语无伦次地回应着，渐渐地她也不再开口，时间变得更加漫长起来。笑非和小青坐在斜前方不远，看着他俩很快融入晚会热烈的气氛中，还时不时地相顾一笑交流只言片语，我心里愈发煎熬，坐立不安。

“期哥，你要身体不舒服，我先送你回去吧。”陈熙竟能如此善解人意，我心中忽然一暖，看着她说：“好，走吧。”我和陈熙悄悄溜出礼堂，径直开车出了校门。这个学校我真的不想再来了，今天就算最后的告别吧，我回头看了一眼学校大门，对自己说。

车到了我家楼下，我道过“谢谢”刚要下车，陈熙忽然叫住我：“期哥！”“嗯？怎么了？”我停下问她。她犹豫了半晌，才又说道：“你刚才看我的眼神——从来没有那么柔和过。”我心里一酸，说：“晚上一起吃饭吧。”

我们就近找了一家餐馆，档次不高却还干净，饭菜将近，我不好意思地说：“委屈你了。”“别这么说，期哥。其实，其实在学校的时候我就特别仰慕你，虽然我性格像个男孩子，和谁都挺好，但我就是不敢跟你说话，不知道为什么，我怕你嫌弃我。”“傻丫头，一个校园里待了四年，谁有资格嫌弃谁呀？”“期哥，你这么说我真高兴，老天爷眷顾我，让我和你一个公司，要不我这辈子恐怕也不敢找你。”她依然羞涩地说，一抹红晕漫上脸颊。原来那种东西可以让一个人产生如此大的变化，我不觉痴了，混沌的脑袋里无数个念头回旋撞击，溅起谜一般的一团浓雾铺天盖地笼罩下来。

我忽然头脑发热，建议到：“今天也算大日子，要不，咱俩喝点？”“好啊！我也好长时间没喝酒了，今天就陪你一杯。”陈熙突然兴致高起来。“你开车行吗？”我问。“有啥不行？大不了打车回去。”“好！老板！麻烦给上两瓶啤酒！”

第三章 | 纪念日

1

我喜欢春天，在老家的时候，每个春天都是冰雪消融路面干爽后最让我快活的日子，没有肆意漫卷的风沙，没有急躁而短促的不舍与闪躲，来了便来了，温婉地停留在你面前，告诉你她愿意与你厮守到百花凋败，繁绿满枝。如今这个城市的春，却是仓皇而烦闷的，当你刚刚褪下冬衣，渴望迎接她柔情的抚摸时，面对的却是如混沌初开遗落的满天黄沙和迫不及待燥热的夏。

这个春天呢？我依然坐在电脑前愁眉不展，那曾经给我生命带来阵阵暖意的轻风，如今再也寻不到了，他如风一般到来时我何曾关注他的悲喜，当他倏忽消逝后也无从知晓他的去向。我按灭手中的香烟，拨通了小青的电话。

“小青，是我，子期。”我说。“怎么样？有进展吗？”小青问，显然她听出了我语气中的失望，口气并不急迫。“没有，我查了他的电话记录，近三个月没有使用过，我想他应该不会换号码。”“不会。”她很肯定地说，“还有别的办法吗？”“所有可能和他联系的朋友、同学和同事也都问过了。”“哦，家里呢？家里问过了吗？”小青又问。“问过了，家里人只说他出门旅行，临走的时候交代没事不会常联系，你也知道，笑非的性格他家人都习惯了。”我叹了口气答道。

“如果他没有彻底消失，一定有和家人联系的方式。”小青自言自语地说。“据说半个月前发过邮件，只说一切都好，并没说在哪里。我不敢细问，怕他家人起疑，两个老人都六十多了，唉。”

“你俩之前都靠什么联系呢？”小青忽然问。“电话比较多，偶尔发短信，一年能通几次邮件。”我说。“那最近的一次是什么时候？你有记录吗？”小青语速快起来。“三年前了，2011 年 11 月 23 日。”这个日子我记得很清楚，但所有发生的事我却不愿再想。

“子期，”小青轻声问道，“是不是那之后……”“是，我俩再没见面。”

那封邮件只有短短的几行字——

哥，如果你恨我，我毫无怨言，如果憎恨可以抹杀一切，我倒宁愿你把我彻底忘记。但我会记得，记得我们在一起时所有的美好，那些随时间老去的年月，因彼此的误解和隔阂日渐变得惨无颜色，可我仍会记刻在心里，你永远都无法将它们抹去。

如果你不再信任我，也请你记住这最后一句话：我从没有骗过你。

爱你的，笑非。

我随手关了电脑，没有回邮件。

不知道为什么，我最终原谅了小青，却没能原谅笑非，那之后我再也没和他见面。其实我早该把仇恨放下，但始终提不起再见他的勇气，直到脑海中那可怕的一幕因被岁月反复侵蚀而渐次模糊，我依然没有迈出那时刻碾轧于心中的一步。

“子期，你还恨他么？”许久之后，电话那端传来小青的声音。

“我不知道。”我下意识地回答。

沉默持续了很久。其实我知道，我的回答让小青再次背上了沉重的包袱，如果不能原谅笑非，也意味着不能原谅她，但我不知如何作答，如今我已不习惯撒谎，面对自己最亲的两个人，一个不知所踪，一个咫尺天涯。

“子期——我们要找到他。”小青喃喃地说。

“是的，我想过了，”我倏地回过神儿来说，“也只剩邮箱了，我试图查过，但我打不开，没有密码。”电话那头沉默了，我知道她可能会怪我侵犯笑非的隐私，这种事无论对于她还是笑非都是不可原谅的。但小青最后还是说：“你都试了哪些密码？”

“生日、你的生日、我的生日、校庆日、身份证号码、手机尾号、车牌号码，所有可能想到的，英文缩写数字组合我全都试过了。”我沮丧地回答。小青没有再说话，我也不知道说什么才好，任由电话两端的呼吸声静默地呼应，却无法交融。

“密码找回问题是什么？”小青突然问。

“纪念日。”

2

“纪念日？”小青犹豫了一下，轻声说道：“你试过哪些？”“能想到的全部。”我不假思索。“11 年 11 月 23 日呢？”“是的。”“那——”小青突然不说话了，半晌才又说：“10 月 30 日？”

我脑袋“嗡”的一声，10 月 30 日，那个我妄图从生命中涂抹掉的日期，其实从未被我真正遗忘过，而今天我终于知道，终于知道它的再次出现依然使我充满了震慑和痛苦。纵如此我还是敲进了这几个数字。

“不对。”我竟有些欣喜，但瞬间又被失望淹没了。

小青很久没有说话，我看不到她的表情，也不敢想象她此刻的样子，她的心是否也在隐隐作痛？可我无心安慰，每个人都是受害者，或许有一天我们能彻底原谅对方，但如同笑非所说，那些误解与隔阂已经无法使彼此的心走得更近。

“子期——”“嗯？”我应道，“什么？”“你还记得95年的中秋是哪天吗？”小青问我。“好像不记得了。”我说。我真的不记得，那天我为笑非挡了一刀，快十年了，我曾经把这件事时常挂在嘴边，但到了今天，我却完全忘记了。

“是10月9日。”小青说。

我键入1995年10月9日，密码破解了。

“哥，告诉你一件事。”毕业前几天，笑非神秘地跑过来对我说。“瞧你乐的，工作的事定了？”我见他如此，自己也开心起来。“不是，不是，另外一件事儿。”“啥事儿？赶紧说，不说我睡了。”我故意装作毫无兴趣。“大日头的，你睡什么，你起来。”笑非边说边伸手抓弄我的肋骨，我“啪”地打掉他的手，笑骂道：“干啥呢，没大没小的，都快娶媳妇了，还这样张狂。你说是不说？”“我说，我说，但你得答应我，不许生气。”

“呦，还怕我生气？那能是什么好事儿？不听了，睡觉！”我说着翻身就要躺下。笑非立刻挨到床边坐下来，只是问：“你当真不生气？”“说吧。”我还真有点不耐烦了，但看着他调皮捣蛋的样子，还真恨不起来。笑非乐了，左右看看没人，才低声说：“那个砍你一刀的混蛋，被我教训了。”

“什么？”我“腾”地站起来，险些撞到上铺的床梁，盯着他大声道：“你疯了？马上就毕业了，你折腾什么呢？”“哥，不是说好了不生气嘛。”笑非许是低估了我的反应，委屈地说。我哪里忍得住？一年多之前的事情又被他翻扯出来，万一坏了事，这大学四年岂不白费了。我指着他气道：“你小子也不听我的了，这么大的事儿不跟我商量，存心惹我是吧？”“哥！我怎么跟你商量？说了你还不打死我！你别担心，我这不好好地回来了。”笑非急忙解释。我仔细打量了他，的确没有受伤挂彩，便又问：“那人呢？怎么样？有事儿吗？”我知道自己这是废话，笑非出手还可能没事儿么，何况又是为我报仇，我深深地喘了一口气。“事儿也不大，就是——就是——”笑非开始支支吾吾起来。我心道惨了，一屁股坐下来，把脸扭到窗外去。这几天他借故加班，有时候回来得很晚，我竟忽略了，唉，笑非呀笑非，你这又何必呢？

“有没有坏事儿？你安全吗？”半晌，我回头问道。笑非正一脸无辜地垂着头，见我问他，马上抬起头来，面带喜色说：“你弟我有那么笨吗？那货正忙着在医院接腿，哪里顾得上找我？何况他结怨那么多，这哑巴亏他算吃定了！嘿嘿。”我心中略略一松，又问：“莫非他没看见你？那你怎么——”“哼！我守了他好几天，终于被我逮着了，黑灯瞎火的，他绝想不到是我。”笑非说着自得起来。“这事儿我怎么不知道？”“让你知道你还不找根儿麻绳把我栓床框上？放心吧哥，咱就踏踏实实过日子，让那小子后怕去吧，哈哈！再说了，我又不是为你，我这是惩恶扬善呢！”笑非继续得意着。“真拿你没办法，记住喽，以后别自己出门，有事儿叫我跟着，下班早点回来，也没有几天了，千万别出岔儿！”我只好无奈地说，心里却依然放不下。“遵命！”笑非又笑了。

3

我进入笑非的邮箱，垃圾邮件并不多，我简单浏览了一下，除了几封家里人给他的回信外，一年前的邮件都删除了，于是我点开“已发送”。“我先看下邮件，有情况再打给你。”我想了想对小青说。小青犹豫了一下，说了声“好”，便挂了电话。

我仔细地翻查着收件地址，没有他给小青的邮件记录，或许也删掉了吧？我心想，又为自己会如此想而惭愧。前两封都是写给家里人的，短短的几行字，看不出来有什么特别，我又打开了第三封。奇怪的是，这封信的收件人是笑非自己。

哥，很久没有写信给你了，这封信我恐怕也不会发出，但真的有话想说，你听不听得到都没关系，因为它对于我比对你更重要。

我计划了一次长途旅行，这些年虽然走了很多城市，但有个城市我始终怀念，你还记得我们三个唯一的一次出国旅行吗？你一定还记得，因为那次的行程充满了幸福和欢乐，我们三个都很放松，没有闹别扭，没有任何不开心，一路上有说有笑，像三个同胞兄弟。我也没有想到，当我们把一切纠结和疑虑都放下时，竟然能相处得那么好。

我会再去那里，看那个城市的海，去我们曾经住过的海滨客栈消磨时光，带上小青写的书和你送我的诗集。有可能的话，我还会走走其他城市，完成当初我们遗憾没有完成的旅途。

哥，你还在恨我吗？我不能求你做什么，但我能决定自己做什么，希望有一天你不再怨恨我，我们依然是最好的兄弟，超越世间所有能感知到的情感，再也不分离。你说过或许时间可以平抚一切，这么多年过去了，我却依然心有忐忑，我怕你再也不肯认我，而我又何尝敢去见你。

会有那么一天吗？我们能像上学时那样心无芥蒂，开怀畅饮，谈诗论赋，不分彼此。但我知道自己不过是奢望，我错了，错得不可原谅，如果你真的原谅了我，就不是你了。

哥，我真心希望你能幸福，我做不到的也许别人可以，和小青在一起吧，她也爱你。

你永远的，笑非。

我哽咽着读完了笑非的信，并知道自己不会再恨他了，恨对于我，对于我们三个是那样的沉重，重得无法承受，撕心裂肺。快十年了，我们都长大了，并日渐衰老着，老得不敢尝试改变，不敢说爱，更不敢面对那曾如此真切而今却令人汗颜的少年情怀。

我没有再翻看其它的邮件，静静地盯着笑非写给我却最终发给了自己的信。其实这些话他说与不说我都是知道的，只是最后一句让我心绪难平，“她也爱你”。这短短的四个字包含了怎样的辛酸与委屈，那曾经在我心中不断浮现又被我闪躲与忽略掉的情感，他们都是真实存在的，从没有离开过，也无需怀疑。

可是我还能做什么？纵使一切都还来得及，我能放空内心所有的过往，留下来的空间也不足以安放这繁杂世间最真挚却最不可触碰的东西。经历了太多的事，不只是我们三个，还有那么多没有解开的谜题需要面对，即便真的剖露无遗，最终的结果谁又预料得到？沧海已桑田，那片曾为彼此保留着的处女地，如今贫瘠而凄怆，曾精心栽培护理等待发芽开花的弱小种子，未曾开枝散叶便已枯萎死去了，我还有勇气再次尝试吗？

但我必须给自己一个答复，我努力让自己平静下来，拨通了小青的电话。“他去了卡梅尔。”我说。“卡梅尔？为什么？”小青疑惑着问。“你想看看他临走时写给我的信吗？是去年12月22日，冬至。”“2013年12月22日？”“是的。”小青沉默了一会儿，说：“不看了。”

我没再说话，我不知道说什么，我希望小青能看到这封信，又不想让她看到，心里很矛盾，但又不是矛盾那么简单。

“你有什么打算？”半晌她问我。“我可能会去一趟，找他。”我说。是的，我必须去，无论他还在不在那个地方，我也必须亲自去看看。

“我和你一起。”小青毫不犹豫地说。

4

我安排好手头的工作，把公司的事务交代给副总和助理，预定了两张直飞旧金山的机票，没有确定回程时间，因为我没把握能不能找到笑非。四月一日，小青照例飞了趟香港，等她从香港回来，我们依旧约在国贸的那家咖啡厅。

“五号中午出发，清明节那天。”我说。“好。”她应着。

“希望不大，我们要做好准备，毕竟已经好几个月了。”我看着她依然清澈完美从未曾被岁月侵蚀过的脸说，二十年前，也是这张脸，只是更冷漠更遥远。“我知道，但我们还是要去，是不是？”小青看着我，目光柔和，但没有爱意。

“最近还在写书吗？”我岔开话题。“没有，你知道，我也累了，忽然没有了表达的欲望，也许若干年之后吧。”小青淡淡地说。“是因为笑非吗？”我脱口而出，我想我和她如今可以这样无拘束地交谈，谈过往，谈笑非。小青突然抬头问：“你认为呢？”

“我不知道，我只是希望你好。”我说。小青看了看我，把头转向窗外，“这个城市变化真大，你还记得二十年前它是什么样子吗？”

“二十年前，我们学校的周边都是荒地，有平房和小桥，有玉米地和树林，散养的大狗，校门对着一条小河，河水污浊难闻，如今该完全不一样了。”我回忆着。“是啊，完全变了，二十年了，还有什么不会变？”小青喃喃道。“有些可以。”我说。

小青看了看我，微笑了，眼中划过一丝光。

我在撒谎。我变了，变得很多，唯一没变的是小青和笑非，他们固执地维护着自己的本心，不肯被世俗和愚众所沾染，我想起小青书中的一句话：“总是有些生灵可以坚持自我，让那些迷失在生命洪流中的角色为之汗颜。”坚持自我，多么洒脱清绝，有多少人念念如斯，却也只有她和笑非能真正做得到。而我则是迷失在生命洪流中的一角，午夜怅然时为自己寻找各种可笑的借口试图解脱，却备感乏力。

“那次校庆后，我再也没有回过学校。”我说。“你和笑非的龃龉是从那天开始的？”小青问。“不知道，可能吧。”也许更早？也许更晚？我真的不知道。“我之前想跟你解释一些事，你却从来不听，为什么你不能改掉怀疑一切的毛病？”小青叹了口气说，“就因为你那不存在的自信？”

不存在的自信。是的，这么多年，我一直在努力建立自信，我以为我成功了，于是愈发听不进别人的话。自从我失去了给我骨肉和血液的那个人，我不再相信这个世界上还有什么不能放弃的东西，我在放弃中寻找，在放弃中获得，而忽略了得到的一切是否是我真正想要的。

小青见我不说话，便自顾自地说：“笑非给你打过电话，你关机了，你从不会那么早关机的，他以为你故意不理他，可他又想见你——”“所以约了你？”我苦笑着说。

“不，我们真的是碰到的，我本来不想去，但还是去了，结果——”结果遇到了我和笑非那尴尬的一幕。但你为什么还要去呢？对那所学校你应该没有什么特殊的感情，难道就是为了见某个人？我没有问，我早已习惯了不问，而是自己寻找答案。

“子期，相信笑非，他纯真得像个孩子，他所做的一切即便是错了，也是因为对你的爱。他用自己的方式爱你，却在这份爱中独自承受伤害。”小青说。

“独自承受么？”我再次苦笑，“为什么你现在说的每一句话都是在为他辩解？有没有想过我的感受？”“子期，我曾经想过，既然你原谅了我，为什么不能原谅笑非，因为你也爱他，你们的爱或许不同，但都是真实的，没有任何条件，就像你曾经爱我一样。”

曾经？你可知道，我始终深爱着你，可是这份爱如今因为找不到落脚点而被我封印在心底，事过多年，我再也不肯把它呈现出来，我怕它被现实击打得支离破碎。

“我记得你曾经说过，我们三个人，只有其中的一个死掉了，另外两个才能在一起。”我回忆起那个夜晚，那内心毫无芥蒂可以畅谈心怀可以相对无语的三个人。

“笑非不会有事的。”小青反驳道。“也许是我。”我说。“不！谁都不会，我们都要为了对方好好活着，笑非会回来的，我们还会像从前一样，相信我。”小青的语调突然提高，我知道她反感我说出这样丧气的话，她的声音有些颤抖，没有掩饰好内心的不安。

好的，那就回来吧，这依然是个完美的等边三角形。

5

飞机降落在旧金山，我们在机场外的租车公司很快提到了车，未做停留，径直开车去了卡梅尔。一号公路与十年前别无二致，加州四月的阳光热辣辣地炙烤在身上，因为这条太平洋海岸上沿途都是小镇，靠近镇子车速必须降到60公里以下，加上全程曲折迂回的盘山道，车速根本提不起来，于是我听从小青的意见租了一辆白色牧马人。

一路上，我们的话并不多，只想快点到达目的地。路过 Pescadero 小镇时，小青指着矗立在远处的白色灯塔说："子期，你看。""要不要过去待会儿？"我问。小青没有回答，我减慢车速，转上去鸽点灯塔的小路。

还是十年前的样子，一切恍如昨日。我和小青并肩站在灯塔下洁白的木制栏杆前，面对湛蓝的海水，我本想说点什么，但见她远眺大海时那失神的目光，便选择沉默了。我想她一定回忆起十年前我们三个流连在灯塔下直到太阳完全西沉，并肩看海面上最后一抹余晖消散殆尽。

忽然听到"咔嗒"一声，我俩一起回过头去，便见到一个十四五岁的白人男孩，一只手端着立拍得，一只手摇晃着一张底片。"嗨！你们两个的背影很美，我就拍下来啦，送给你们吧。"男孩见我们看着他，便用蹩脚的中文说。"你会说中文？"我问。"当然啦，我十二岁就去过中国，北京，我很喜欢北京。你们是从哪里来的？你们好，我叫波。"男孩说着伸出手来，我只好表示热情地握住了他的手，随手接过他递来的照片。波只穿了件无袖的背心，健康的麦色皮肤映衬着棱角分明的俊俏面孔。

"我们从北京来。"我说。"哇！太好啦，我去过长城、故宫、天坛，还有，还有雍和宫、南锣鼓巷，时差海。""是什刹海吧，有银锭桥的那个？"我笑着问。"对！是叫什刹海，还有后海、前海、北海、中南海。"波一本正经地说，小青也笑了，故意问他："中南海你也去过？好厉害！我都没有去过呢。""真的？那你应该去看看，中南海前面有一条街种的都是玉兰花，我是三月份去的，那花开得好白好香啊。"我和小青相视而笑，西长安街，曾几何时我们两个携手漫步在玉兰花树下，享受傍晚的微风送来阵阵淡淡的幽香，夕阳下的小青很美，纤尘不染，傲世独立。

波是个开朗热情的男孩，很快便和我俩混熟了，他说他家就在附近，爸爸查理是灯塔的管理者，所以他每周末都会在这儿逗留很久，等父亲下班一起回家。“总在这里不腻吗？你这个年纪应该喜欢四处跑才对。”我问。“腻？为什么会腻呢？这里又不是每顿饭都吃很多的肉。”波不解地问。小青“咯咯”笑起来，说：“will not be bored with?”“哦，当然不会！我每天都会拍很多照片，尤其喜欢拍你们这样的情侣，每一对儿感觉都不同。我还会和很多人聊天，我现在不但会中文，还会讲法语和西班牙语，还会几句德语和希伯来语呢。”波自豪地笑着说。小青对他的成就表示了由衷地赞赏，但马上又问：“来这里的难道都是情侣？”“也不是的，也有几个好朋友一起来的，也有一个人来的，但是很少。”

我和小青对望了一下，这一刻我们的心中所想应该是一致的，但三个多月过去了，波怎么会记得所有人的样子？何况他又不是天天都在，如何刚巧遇到笑非？我们正胡思乱想着，便又听到“咔”的一声，波不知什么时候掏出一个卡片机来，把我和小青对视的一幕拍了下来。“刚才那张是送给你俩的，这张我留着，哈哈。”波调皮地笑起来，我和小青只好做了个无奈的表情。波找了个树影处坐下来，低头翻看刚才拍的照片，我和小青也凑了过去。“可以一起看吗？”小青问。“当然可以！来吧。”波很大方地挪了挪屁股，把我和小青让进阴影里。

下午的阳光从海上斜斜掠过我和小青的身侧，海风吹起她修剪得层次分明的波浪长发，和白底点缀黑色花朵图案的围巾一角，最是她眯起的双眼，在那长长卷翘的睫毛处，金色的阳光透射出点点氤氲的光斑，连她脸上乳白色的细小寒毛都根根可辨。我忽然觉得心里有些难受，强自忍住，闭了一下眼睛又睁开，这是两张没有任何笑容的脸，但对视得如此默契。

“你俩一定很相爱。”波也认真地盯着照片看了很久，然后说，“你们要把邮箱地址留给我，这张照片我不能自己独占，我会发给你们。”“好的，多谢了。”我说。波抬头看了看我，又看了看小青，说：“还想看看其他的照片吗？”“可以看吗？”我问。“当然可以！”

波慢慢地翻着相册里的照片，正如他所说，他的镜头捕捉到的基本都是情侣，他边翻照片边介绍每一张照片的背景故事，有时短短几个字，有时很长，有时不过“哈哈哈”地笑几声便越过去了。偶尔也会有孤单的身影在他的镜头里出现，神情萧索的年轻人，满头白发的老者，风尘仆仆的背包客，但他们都有一个共同的特点，目光清澈专注，思绪却神游物外。

“等等！”小青突然喊道，“前面那张。”由于照片实在太多，波已经加快了翻阅的速度，我也看得倦了，渐渐视线有些模糊，被小青一喊，立刻凝神看去，那一张拍的果然是笑非。

6

笑非独自站在灯塔下，面对被落日染红的海面，风拂起他的长发，露出笔直宽阔的额头和陡窄高耸的鼻梁，他的眼神坚定却带着忧伤，那曾经粉嫩的双唇如今含着一抹惨白的笑，线条分明的嘴角叼着一支没有点燃的香烟——Lucky strike。

“他是不是很帅？”波抬头看了一下小青问道，“我想他也是中国人，中国人里面很帅的，可惜我没有跟他说话。”波说着叹了口气。“为什么？他很快就走了？”我问。“不不不，他在这里待了很久，还住了一个晚上，应该就在那边的旅馆。”波说着指了指东面，“我记得很清楚，因为很少人会像他那样来，他在这里待到天完全黑了，我爸爸劝他离开的，结果他第二天早上又来了。但他好像不爱拍照，也不爱说话，我只偷偷地拍了这一张，但这张真不错，是不是？”“是的，非常棒！”我拍拍波的肩膀说。

波笑了笑，突然很天真地说：“你不嫉妒吗？”“什么？”我问。“你的女朋友喜欢这个男人哦，你不嫉妒吗？”“当然嫉妒，”我说，“但是我也喜欢他。”波觉得莫名其妙，却也没有再问，只是自顾“嘿嘿”地笑了两声，我和小青对视一眼，站起身来。

告别时，我送给波一只全新的U盘并留下我的邮箱地址，他非常高兴，送我俩一直走到停车场，路上我说：“记得把照片发给我哦，还有刚才那个帅哥的。”“那不可以，我不能把别人的照片发给你，你喜欢也不行，这是侵犯人权。”波听了一本正经地说，好像自己偷拍就完全没事儿似的。“我们认识，不是陌生人。”我只好说。“真的？你不要骗我。”波将信将疑。“我不骗你，他是我弟弟。”

直到我给波看了我手机里存的照片后，他才彻底相信笑非和我的确有着很亲密的关系，但他还是面带疑虑地问：“可你为什么和他长得一点不像？”小青一直在旁边听着我和波的对话，这时终于忍不住笑出声来，说：“你听说过‘干弟弟’吗？”“干弟弟？是什么弟弟？”波问。“‘干弟弟’嘛，就是虽然不是亲弟弟但是比亲弟弟还要亲的弟弟。”我接口道。波想了半天，挠了挠头说：“我好像明白了，”随后又笑道，“我也喜欢你弟弟。”我们三个笑了阵便握手道别，波同意把笑非的照片发给我，并且答应我下次再见到他的时候告诉他我们在找他。

“今年一月初，我们或许该在旧金山停留一下。”上路之后，小青说。“追一定是追不到了，什么时候去都一样，先到目的地再说吧。”我回道。

“嗯。”小青不再说话，她貌似有些累了，歪在椅背上半眯着眼，我问：“想听音乐吗？我带了张国荣的CD。”小青想了想说：“先静一会儿吧。”

到卡梅尔的路程并不长，过了Santa Cruz便到了蒙特雷，因为几近黄昏，我们没有再走著名的17英里，而是直接驱车抵达镇上，找到了十年前我们三个住过的那家客栈。当然是two rooms，出发前我既已预定了房间，在网上搜到这家客栈让我很惊喜，我还记得我们住过的那两间房的房号，于是特别叮嘱了店家留给我。

“206，207？”小青拿到房间钥匙时问我。“是的，你还住206，我住你隔壁。先上去吧，我帮你拿行李。”小青看着我微微一笑，转身上了楼。十年前她便这般身姿轻盈，背影纤弱，那时她不属于我，现在依然如此。我提着小青的皮箱推开206虚掩的房门，看到她静静地站在一幅画前发呆。“行李来了，你可以简单整理一下，稍后我们出去吃晚饭。”我说。小青没有理我，半晌才说：“竟然还是那幅画，子期，十年前的那幅画。”

我凑过去看，只依稀有些印象，这些年四处奔波，酒店宾馆客栈也住了不少，卧室里不挂画的几乎没有，我实在想不起来也对不上号，便实话实说道：“真的记不得了，太多年了。”“你应该记得，这幅画很不同，”小青指着画的一角说，“这种带情侣的风景画我见得太多，但偏偏这幅画有个特别的地方，你再仔细看看。”我顺着小青手指的方向又看了看，海天相会，沙滩上依偎的恋人，内容相当寻常，只是礁石很多，浪花也有点大，画面不够安静，像是透着某种危机感。可我实在看不出来有什么不同，只好摇了摇头。

“这块石头后面有个人，第三个人。”她说。我心中倏地一惊，慌道：“你别吓我，哪里有人，我怎么就看不到？”小青纤细的手指轻轻一划，我才看到海边礁石下的沙滩上果然有一个人模糊的投影。“太阳是从画面外照过来的，根据太阳的角度这一定是岩石侧面站着的一个人的影子，只是画家并没有把他画进去。”小青严肃地回答。“为什么？这样画画岂不很怪？”我疑惑着问。“并不怪，有些画家喜欢用这种表现方式，例如塔多斯的《夜半》，他把窗外的偷窥者隐藏在树后，却在窗台上留下依稀的身影，这样往往比人物出现更让人惊心动魄。再如提香的那幅著名的《莎乐美》，画面中三个主要人物面部呈稳固饱满的三角形构图，表情祥和温婉，包括死去的圣约翰的脸，完全看不出任何血腥和杀戮。但油画描绘的却是莎乐美刚刚命人杀死自己最爱的男子，若无其事地接受呈献上来的那颗盛在盘子中的头颅，如果你不知道这个圣经故事，你几乎看不出那是颗死人的头。”小青说。

我听得一阵毛骨悚然，已忘了恭维小青渊博的知识，只是磕磕巴巴地问：“那，那个莎乐美和这幅画有什么关系？”“这是对立隐藏，美好的外表下隐藏危机，纯真的外表下隐藏杀戮。”小青说完满含深意地看着我。我忽然想到什么，只好岔开话题：“客栈老板会挂这样一幅画在房间里也很怪。”“不奇怪，老板得到这幅画时并没有注意到画中的玄机。”

小青淡淡一笑，转身坐到床上。“你洗个澡休息一下吧，一会我来喊你。”我见她不想再聊，便说。“好的，谢谢。”“不客气。”我心中突然冷冷的，转身回到房间。

7

我简单冲了个澡，知道小青会比较慢，便和衣躺到床上去。为了防止自己睡着，我不敢闭上眼睛，只好盯着对面墙上的那幅画。这是一幅阳光树林，晨曦透过婆娑的树冠在柔软的小路上投下斑驳的光点，光线把近处的树干涂上了一抹淡淡的玫瑰红，树下坐着一个白衣女子，女子抬头望向树林深处的黑暗。她的脚边放着一个花篮，篮里装的是一丛青翠的麦草。

我睡意朦胧地盯着画中的女子，回忆起小青刚才的那些话，希律王之女因不可得而杀了自己最爱的男人，施洗者约翰便为不愿奉上的一个吻而掉了脑袋，世间事无奇不有，如果没有女性这一物种就会简单多了吧？唉，小青，为什么和你认识了二十年，每一次重逢却都仿若初见。

“子期，起来了。”我睁开眼睛，看到站在面前的小青。“再睡会儿吧，昨晚折腾得太累啦。”我撒娇似地说。“活该，你愿意，赶紧起来！今天要去看墙漆的色板。还有，昨儿忘了问你，装修公司的报价到了吗？”哦，对了，装修公司说昨天下午把报价发给我，结果晚饭时喝了点酒，趁着微醺微醉的美意就上了床，直闹腾到半夜，这会儿又懒得起。我只好央告到：“小姑奶奶，容我再躺十分钟，你先去把早饭吃了，吃完正好我刷碗。”“早吃完了，你再不起我可生气了，赶紧去把报价打出来，咱俩边走边看。”小青显然不耐烦起来。“好好好，我起，你先去把电脑打开，去我邮箱里看看。”我只好说。小青撇着嘴去了。

我之所以对装修的事不太热衷，概因为小青始终不同意嫁给我，让我总觉得装了也是白装，劳心伤神不说，万一哪天她良心发现又同意了，估计这丫头还得折腾一次。但不装修她就不肯搬过来和我同住，我知道她有洁癖，别人住过的旧房子她是坚决不会住的，而我又不肯去她那寄宿，只好勉为其难地同意了，心里想着乔迁那天再搞个浪漫的求婚仪式，兴许这事儿就成了。我美滋滋地翻了个身，又闭上了眼睛。

“密码？”小青忽然在那边喊。“我生日！”我说。

“子期？”怎么这么快又来叫我，我迷迷糊糊地问：“打印了吗？”“打印什么？”我睁开沉重的眼睑，看见了小青，她已经换了一件贴身的白色衬衫，一条浅蓝色牛仔裤，宝蓝色的素面长围巾，长发简单地编了一条辫子甩在脑后，一脸素净清爽，宛若十多年前的样子。我激灵一下清醒过来，马上道歉道：“哦，不好意思，我睡着了。”

“没关系，你再休息一会儿吧，我出去一下，你起来直接去大堂找我就好，我帮你锁上门。”小青说完走了。“嗯，好，谢谢。”我说。我没有问她去哪里，她如果想说自然就说了，听到门响后，我把脸埋在枕头里，内心一阵酸痛。

我再次睡着了，醒来时屋里悄无声息，我喊了一声小青却不见回答，摸到床头的闹钟才知道这一觉又睡了大半个小时。我立刻翻身下床，边穿衣服边说：“青青，你怎么不叫我？”屋里并没有小青的身影，不在厨房和卫生间，连不可能藏人的窗帘和门后我都看了，小青的确不在。我忽然看到电脑开机的指示灯还亮着，便走过去打开了显示器，只扫了一眼我便傻了，无论如何也不会想到那竟是一封来自陈熙的邮件。

“子期，好久不见，你还好吗？”我觉得寒毛都竖了起来，不敢往下看，却又不得不看。

“上次你给我推荐的老中医我去看过了，也开了一些中药，吃了一阵子觉得还好，身子不是那么虚了，胃口也好些，只是很想很想见你，你为什么这么久都不来看我呢？

“我听说你在装修房子，是准备和程青结婚吗？我还是等到了这一天，在你心里，我可能连她的影子都算不上，如果当初没有把孩子打掉，你的新娘会不会是我？

“子期，你知道我有多爱你，可你真的爱过我吗？我曾经多么相信你说的每一句话，为每一个甜蜜的字眼儿欣喜若狂，可如今我不敢奢望你的爱，只希望你能偶尔见我一面，而不是电话中那淡漠的关怀。

“子期，如果可以，见我一面好吗？等你，爱你的，熙。”

我跌坐在椅子里，望着电脑屏幕发呆，我知道就在刚才小青也一定像我这样瘫在这里，看着这如刀锋般划过视网膜的几行字，心痛如裂。

8

这么多年过去了，我以为我的心早已习惯了被撕裂被缝合再被撕裂，我以为那个伤痕累累的心再也流不出温热的血液，只剩一具空荡荡干瘪的皮囊，装着过往岁月中那些因虚伪、懦弱、固执和自负而阵亡的鬼魂，层叠堆积，阻塞了周身七经八脉眼耳口鼻，让我变成一个彻头彻尾的无知无觉者，空虚麻木地在世间徘徊。而此刻我宁愿那些狰狞的恶鬼能滋生出悔恨的触角，无时无刻不啃噬着我，让我感到恶心，但也感到存在。

我盯着对面墙上的那幅画，那黑暗中隐藏的到底是什么？一只猛兽？一个猎人？一个践踏者和掠夺者？或许只是晨曦中一座灯光刚刚熄灭的林间小屋？温顺的羊羔与和蔼的老人？只有画的作者知道答案。无论隐藏的是什么，都是未知，未知便萌生恐惧，因为你不知道它会什么时候在什么地方以什么方式突然向你袭来，令你惊慌失措溃不成军。

我一个人孤零零地在大街上游荡，小青的手机关了，我不知道她会去哪里，只好拨通笑非的电话。“哥，出了什么事？”笑非立刻听出我语气有异，便问道。“小青走了。”“走了是什么意思？你俩吵架了？”他又问。“还没来得及吵，估计也没机会吵了，她恐怕不会回来了。”这几乎是肯定的。我心烦意乱，很想找笑非聊聊，但又不敢错过任何可以找到小青的机会，所以只是跟他说："如果小青联系你，你一定告诉我，并想办法找到她。""哥，到底出了什么事？怎么这么严重？"笑非听完知道事情不小，便又问道。"记住我的话，随时联系我，别的不要问。"我挂了电话。

我没有找到小青，我找遍了她有可能出现的所有地方，没有她的影子。我奔波了整整一天，精疲力竭，直到夜幕降临，我才又回到小青家楼下。从电梯里走出来时腿已经软了，明知道她不会在家我还是敲了敲门，只是很轻很轻，都不能确定如果真的有人在屋里会不会听得到。我完全没有整理好所有想和她说的话，我觉得任何话都不再有意义，是我自己活该，是我应得的，但我不该让她承受这份伤害，即便她再也不肯原谅我，我也要见她一面，知道她一切都好，知道她因为忘了我而再次获得了平静和幸福。

我伏在门上痛哭失声，嘴里喃喃呼唤着小青的名字，但她走了，不会回来了，再也不会和我一起住在装修好的房子里，再也不会成为我的新娘，不会夜半惊醒时贴在我耳畔喊我的名字，睡觉时不会再握着我的手，离开时不会再微笑着回头。我精心搭建的空中楼阁将彻底崩塌，不留一砖一瓦，因为她曾经说过，最恨的就是欺骗，她说："我若离去，后会无期。"

我在小青家楼下坐了整晚，却并未怀有一丝希望，因为我了解她，她如果不想见我，我永远不可能见到她。凌晨六点整，笑非的电话打了进来，"哥，有小青姐的消息吗？""没有。""你现在在哪儿？""她家楼下。""哥，等着我，别走。"

二十分钟后，笑非到了。"哥，上车吧，我送你回去。"我已经没有了说话的力气，只好跟他上了车，靠在副驾驶的座椅上望着前风挡上晃动的雨刷器发呆。笑非也没有说话，只是时不时地望向我，叹着气，我见他眼圈黑黑的，知道他也一晚没睡。快到家时他问我要不要吃点东西，我摇了摇头，他便送我上楼，帮我换了干爽的衣服，安顿我躺下，又下楼去买了早点。我任他独自忙活着，只是躺着不说话，也不肯看他。

“哥，你若不想说我就不问，但你这个样子太让我心疼了，我该怎么帮你才好？”笑非眼圈儿红红的，说话的声音如同来自遥远的天国。我摇了摇头，强忍住没有流泪。

“哥！”笑非突然趴在床头哭起来，他双手抓着床梁，把脸埋在两臂之间，浑身颤抖。我忍不住开始抽泣，早已堵在胸腔内的那一阵阵痛楚顷刻间爆发出来，终于变成嚎啕大哭。笑非扑上来紧紧抱住我，上半身伏在我胸口和我一起痛哭失声，我张开双臂把他的头搂在怀里，就这样和他一起哭了个昏天黑地。也不知道哭了多久，笑非渐渐收了声，我也累得连气都喘不上来，便一起昏睡过去了。

9

醒来时，天已经黑了。我转头看着身旁熟睡的笑非，他脸上依然挂着委屈的泪水，一只胳膊搭在我胸口，头贴在我肩膀一侧。我想起床，却感到一阵眩晕，“哎呦”叫了一声，笑非立刻醒了。

“哥？你怎么了？哪儿不舒服吗？”他说着爬起来，关切地望着我。“恐怕有些着凉，浑身酸疼的，”我说，“没事儿，你再睡会儿吧。”笑非伸手摸了下我的额头，惊呼道：“这么烫！你发烧了，别动！”说着一跃下了床，开始翻我装药的抽屉。

喝了一杯泡腾片，又量了体温，高烧 38 度多，笑非执意要送我去医院，我不肯，他只好说：“如果今天半夜再烧起来，我就把你打晕扛到医院去。”“那最好烧到 40 度，你就不用打我了。”我说着苦笑。他皱起眉来，生气地说：“你他妈还真有兴致，我都快疯了。”我知道自己是故意装大瓣儿蒜，其实心里的痛并没有过去，还在一浪一浪地翻搅着，但我早不是情窦初开的柔弱少年，何苦让笑非跟我一起难受。于是便说："'得之我幸，失之我命。'我向来不与天争，你是知道的。"笑非看了看我，并没有反驳我的意思，只是说："少说几句，躺着吧，我去给你做饭。"

这次高烧整整烧了七天，笑非也陪了我七天，自从毕业后我俩再没有这样亲密相处过，而今一个桌上吃饭，一张床上睡觉，笑非也渐渐恢复了年少时的开朗性情，整天讲笑话逗我开心，我也感到心中宽慰了许多。

一天我见他哼着歌收拾房间，便禁不住笑话他说："看你那德行，哪像三十岁的人？跟个毛头小子似的。"笑非笑着回我："你不提醒我，我还真忘了我多大，以为还是咱们上学那会儿呢。"我看着面前这个容光焕发的男人，无论是身材还是长相，完全看不到任何岁月的痕迹。"你是一点也没变哪，我却老了。"我叹了口气。"哥，你哪里老了？你还跟小时候一样，是你心态老了，以后咱俩常在一起，你就年轻了。"笑非又说。常在？天下哪有不散的宴席，何况你我又岂能长相厮守？我想了想说："笑非，我给你讲个笑话。""好啊，我这就搬个小板凳儿来听。"笑非煞有介事地凑过来坐下。

"话说一日，沙僧梦中惊起问：师父可曾回来了？八戒便说：猴儿哥去了这三日，不曾有消息。沙僧急了，说：待我再去寻了来！猪头笑道：还寻个屁呀！那孙猴子定拿师父做了聘礼，娶了白晶晶回花果山了，咱们也趁早分行李散了吧。沙僧于是无奈道：也好，散了就散了吧。于是就散了。常言道：世间哪他妈有九九八十一难，长聚不如早散。"

"哥，你说这个是什么意思？"笑非不但没笑，反而沉下脸来。"笑非，我也好了，明天你搬回自己家住吧。"我狠下心来说。

笑非像似突然被一道闪电击中了，半天动弹不得，俄顷才抬眼问我：

“哥，你烦我了？”“不是烦你，你有你的家，要工作，我也一样，不能——这些天你也累坏了，应该回去休息，你看，我不都好了吗？”我开始语无伦次起来，其实心里早已料到笑非的反应。“你还记得你手受伤吗？我照顾了你一个多月，那时你也没烦我呀？”“笑非，你怎么还像个孩子？你都三十了，我还比你大两岁，我们能像小时候那样相处吗？”我有些烦躁起来，其实是生自己的气。相逢本无缘，相聚两相怨，相惜难相守，终究付离乱。

笑非看了看我，又环视了一下房间，开始收拾东西。我像赌气似的不说话，看着他把东西整理好，拿上了手提袋，站在屋子中间。“我送你下楼。”我尴尬地说。“哥，没事儿，我好着呢，你注意身体，有空联系。”他话没说完便转身走了，我心里忽然像被掏空了一样难受，一个趔趄跌坐在床上，一股愤懑之气直冲头顶，脸瞬间涨得通红。

到大堂时，小青正坐在沙发上翻杂志，见我走过来便微笑着说：“起来啦，看来你真累坏了，我来开车吧。”“好的，”我说，“吃饭去吧。”

“我问了客栈老板，笑非一月初的确在这儿住过一段时间，大概是两周左右，然后就离开了，据说是想去走66号公路。”坐到餐厅里，小青对我说。“66号公路？那不是要去芝加哥？”我惊问。“你别急，听我说，”小青打断我，继续说道，“他的确应该是去了芝加哥方向，自己一个人开车走的，你还记得十年前吗？”是的，十年前我们三个来到这里，就在这个镇子上，我们曾经说过，以后有机会一定要一起走一次66号公路，并且发誓无论发生什么，如果三人不能同行，这条路一定不会自己走。

“他竟然自己去了。”我忽然有些感伤。“可他又回来了！”“回来了？”我几乎喊出声来。“是的，就在半个月前，他出发去66号公路的两个月后！”“你怎么知道？”我急忙问。“你知道他，他又回来住了这家客栈，但是只住了三天就走了。我让老板帮我查了日期，他离开的那天是3月21日。”小青说着叹了口气。“3月21日？你记得这天是什么日子吗？”我忽然想起了什么，问小青。小青想了想，摇摇头说：“不记得。”“3月21日，亮门送老朴回国，那天晚上我们三个聊到很晚，我打车送你回家，你把招贴画落在了出租车上。”

“这和笑非有什么关系？”小青皱着眉头问。“可能无关，也可能有。”

第四章 | 卡梅尔

1

十年前的卡梅尔也似这般安静祥和，充满诗情画意，无处不浸透着清幽古雅却又非同寻常的艺术氛围，街道上依然鲜有行人，连古董店和甜品屋都未曾改变位置，当地居民静静地坐在路边长椅上小憩，树影婆娑，柔和的海风拂过这片波西米亚风情的桃源仙境，留下亘古不移的原始气息。

一切宛若十年前，只是如今剩下我和小青两个人，我极目望向海洋大道的尽头，期盼着会有一个修长倜傥的身影出现。

笑非一个人在街上慢悠悠地走着，我和小青跟在他身后，他偶尔回过头来远远地和我们交流几句，多数时候只是独自享受那份内心的舒畅与平和。我和小青也很少说话，校庆一别，我们三个两年多没有见面，直到去年重逢，到如今这难得的结伴同游，我早早放下了任何有可能破坏平衡的自私念头，只想这样和他们和谐共处，如三个毫无隔膜相对坦荡的处子。可我知道自己已经失去了这份荣耀，在他俩面前我只能自惭形秽。

笑非突然用手直指着正前方回头看着我和小青，我们抬眼望去，街道尽头出现一片蔚蓝的大海，海岸边是洁白的沙滩，我朝他点了点头，他就像小鹿一样欢快着奔去了。我和小青相视一笑，我说："你瞧他，哪儿像个成年人，倒是一点没变。""这才是他应该的样子，永远都不会变，如果变了，这世间也就再没有杜笑非了。"小青望着笑非的背影说。

如果说我不嫉妒小青和笑非的情谊是撒谎，但我如今可以理智地看待这一切，如果我和小青不能走到一起，他俩就更没可能，这一点我们三个都清楚。索性放下内心的纠葛，一切随缘吧，我始终相信总有一天，我会把小青拥入怀中，我也相信，我会给她幸福，我们三个人还会像今天一样，单纯、快乐、和睦共处。

笑非仰卧在沙滩上，捡了一片树叶盖着脸。我笑问："你又晒不黑，挡着脸干嘛？"笑非听出了我的声音，也不抬头，只是说："我脸倒是没黑，却红了，必须要遮一遮。"小青蹲下身去，一把掀开笑非脸上的树叶，一本正经地说："那我倒要看看，莫非红成关云长了？那正好桃园三结义，晚上酒喝猜拳。"我正要为自己争辩，却看到笑非果然红了一张脸，被小青一说，腾地坐起来，去抢小青手里的树叶。小青把树叶向身后一抛，故意气他道："树叶也不顶用，你不如把头直接埋在沙子里，别人看不看不重要，自己看不见就得了。"我"扑哧"一笑，对小青说："你别戏弄他了，你倒是说说，这光天化日的，你脸红什么？"

小青和笑非在一起的状态和她平时完全不一样，比和我在一起要放松得多，我看在眼里酸在心头，却也不敢表现出来。转念一想，也许他俩都还没长大的缘故，我不能要求每个人都像我一样，家庭背景、性格秉性、社会阅历都不同，如果她们真的可以保有这份纯真又有何不可？

小青这时正逼着笑非不依不饶，笑非支吾了半天，只好说："说了你们也不懂。""怎么不懂？谁不懂我俩也懂，你说吧。"我说着也坐了过去。笑非想了想，低下头去小声说："其实我就是突然感到幸福，很幸福，所以激动得脸就红了。"

我和小青对视了片刻，突然明白了，一起露出了笑容。小青就势躺下去，躺到笑非旁边，我紧靠在小青一侧也仰面"咣当"倒了下来，我们三个人就这样并排躺在沙滩上，望着蓝天发呆，无限遐思翩翩而来，和舒缓的海风融化在一起，渐渐凝固成西天一抹瑰丽的晚霞。

很久很久以后，我以为我们三个都睡着了，其实谁也没有睡，只是不想说话。突然，笑非说："哥，小青姐，我做了一个决定。""嗯？"我和小青同时问。"总有一天我要移民到美国来，就住在这里，卡梅尔小镇，终老一生，再不离开。"我一笑，接茬道："没有我，你不怕没人陪你扯淡？""怕，但怕的总会来，现在还没到怕的时候。"笑非幽幽道。小青没有说话，半晌她挪开一直遮挡着脸的手臂，叹了口气说："笑非，别太早做决定。"

我并没有把笑非的话当真，以为他不过一时兴起，若干年以后的事如今说来太早，但听了小青的话之后我便知道自己错了，小青比我更了解他，知道他说的就一定会做。这似乎预示了我们三个终将分离，而如果离开的是笑非，我和小青能走到一起吗？我胡思乱想着，并为自己竟萌生这样卑鄙的念头而感到羞耻。

2

我们三个出发前并没有制定旅行计划，只是想走一走一号公路，喜欢哪里便在哪里多停留些日子，不过全程只有十五天时间，旧金山入境，圣地亚哥出，而卡梅尔几乎是此次行程的第二站，我本想着三天已足够，到得第三天吃过晚饭，我对笑非和小青说：“明天继续出发吗？”我知道他俩都有睡懒觉的习惯，便又说：“下午或傍晚也可以。”

小青双肘搭在栏杆边上，一只手托着腮，斜眼看着笑非不说话，我把椅子向后挪了挪，仰身看着他俩，笑非叼着烟望着二楼下的庭院，坐在我和小青中间。房间外的露台是半闭合式，没有人打扰，每天我们都会并排坐在栏杆前聊会儿天，或是闲坐发呆，直到夜半的寒气侵上来才各自回屋睡觉。我见半天没人言语，只好叹了口气说：“算我没说。”

小青拍拍笑非的肩膀说：“你哥生气啦。”笑非这才回过头望向我，试探着说：“我有个建议——”“那就不走啦！”我站起来，打断了他的话。“不是，是你俩先走。”笑非抬起头，突然咧开嘴露出了叼着烟的两三颗牙齿，做了个似笑非笑的表情。我站住没动，看看他，又看看小青，小青也看着我，我俩一脸茫然。“你不是一直想去比利弗山吗？中途岛号你还去不去看？赫氏古堡只剩 100 公里了，你这是打的什么主意？”我问，这小子该不会是为了让我和小青单独相处吧？我虽乐得如此，但扔下他自己也绝不忍心。

“哥，你激动什么？我就是想在这里多待两天，洛杉矶我完全可以不去，过几日在圣地亚哥碰头不就成了？”笑非说，却不看着我，始终望向客栈内漆黑的庭院。“不成！少废话，你肯定是又闹什么幺蛾子，有什么话直说！”我假装生气，心里却在想如果真的和小青单独走了会怎样？小青一直没说话，这会儿终于忍不住说道：“你俩当我不存在了？三个人一起出来的，要散就都散，谁也别自己走，好好的又折腾什么？”说完起身回了房间。我猛地给了笑非一下，怒道：“回去睡觉！”便也转身进屋了。

将近午夜，笑非才进房间，我不理他，他笑着对我说："我知道我不回来你也不睡，天花板上有花看吗？看得眼睛都直了。"我这会儿真有些生他的气，便说："你这个小孩儿性子什么时候能改？风一阵儿雨一阵儿的，到底又怎么了？"笑非没有答话，直接进了卫生间，关门前探头说道："我先洗个澡。"其实我是真怕他又突然消失不见，回来时跟没事儿人一样嬉皮笑脸。

等到笑非湿淋淋地从浴室出来，我已经假装闭上眼睛睡了，他躺在床上翻了几个身，终于开口说："哥，你这几天总说梦话。"我突然睁开眼，转身面对他问："怎么会？我从来不说梦话的呀，都说什么了？"笑非并不回答，只是说："是啊，大学三年都没听你说过一句，这些天倒是听了九九八十一句。"说完自己笑了。"就因为这个？"我问。我想我恐怕梦里提到了小青，让笑非觉得不舒服，或者只是念在我用心良苦，与我心有戚戚。"哥，你和陈熙的事小青姐知道吗？"笑非突然问。我脑袋"嗡"的一下，翻身坐起，盯着他说："你胡说什么？我和陈熙什么事？"笑非抬眼看了看我，转身背过去说："你不说我也不想听，只是你要不要告诉她。"这并不是个疑问句，我明白笑非的意思，在他的世界里不允许有欺骗，如果他是我，他宁愿放弃和小青在一起的机会，也绝不会对自己心爱的人隐瞒真相。

我仰面躺倒，双腿垂在床畔，努力让自己冷静下来，我没法解释我和陈熙的关系，甚至我自己也搞不清楚，如果不是笑非那晚没有打电话给我，我恐怕不会和陈熙走到一起，可是我能怪笑非吗？是我自己疑心太重，又太敏感，更禁不住现实的诱惑，轻易让理想被击败。而今陷入此番境地，我该如何面对？和笑非与小青的真实相比，我隐瞒了太多的东西。

"笑非，答应我永远不要告诉小青。"不知过了多久，我终于说。"我知道你会说这句话，你放心，你不让我做的事我绝不会做，但你要记得，既然你决定了，就要承担这个决定带来的一切后果。”笑非一直在等着我，这些话也是他放在心里一直想对我说的。

我心思千回百转，刚刚萌生的希望又破灭了，可能我和小青真的有缘无分吧，可笑非不说又有谁会告诉她呢？我们都是成年人了，这件事真的有那么重要吗？我辗转难眠，笑非却踏实地睡着了，我望着他如婴儿般酣睡的脸，突然纳闷儿起来，如果只是因为这个，他为什么提出要自己走呢？难道还有别的原因？

3

晨光很美，细致朦胧地透过树梢，丝丝缕缕漫洒在宁静的街道两侧，海鸥醒得很早，偶尔会飞过城市中央，但更多的是乌鸦，独守着日夜不变的乌黑蹲踞在路灯光秃秃的枝杈上，他们不爱聒噪，除非为了传达必要的讯息，振翅的同时短促地鸣叫一声。

我在餐厅独自翻看手机，处理些太平洋彼岸发过来的工作，基本只需回复可以或不可以，幸好他们知道我的脾气，不到最终定夺时不会骚扰到我。我为自己点了份简单的早餐，煎蛋炒饭和橙汁，因为故意放慢了速度，还没等吃完就已经冷透了。

虽已近十点钟光景，餐厅里却只有我一个人，桌椅整齐，餐具洁净，可连个侍应生也看不到，只有前台的青年男子百无聊赖地望着窗外，在手指间翻弄着自来水笔。我几乎坐在餐厅的最里面，因为昨晚我们来时只剩下这一桌空着，晨起虽然没人，我仍选了这个位置。

门外的阳光忽然被遮挡了一下，我抬起头看到一对男女走进来。室内光线很暗，距离又远，我看不太清对方的面貌，只能分辨出是两个白种人，男子身材挺拔矍铄，女子窈窕典雅，他们一式穿着考究的外衣，精致的饰品，举止素致，几近无声。我忽然觉得那是笑非和小青，若干年后，他俩坐在卡梅尔小镇的一间高档餐厅里，像此刻一样倾心交谈，互相致以最亲密却也最礼貌的问候，像是重逢，又像是已相伴一生。

侍者终于出现，当他招呼完新客人又走过我身边时，我请他帮我撤掉餐具并送来一杯新煮的咖啡。咖啡端上来时小青也到了，她换了一条素白间灰的棉布长裙，围了条有巨大花朵图案的彩色披巾，长发松松绾起，用墨镜卡住刘海，露出细白精致的一张脸。

“我不该每次见你都说同样的话。”我说。“是的。”小青微微一笑。我见献媚不成，只好收了话头，端起杯子假装喝咖啡。小青点了份蔬菜沙拉做早点，又叫了杯不加冰的柠檬水。我安静地看她把早餐吃完，才开口说：“窗边位置上的那对儿情侣你注意到了吗？”“嗯。”小青放下杯子点了点头，“但他们不是情侣，应该是一对老夫妇。”“老夫妇？”我问。“是的，应该有六七十岁了吧，但气质很好，是么？”小青说。我叹了口气，靠在椅背上，那不会是我二三十年后的样子，甚至比我现在还年轻。

“怎么？发什么感慨？”小青笑着问。“你知道，我很受打击。”我苦笑着说。“子期，你的心态有问题，你早熟没有坏处，但你也早衰。”小青咧了一下嘴角说。我盯着她的脸，在这张清晰细致的脸上看到了另外一个人的脸。“笑非也说过同样的话，他说我心态太老，要我常和他在一起。”我黯然道。“你能么？你总是充满了怀疑和戒备，悲观、敏感又自负。”小青继续说，她知道这些话换做别人说我一定会一笑置之并怀恨在心，但从她嘴里说出来我只能听着。

“你说的没错，我一直在尝试改。”我只好应道。“别骗自己了，你没尝试过，也改不了，我们都改不了。”“或许可以为了别人而改变，或者为了爱。”我低声说。小青看着我，摇了摇头：“爱到底是什么，有谁知道？爱不过是一道没有答案的谜题，有人努力求解，有人放弃，有人选择自欺。任何想要改变对方的爱都不是爱，而是伤害。”“是的，”我说，“我还记得《青蛇》的最后，小青对法海说，‘我到人间来，因为你们说人间有情，但情为何物？真是可笑，连你们人都不知道。’如此看来，众人无意识，这话是对的。”“鲜有人具备独立判断和思考的能力，勒庞曾说，‘群体的叠加只能增加他们的愚蠢，智力反而会大幅下降。相比于个人，群体不存在丝毫的智力优势。’要记住，强大的人往往独立存在，只有弱者才需要扎堆儿，俗称乌合之众。所以，你就是你，不必改。”小青目光坚定地说。

我想我俩有点跑题，但我们总是这样，由一件事聊到另一件事最后连主题都记不起，完全发散掉了。为了防止扯出太远，我只好拽住话头：“所以你和笑非故为强者，我不过是泯然众生的乌合之一。”我笑道。“乌合之一？是心口不一吧，我最讨厌你的就是这一点，这一点你的确比我和笑非都差。”小青也笑了。“那当初你怎么会喜欢上我？我这么个一无是处的人？”我借机问道。小青想了想，忽然严肃起来，说：“我不知道，可能只因为你那天看我的眼神，只那么一瞬间，我感受到了你，也接纳了你。”

“是在笑非单位的第一次见面？不会那么早吧？”我问。“不，是在给朴哥送别的那天晚上，就是那么早。”小青说。天无情，人亦老，亮门常在。3 月 21 日，笑非，曾经被我忽视的一切，从来未能逃出你的目光。

4

这真是一种悲哀，你可以和你曾经的爱人谈情说爱，但那些内容却仿佛都和你无关。2000 年 3 月 21 日，我们三个再次相聚，而五年之后我才和小青真正走到一起，再之后呢？相聚分离，分离相聚，直到触碰了彼此的最底线，这个曾经完美的等边三角形终于分崩离析，那是三年前，我和笑非见的最后一面。时间从不为谁停留，何况是回头。可回头又怎样？年少时我们都是勇往直前不肯转向的舵手，而今炎凉走过，心里想的却只是“人生在世不称意，明朝散发弄扁舟。”

我和小青步出餐厅，迎着上午的阳光向客栈的方向走去。今天要做的事情很多，如果没有结果我们恐怕要南下。路上，我俩谁也没有说话，只是静静地享受这个城市如幻境般围绕在周遭的一切，今日一别，再见不知何时。

人有的时候很奇怪，如果自己变了，便会觉得其他的一切都没变，心中不免感慨未能固守纯真失之盲从；而如果发现其他的变了，反会觉得自己没变，于是感叹世态炎凉，偏我故步自封未曾进益。看来无论如何人是看不透世间也看不清自己，杨炼说得好：“情节，只因为衰老，才显得一模一样了。”总有一天，我们会模糊了面目，你中有我，我中有你，在衰老的岁月里沉淀成泥，再蒸腾为灰，便再也分不开了。

十年前走在这条街上，我看到的是不一样的世界，而今走在这条街上，我看到的是不一样的人。我和小青驾车缓慢地行驶在卡梅尔小镇的主干道上，目之所及多是牵着手同行的老人，他们是那么安详那么幸福，像少年人一样毫无顾忌地展露天真的笑容，而这一幕幕竟让我椎心刺痛，半生已过，我依然茕茕只影，独自面对未知的前程。

“小青，你真的不打算嫁人了么？”我终于还是忍不住问道。“这个问题不要再问了吧。”小青面无表情地说。“我就是想知道为什么？”我依然不放弃。“子期，人为什么要结婚？”小青问我，但还没等我回答，她便自顾自地说：“为了怕寂寞？怕人非议？怕父母亲人悲哀的眼神？还是因为怕死，必须要找个人延续自己的生命？怕寂静的黑夜还是怕喧闹的人群？怕委屈无人倾诉伤心无人安慰？怕在无人知晓的情况下撒手人寰？你知道，这些我都不怕，这就是为什么。”

“但你总有需要别人的时候，你选择的那条路不一定总有美丽的风景。”我无奈地说。“你说得对，但既然选择了就要坚持下去，怎样选择都是错，只要坚持就一定不会错。一个人不可能既选择了单身的自由又想要家庭的温暖，既想远离爱人的牵绊又无法承受一个人的孤单。每条路上的风景都不同，你只能选择一条去走，左右摇摆只能让你一事无成，坚持走下去，你便会拥有属于你的一切，而这一切是你选择的，就一定是你喜欢的。同时，坚持自己是一种值得骄傲的信念，当你终于到达终点时，你不会悔恨因听信了别人而怀疑过自己，所以你不会怨天尤人，因为这就是你选择的路，你自己坚持下来了，没有人可以影响你，因为没有人能为你的幸福负责，你有的只是你自己。”

小青说的似乎有道理，但我还是问：“再过些年，你还会这么想吗？”她斜斜地扫了我一眼，很不屑地说：“年轻时不能接受的，老了更不能接受。时间是让人日臻完美，而不是让人畏惧妥协。”“如果选错了呢？”我开始丧失底气。“怎么选择都是错。墨菲定律告诉我们：事情只要有可能出错，就一定会出错。关键不是选择，而是坚持自己的选择！”我听她如此说不免深深叹了口气，半晌道：“或许是我让你对男人失望了。”“不是，是因为我对生活要求更高了。”

我无言以对，并不是我被小青说服了，而是我知道自己根本无法说服小青，她如此决绝地说出这一切，无非是让我知道她今天的决定无可更改，也没有任何回头的余地。而今天是我逼她说出这一切，如果她没有说，是否还有可能改变主意？但既然她说了，就绝不可能改变了，这就是她，任你红尘漫卷我自岿然不动，独一无二的小青。

5

整整一天我们都在卡梅尔小镇上往来奔波，光顾了几乎所有亟待出租和正在出租的房屋，幸好卡梅尔只是个四千居民的小镇，挂牌出租的房子并不多，纵如此我们依然累得筋疲力尽。终于坐下来时已是傍晚，我看着一脸失望的小青，不知道该怎样安慰她。

笑非虽然曾经说过想移民到这里居住，但这次留下来的可能并不大，如果只是移民这么简单，他没必要瞒着家里人，这一点小青应该比我清楚，只是她不愿放过任何能找到笑非的机会。有时候我真不明白笑非对于小青到底意味着什么？那是一种怎样的存在？笑非曾经管她叫小青姐，她从未有任何抗拒，后来改口只叫小青，她也不曾表现出什么不同。小青并不是个习惯掩饰的人，相反，她把一切不能真实展现的事物全部视作见不得光的污糟败类，她不屑于撒谎也不屑于伪装，她不会在乎你是否接受得了，也对一切赞美和非议无动于衷。二十年前她是这个样子，如今还是，时间并没有让她有丝毫的改变，一切所谓成熟和世故对她来讲都是愚不可及的蠢物。

每次见她我都会为之惊讶不已，十年二十年，她宛若完全超越了四维空间，是一个居住在云端的道连格雷，不需要完美的画像为她的良心受过，也不在乎自己在别人眼里的过错和缺点，久而久之，那些发生在她身上的言行过失也让你觉得不过是一颗无伤大雅的美人痣，徒增了些性感和神秘罢了。

她就是这样直截了当毫不隐瞒地说出了那个让我一生为之痛苦的事情，其实她完全可以选择另一种方式，就像我一直试图隐瞒自己和陈熙的事情一样，有时我会想，如果当初她没有发现那封邮件，也许我们现在已经儿女成双，天伦共享了。

如今再想这些也实在是可笑，笑非说我必须要承担谎言带来的一切后果，我承担了，这也不过是像我这样的无数成年人中的一个必须要面对和经历的，你明知道事情早晚会败露，却始终怀着一丝侥幸，因为懦弱和自负，小青说得一点没错。可我所有的虚弱和怯懦全部诞生于见到她的那一天，当我意识到我再也不能离开她时，内心的空虚与无助瞬间倾泻出来，让我周身充满了前所未有的虚弱和怯懦感，那一刻我知道，我已经爱上她了。

我始终认为自己是个理性大于一切的人，可以控制任何貌似不可理喻的情感，但唯有这份感情来得如此突然，在我毫无防备下放弃了任何抗拒与挣扎。只可惜天上住着个爱捉弄人的坏老头，他是看不惯我这样一个不甘于命运而时不时冒出点怪念头的人的，在数次失败的抗争之后我彻底臣服于他的淫威，再不愿做他想。

我再次盯着面前的小青，她不知心向何处，迷茫的眼神未在任何视点聚焦，她用吸管喝着不加冰的柠檬水，两根手指下意识地搅动着杯中翠绿的柠檬片，脸歪向一侧，另一只手展开托着太阳穴。“是不是很累？”我问她。“是，很累。”她依然想着心事。“今晚要不要换间好一点的酒店？”我说。“不用，就这儿吧。”

她想的一定是笑非，这个世间唯一与她意气相投的那个人，他们有着共同的人生观和价值观，对事物有着相似的看法和处理方式，唯一不同的是，小青属于看透了一切皆不以为然，而笑非则是对不感兴趣的一切视而不见。小青比笑非的思想复杂得多，她所做的一切是深思熟虑后的结果，所有呈现在她面前的，不消一时三刻她便已洞悉通明，再了无意趣。而笑非却简单纯粹如同婴儿，虽有聪颖伶俐的头脑，却只在自己喜欢的事物上投入精力和情感。

小青把一切存入脑海，并作为行事思考的前车之鉴，笑非则把所有抛之身外，思维处事全凭本心。就是这样两个完全不同的人，却有着极其相似的性格特点，偏这些相似之处让他们视彼此如知己，可以坦诚相见，甚至连更进一步的可能都觉得自然而然。

我突然笑出声来，小青看了我一眼说:“笑得这么怪，想到了什么？”“没什么，想起了你和笑非。”我说。“哦？还想七八年前的事呢？”小青很淡然地问。“不是，想未来的事。”小青低下头眯起眼睛直直地瞪着我，十指相扣压住嘴唇，作势等我说完。我却没得可说，只好笑笑，使劲儿揉了揉眼睛，岔开道:“老天爷对我真好，让我遇上你们这两朵奇葩，使我的人生活得无比有意义。”

小青没有笑，只是摊开双手捂住了脸，又歪起头恢复了一只手托着太阳穴的姿势，这次她的目光不再朦胧，而是把眼睛完全闭上了。

6

刚到美国不过三天，却似过了三年那么长，每时每刻在脑海翻腾的是二十年间所有发生过并被记刻着的事，福尔斯说:宽恕既是忘却。当你不想再保有这份记忆时，你唯一能做的就是放弃，放弃你曾经念念不忘的怨恨和遗憾，让他们随着时光默然远离，沉淀下的灰尘终究会被吹散，当你心无挂碍时，你知道你宽恕了，也便彻底忘记了。

而今，我独自躺在这个拥有两张床铺的房间，还是睡在靠墙的一边，笑非的床空着，这两天我甚至连脱下来的衣物都未随手放上去过，那张床始终保持平整干净，如同一座蒙着白色裹尸布的坟墓，里面是如婴儿般酣睡的笑非，呼吸均匀，嘴角挂着似有似无的微笑。

“哥，你醒了？”笑非睁开眼看着我，那一丝微笑依然挂在嘴角。“你昨晚睡得不错，貌似没什么机会听我说梦话。”我说。笑非的脸突然一沉，又闭上了眼睛，喃喃道：“哥，原来我们都这么大了。”我忽然明白他一早看到我的微笑是为什么，那定是某个幸福梦境的延伸，梦境里我们还是少年时的模样，而此刻他又跌回到现实中去了。我于是安慰他说：“你喜欢这里，咱们就再住两天吧，反正小青也不会反对。”

“哥，这事对我不重要。”他依然闭着眼睛，像是始终不愿面对现实。“那什么重要，你能告诉我吗？”我坐到床边去，面对他。“和你俩在一起。”他说。“我们不是在一起呢吗？是你要赶我们走。”我纳闷儿起来，看来我的确猜不透他的心思，有时他的想法就是这样飘来飘去的，让你不知用什么去捕捉。“不是和你俩在一起，是能不能和你俩在一起。”他终于睁开了眼睛，转过脸看着我。我“哦”的一声向后仰去，双臂撑着上半身，望向天花板。

这些年的分分合合让笑非很担心，在他心里一定认为没有小青我和他也不可能在一起，所以他才那么介意我和陈熙的事，他就像个孩子，因为怕失去更重要的东西而宁愿放弃另一个，他并不在意这些事情之间到底存在怎样的纠葛，他只在乎他想要的。但他想的错了吗？他用他的方式告诉我他真正在乎的是我，而昨天晚上的那些话不过是一种撒娇。

而我为什么到了今天才明白这一切？到今天当我必须要面对这空空的洁白如裹尸布的床单？而今他身在何处？带着怎样的不忍与怨怼？怎样的失望啊！我把头深深埋在枕头里，觉得四周的墙都在向我倾斜，如同泰坦的手掌向我碾轧过来，我用力闭上眼睛，眼前却是残荷败柳般纠缠着的黑白图像，远处是漆黑空洞的一条走廊，我看不到前方是否有一个人的身影，但我知道我必须走过去，穿出这片黑暗的世界，不管等待我的是什么，我都必须面对，即便是更黑暗的深渊，那深渊也是我必须面对的劫数。

静谧的黑暗将我吞没，我虽苦苦挣扎却不得解脱，突然，前方漫出一片光芒，那光中是年轻的笑非，他回头看着我咧嘴一笑，露出了洁白的两三颗牙齿，说："等我，别走！"我抓不住他的背影，光在他转身之后消失了，于是黑暗在我面前再次闭合起来，我被关在了光芒之外，独自陷落在黑暗之中。

"哥，我们继续出发吧。"笑非收拾整齐后对我说。"真的不再住两天了？我们还有时间哦。"我真讨厌自己的虚伪，就像小青讨厌我一样。"不了，"笑非一笑，这一笑揭穿了我所有的谎言。"最好的总是在前面，对吧，哥。"

我拿起手机，给小青发了一条信息："明天不走了好吗？再住一天。"她很快回了我一个字："好。"回复的速度如同面对面交谈，我知道她也没睡，或许正在等着我的这句话。我爱她，就是因为永远不用和她解释，她自然明白我心中所想；我怕她，因为她总是洞悉我内心的一切，在她面前我赤裸如同婴儿。

7

四月的卡梅尔干爽晴朗，充足的加州阳光给万物赋予了饱满的色彩，离开雾霾肆虐的北京城哪里都是天堂，何况是笑非最爱的城市，对于小青和我都有别样的意义。整个白天我俩都在街上游逛，闲聊着哪里变了样子，哪里还是十年前的模样，有关笑非的话题却故意避而不谈。午晒结束后，我们又去了海滩，远远地坐在一棵树下。海风很轻，若有若无地拂过脸颊，吹起小青未束起的长发，像韵律有致的诗歌在我面前起起伏伏，拨动着心弦。小青恐怕倦了，一直没有说话，我知道什么时候该打扰她，什么时候不能，便独自出神地望着远处。

在我和小青的左前方坐着一个白人男子，乍一看和笑非很像，修长匀称的身材，白皙的面颊，细软的头发，只是他的发色金黄，皮肤却白得有些粉红。他一个人面对大海静静坐着，旁边地上是一本艾伦·金斯堡的诗集，这本诗集我很熟悉，当年到旧金山时，我们三个下飞机直奔城市之光书店，就是为了买这本书。全书共1189页，收录了金斯堡1947年到1997年几乎所有的诗作，我们三个人手一本，并加盖了书店的印章。男孩身边的这本已经被翻阅得很旧了，但绝不会是笑非的那一本。我望着白人男孩的背影，心里忽然酸酸的难受。

忽然一阵风哗啦啦地翻起书页，把书中夹着的一张纸卷了出来，那页纸在沙滩上轻飘飘地翻了几个身，径直向小青身畔飞来，被她一把抓住了。小青只扫了一眼便“腾”地站起身，朝那个男孩走过去，我呆住了，一动不动地望着他们两个。小青蹲在那人身边，和他说了几句话，拿起地上的诗集翻了翻，又低声聊了很久。我开始只当她过去还纸条，后来发现她神情不对，也紧张起来，刚想要不要过去，便见她皱着眉头回来了。

“什么事？”我问。“果然是他。”“什么果然？”我一时没听明白，抬着头又问。小青看了我一眼没有回答，把手里攥着的那张纸递给我。我展开一看便惊呆了，竟然是笑非的字迹。

暗涌的愁情被杂沓的语言颠覆 / 步行的海岸一条濒死的鱼 / 呕吐出末日

性欲的全部空白

被冲刷的尸体辉映出耀眼的金色 / 落日中告别过往神圣的爱情

海鸟捡拾离人抛却的泪珠 / 以华美的姿势将秽物填向大海 / 而贝壳被打磨成锋利的触手 / 因贪婪的吸吮留下血痕

血，以疯狂的速度稀释成海 / 怀抱在记忆中逐渐朽没的沉船 / 虔诚度化故事孤独的主角

告别的圣歌从天而降 / 被背叛的叛徒在云端翩翩起舞

这是一首手写的诗，题目是《末日、海》，诗的结尾抄录了顾城《早发的种子》最末两句："我从没被谁知道，所以也没被谁忘记。在别人的回忆中生活，并不是我的目的。"我读了两遍，周身慢慢冷透，拿着纸的双手开始止不住地哆嗦，心中一阵阵翻江倒海，鼓舞着一团郁结之气直冲上喉头，我眼前一黑，猛地转身呕吐起来。

诗中的每一句话都在剧烈撞击着我的胸腔，这一刻我的感觉竟像那次分别的雨夜，只是更悲凉更绝望。我不知道笑非为什么会留下这样的文字，也许我还一时读不懂他写的这首《末日、海》，但我清晰地回忆起二十年前我们曾讨论过顾城的这首《早发的种子》，诗里的每一个字我都记得清清楚楚。

我只有慢慢地倒下 / 雪粒多么密集 / 我害怕惊动了同伴 / 看见我这样死去

在我消失之后 / 春天自然得到了胜利 / 大队大队的野花 / 去参加开国典礼

她们从我的墓上走过 / 讨论着蝴蝶的外衣 / 我再少一点勇敢 / 就会和她

们走在一起

我从没被谁知道 / 所以也没被谁忘记 / 在别人的回忆中生活 / 并不是我的目的

就在我们上大学的那年秋天，顾城死了，很长一段时间，笑非会捧着他的诗集翻看，每次读到这首诗他都会眼圈红红的，我不知道他一个人的时候是否流过泪，他本就是个情绪化的人，脾气说来就来，眼泪却很少被人看到，只是在我面前他掩饰得少些，因信任而暴露着所有的弱点。

我抬起头对坐在上铺的他说："先驱者注定要孤独地牺牲，对美好未来的渴望往往斗不过残酷的现实。""不！"他说："旁观者的面孔向来冰冷麻木，即便所有人驻足远观，总会有人毅然选择向前，因为他知道自己要的是什么，如果需要有一个人牺牲，就必须有一个人站出来，结果并不能代表全部，享受胜利果实的人不会忘记先驱者的付出与荣耀。""你说得没错，只可惜不符合现世的价值观。"我笑了笑说。"哥！你不要这么说。"笑非显然不满意我的态度，冷静地反驳道。我抬头望着上铺的他，深吸了一口气，说："笑非，我不知道如果有一天我面对这样的抉择会怎么做，但我希望你做之前要好好考虑。"笑非向后一仰躺到床上，喃喃道："如果为了你，我不会考虑。"

8

"子期，子期。"小青一直在旁边喊我的名字，但我的颅腔内早已混沌不清，所有的声音仿佛从遥远的另一个世界传来，我周身发冷，树影下温热的海风让我颤抖不止。"你怎么了？子期。"小青继续叫着我，我鼻子一酸，两滴眼泪滚落在沙子上。

“笑非不会有事的，这只是诗。”小青的声音开始失真，抓着我胳膊的手心冰冷潮湿。“我知道，我知道，他不会有事的。”我喃喃地说，但眼泪还是止不住向下流。小青掏出纸巾帮我擦了眼泪，扶我躺倒在沙滩上，我用一只手臂挡住脸，不知多久我终于止住了哭。“你知道他最喜欢的金斯堡的诗是哪首吗？”我问小青。“当然知道，是那首《末日》，也是我写《离开的猫》的灵感来源。”小青轻声回答。

“我就是我，旷古的多心之父生育海洋，蠕虫在自己的耳中，诱惑之蛇缠绕在树上。我端坐于橡树的思维之中并且躲进玫瑰，我深知如有任何东西醒来，那便是我的死亡。”我念完后又禁不住流下泪来。小青默默地帮我擦了，低着头不说话。“笑非走了，他不会回来了。”我哽咽着说。小青依然没有说话，我知道她不想再安慰我，因为此刻她也需要安慰。

我在沙滩上躺了很久，直到周身冷透，小青背对着我，一直不曾开口，我不知道她有没有流过泪，我不敢看她，只是呆呆地望着越来越阴沉的天空，偶尔闭上眼睛，为了挤掉满溢出来的泪水，但我依然看不清眼前的一切，它们不停地旋转着，旋转着，直到暮色四合。我的头发里都是沙子，我能感觉到它们接触着我发麻的头皮，坚硬的、冰冷的、无形的，无法抓住也无法摆脱的。

“我们回去吧。”我几乎是从沙子上爬起来，是的，我必须爬起来，因为这里还有一个人需要我——小青。小青点了点头，裹紧了围巾，挽着我的手臂和我一起站起来。“晚饭也没吃，你饿不饿？”我毫无意识地问道。“你要不要吃一点儿？”她反问我。我摇了摇头，她便说：“我也吃不下。”

回到客栈，小青把我送到207门口，说：“你先洗个澡吧，我一会过来看你。”我打开房门独自走进去，没有洗澡，而是直接穿着衣服摔倒在床上，听着隔壁传来水流漫洒在浴室地砖上的声音。我不想哭，也不想说话，第一次不想见小青。她为什么会如此镇定？是因为她真的相信笑非没事，还是因为觉得我太懦弱令她鄙夷？可这些如今对我都算不了什么，我满脑子只有笑非，和笑非写的那首诗。

他在怨我，这么多年我拒绝见他，拒绝和他有任何联系，他一定失望至极，他知道我懂，但我却故意逃避，这是最可恨的欺骗与背叛。尸体再怎样辉煌耀眼也是尸体，死亡不能证明任何东西，也换不回曾经所有的付出，带不走遗憾和悔恨，带走的只是一个活生生的人，一个应该在我身边不远处，回头就看得见的人。我竟如此痴心妄想，以为不管怎样对他，他都会微笑着守候在一旁，在我可以随时找得到的地方，只要我回头，只要我有一天会回头。

我从不怕和他分离，是因为我知道他永远都在那里，而当我真正失去他的时候才知道自己是多么多么害怕这个世界没有他，多么害怕再也见不到他，每每这个念头泛上来我的心脏都会猛烈地抽搐，带着肺部中央的气管和神经痉挛般地疼痛。这种感觉多年不曾有过，而今它再次袭击了我，折磨着我，让我知道这些年我逃避的是什么，也让我明白了很多我做过的那些我自己都不明白的事情。

我听到沙子与枕头的摩擦声，可我的头并没有动，它们像随意念在我的发丝间穿梭，寻找着合适的温度筑巢产卵，把我的头颅当作另一个适宜定居的星球，在这片温热而干燥的处女地上，倾听来自地底深处连最深沉的梦境都不曾泄露过的声音。

“我从没被谁知道，所以也没被谁忘记。在别人的回忆中生活，并不是我的目的。”笑非，在这个世界上，有一种感情是注定要被辜负的，因为它太真诚，太纯粹，美好得令人惊心，它具有摧毁一切的力量，因为最真实的便是最强大的。可惜尘世间从没有对等的感情，逃避的那一方往往是不敢承受太多的负重，因为他们没有自信到足够强大，来支撑这份摧枯拉朽的爱，无论是我还是别人，能给你的或许都不是你想要的。即便是小青，也未必真能懂得你的内心世界，没有人走得进去，并不是因为你关闭了所有的入口，而是太多的人习惯于活在黑暗中而惧怕见到光明。

9

小青进来时，我还在床上躺着出神，她看了看我叹了一口气，走过来坐到对面床上去。她问我好点吗？我点了点头，至少现在我不想哭了，脑袋里木木的不知装着什么。“不想洗澡吗？”她又问，我摇了摇头，她说：“是想休息吗？”我依然摇了摇头。

小青坐着不说话，半晌把枕头靠起来歪在床头上，陪着我发呆。时间一分一秒地过去，我第一次觉得和小青在一起时间也会过得如此漫长，但有她的陪伴我逐渐放松下来，心里也不再憋得那么难受，这才意识到自己的身体如同虚脱一样地渗着汗，前胸后背额头眼角都是湿的，但我依然不想动，我觉得自己像一滩烂泥，始终都是。

“子期，我没有想到你的反应会这么强烈，并不是我不担心，只是我向来觉得笑非不会是个轻言放弃的人，想想你初见他时的样子，你还记得吗？他年轻气盛傲气逼人，那不可一世的气概是真实地从骨子里透出来的。这些年的确发生了很多事，我们三个分分合合，悲喜交错，但爱始终没有变，这一点他是知道的，你也知道，只要爱还在，一切都还有希望不是吗？如今你也知道，你对他的感情比你自己想象的要深得多，二十年来，你若真想逃避你早就逃了，你不想做的事没有人能逼得了你，你想做的也没有人能阻拦，都是你自己的选择。命运毕竟让你我走到一起过，虽然只有短短的两年，但我想我了解你，你并不是个懦弱的人，你只是怕受到伤害，更怕伤害别人，这些年来你变得越发敏感多疑畏缩冷漠，不是你不懂什么是爱，你只是爱得比别人婉转深沉，但没有更少，也没有不真诚。你曾经问过我，我爱不爱笑非，我说我爱，你因此而恨过我吗？我想你没有，因为你懂我说的爱是什么，那么你自己呢？为什么反而不能面对？你原谅了最不该原谅的我，却始终不能原谅笑非到底是为什么？你不懂你以为我也不懂吗？因为你更爱他对不对？我没有因此而恨过你，因为我也懂。我懂，你也懂，只是笑非，他不懂。"

"青，你不要说了，你说的这些我都知道，但是我不能——我什么都给不了他。"我本死死忍住的泪水这一刻又流了下来，经过面颊两端的鬓角洇湿了枕头。

"但你要把内心所有的想法告诉他，你的那些真实的情感，你不能让他等，让他猜，让他为了你做那些对他自己伤害更深的事情。我想他能接受，只要你对他的爱是真实存在的，总好过你像现在这样不停地拒绝、逃避、闪躲，让他觉得靠近你都是一种罪恶，你对他只有厌弃和憎恶，这不是真的，这对他不公平！"

是啊，小青说的没错，他从没有活在我的回忆中，而是比现实更真实，我懂他，是因为我一直出离在这份情感之外，但他并不懂，这对他不公平。

小青见我不说话，起身走到浴室去，一会儿拿出一条润湿的毛巾来，坐到我身边帮我擦脸。我没有闪躲，只任她细致缓慢地揩擦着，却依然止不住地流泪，她见我如此，索性放下毛巾，俯看着我叹了口气说："咱俩在一起的时候，你有时真像一个孩子，任性，爱撒娇，但你从来不把内心的虚弱表现出来，没想到如今你就要四十岁了，却能像今天这样放肆地哭，我很羡慕你，这一点我始终不如你和笑非。很多事情我今天懂了，他为什么那么爱你，因为他比你自己更懂你。”

小青说完，起身回到对面床上去，掀开被子就这样和衣卧下了，我一径任眼泪流着，没有再试图控制它们，直到双耳轰鸣，头痛欲裂。不知道何时屋里的灯已经关了，西斜的月光透过遮挡得并不严实的窗帘缝隙照到地板上，屋里很安静，我闭上眼睛又睁开，对小青说我饿了，她没有说话，也没有任何反应，但我知道她并没有睡，和我一样，在看这夜清澈迷人的月光。

第五章 | 白月光

1

月亮很圆，很亮，沉甸甸地挂在天上，可惜我视线模糊不清，浪费了它今天如此完美的轮廓线。都说十五的月亮十六圆，但也不必圆得这么夸张吧，莫非在嘲笑我二十六年的单身生涯？呵呵，老子今天就要告别单身了，爱谁谁去吧。

要说陈熙这丫头酒量还不错，三大瓶燕京下肚竟然没事人一样，我虽喝得多些可还走得了路，其实根本不用她搀着我，不过有人搀着感觉不错，当年笑非也这么搀过我，靠！我提那混蛋小子干嘛？腿有点软啊，但上楼还迈得开步，我对陈熙说："你回去吧，我好着呢。"她不理我，我的这个心那，跳得有点快了。

我妈说不能住朝北的房子，阴气太重，但在北京找个朝南的一居室还真难，好不容易租了这间朝东的老房子，再过两年等哥钱攒够了就买间朝南的，也算安身立命了。

月光透过半遮的窗帘照在窗台上，屋子里冷清清的，陈熙进来后感觉果然不一样了，好像有了些人气，我看着床脚的拖鞋苦笑着说："窗前没有光，疑似玻璃脏，举头不见月，低头鞋一双。"陈熙"扑哧"笑了，扶我上了床，把窗帘拉开，满满的一片月光照在她脸上，我忽然感觉她好美。

一觉醒来天已大亮，我看着窝在臂弯里的陈熙先是一惊，很快便又平复了，我知道她在装睡，便轻轻咳了一声。她立刻睁开眼睛，紧张地问："是不是嗓子干？我去给你倒水。"说着就要坐起来，我拉住她笑着说："没有，你躺着吧。"她于是又向我怀里委了委，闭上眼睛说："那我不客气啦，累着呢，再眯一会儿。"嘴角挂着甜甜的笑。

我努力回忆昨天晚上的一切，不能说心里有多坦荡，但若拿醉酒当借口我还没那么卑鄙，我看着怀里的陈熙，她曾经苍白的两颊透着微红，贴着我一身的柔软，却是和醉酒无关。只可惜——我想到这里硬生生打住了，既然接受了老天的安排，再想其它也是无益。我翻身抱住陈熙，她顺从地依偎上来，日子就这样开始了。

"起床啦！"陈熙一身精神抖擞，"上班啦！"我伸了个懒腰半笑着说："我还以为你不打算让我上班了呢。""不上班好啊，我养着你！"她毫不顾忌地说。我眉头一皱，坐了起来，"起床！"

我开始和陈熙出双入对，即便她回家住也要转着弯儿来接我，下班送我回来，再做好了饭，吃完收拾好再离开。她这点倒好，全不在乎别人说什么，我想了想自己也不算屌丝逆袭，便心安理得起来。我习惯了这样的生活，开始打算一些别的事情，钱永远是第一位的，纵使想在北京安家，堂堂大男人也不能倒插门吧？陈熙虽不会在意我身家单薄，但总要有自己的房子，过两年买部车，就还算过得去了。可是心里又好像有点什么，不甘？

“你家人知道咱俩的事吗？”有一天我问她，我想这是作为一个负责任的男人应该做的。“不知道啊，告诉他们干嘛？”陈熙很冷淡地回答，我没想到她对这事儿这么不在意，而平时她总是微笑着回答我的话，我心下踌躇，不知怎样接下去才好。“怎么了？你着急上门提亲？”她又笑了。“不是，不是，”我急忙打岔道：“你经常到我这儿住，有时候又回去很晚，他们不担心吗？”“哼！才不呢，他们管不了我，我说加班在朋友家住，他们问都不敢问。”“这样啊。”我又无话可说了。

陈熙坐过来，双臂一拢吊在我身上，抬着脸笑问我：“哥，你合计什么呢？”我突然有些紧张，不知道她心里怎么想，相处了这么久，她从没有提过半句一辈子的话，我说着也是心虚，但毕竟这话我该先说吧。我想了想说：“咱俩一个公司这样处着，老大们没想法么？”“切！他敢！刘总是我爸的学生，他巴结我还来不及。你就怕这个？大不了我走喽。”哦，怪不得陈熙在公司呼风唤雨的，看来我最近也是沾了她的光了？我故作不以为然，其实心里并没有觉得什么不妥。“我想再干两年，咱们自己做算了，双剑合璧，天下无敌呀。哈哈！”陈熙笑着说。“要不要先去见见你家人？”我心里有了底，便问。“算啦，他们知道你了，老刘说了你不少好话，什么用功刻苦，青年才俊啥的，不如——”陈熙望着我突然害羞起来，说，“春节去你家过？”“也好啊。”我勉强应着，心里忽然又慌了。

2

我开始犯起糊涂，陈熙说他家人知道我，又说不用告诉，到底是知道不知道呢？可她既然不愿意让我去，自有她的道理，我不再多想，先把我娘这关过了再说吧。春节也很快，我开始试探着跟我哥提起这事来，他倒也没说什么，只是说好好好，带回来一起过年吧。

我哥这两年变化很大，不太爱管我的事了，我知道他自己已经焦头烂额的可以，和小肖谈了这么多年地下恋情，如果我妈那关过了，孩子现在都会说话了吧。唉，三十大几的人了，就这样硬生生地把骨头折在袖子里，想想就心酸，可这是他自己的选择，如果我是肖姐，我早把他踹了，但也许人家就喜欢他这一点呢，女人的心我哪里懂。不过有我哥这么个二十四孝儿子在我妈身边，我妈应该能放过我吧？我打点好心绪，就这样和陈熙上了路。

“我妈脾气有点怪，说话不多，你别太在意。”路上，我赶紧给陈熙打预防针，陈熙只是笑笑说：“她大儿子那么优秀，哪里管得了你，你算偷懒还嫌事儿少的。”也是啊，我想多了，顺利见过家里人，其他的就看天意了。

开门时，我哥依然阴沉着脸，见了陈熙不过勉强笑了下，比哭还难看。“三十儿了，还不贴福字呢？”我想故意调节下气氛，我哥哼都没哼一声，只摇了摇头说：“进来吧。”陈熙倒还大方，脱了鞋直接进屋了。

“阿姨，过年好！”“嗯。”“阿姨好年轻啊！”“嗯。”“阿姨，福字买了吗？我俩帮着贴上啊？”我妈扭头进了里间。陈熙看了我一眼，我尴尬地笑笑，实在不知道说什么好。“大哥，今晚我俩做饭那？我们也带了点吃的。”哪是一点，陈熙硬要大包小裹的拎了几大袋子，这会儿坠得我浑身沉甸甸地难受。我把东西放下，赶紧把陈熙让到客厅，哄着她坐下来。“你去跟妈说说话，我跟大哥聊天好了。”陈熙推开我，我只好硬着头皮进了卧室。

“妈！”我坐过去，讨好地说。“哦。”“妈呀，你这是怎么了？人家大过年的来了，你怎么也得说两句话呀。”我低声下气起来。我妈抬头看着我，忽然怒道：“我不知道她是谁，说什么话？”“妈你小点声，陈熙是我女朋友。”我只好拦住她，一颗心在嗓子眼儿挤得难受。“是女的就往家领，嫌这家还不够热闹吗？”“妈你怎么这么说话？我哥交个女朋友你意见那么大，小肖人哪点不好，你生不让人来家，你逼死他再逼死我，你自己能过啊？”我忽然也火了，可声音还是压得很低，一腔子怒气发不出来。“我逼死你俩？你爸也是我逼死的对不对？我就不该活着，早随你爸去就对了，何苦让你们看着碍眼！”我妈突然哭出声来，我手足无措，立马怂了，赶紧哄她道：“妈！你别说这种话，你要看我哪点不好，你说我吧，我不孝顺，我哥对你可是一心一意的。”“长得跟个小媳妇儿似的，哪像个女孩子样？看着就堵得慌。”我妈恨恨地说。“可不都小媳妇儿了吗？人家都三十好几了，再小姑娘也老了呀。”我“扑哧”笑出声来。“少跟我提她，我说的是你领回来这个。”我忽然怔住了，这话也太狠了吧，我气得半天说不出话来，转身出去了。

陈熙坐在沙发上不说话，我哥更是尴尬地无言以对，我红着脸对陈熙说：“咱俩走吧，出去吃饭，晚上外面住。”“算了，还是我走，你好不容易回来的，跟你哥说说话吧。”陈熙说着站起身来。“都别走！回都回来了，去哪儿？吃完年夜饭，明天一起走！”我哥也火了，拦住我和陈熙，转身去了厨房。我站在地中间生闷气，这他妈算怎么回事儿？这他妈还算个家么？陈熙见我如此，反倒平定下来，说：“那我去帮大哥做饭。”“我去吧，你坐着。”我说完去了厨房。

“哥，”我挨到我哥身边问，“这是怎么了？咱妈不至于吧？”“不怪你，我的事儿。”我哥沉默了半晌说。“你咋了？”我边帮我哥摘菜边说，尽量放缓语气。“小肖怀孕了。”“啊！”早该想到啊，他们俩都这么多年了，既然分不开，有孩子也正常，只是——“你打算怎么办？结婚？”我问。“早结了，妈不知道而已。”我舒了一口气，看来也只好如此。“那也不错，实话实说吧，就说想要孩子，得结婚。”“我就是这么说的。”我哥愤愤地说。“她就生气了？”“嗯，我想带小肖回家过节，她不让，我晚上必须得回去。”“回去？你俩有房子了？”“嗯。”“哦。”这下我哥受累了，他平时的日子怎么过的我真不敢想。“先吃完饭再说吧。”我哥深深叹了口气。

3

晚饭时，谁都不说话，陈熙也不再试图讨好我妈，只是低着头吃饭，我给她夹什么她吃什么，搞得我心里酸酸的。草草吃完，我哥收拾了碗筷，对我说：“我得走了，小肖肚子也大了，我得陪她回家看看，你俩今晚别走，我明天就回来。”我点了点头，他去跟我妈告了个别，穿上衣服走了。

“哥，明天带嫂子回来吧。”到门口我说。“算了。”他摇摇头，走了。我心里万分别扭，却不知道说什么才好，本来想打开电视看会儿晚会，也被陈熙制止了，她让我进去陪我妈聊天，我想再试试也好，毕竟我妈怪的不是我。

“妈，我哥的事你别生气了，他都快四十了，该有个孩子了。那也是咱家的孩子，和我爸一个姓啊。”我安慰她说。“什么时候当娘的说话都不算数了？你别跟我提这个，管好你自己的事。”我自己的事？我哥你都不放过，我自己做得了自己的主吗？“妈。”“别叫我妈，就当我死了吧。”“妈！你活得好好的，咱们不能正常点吗？”我刚说完就后悔了，心知道这话又刺激到她，赶紧岔开：“我俩都守着你打光棍儿你高兴吗？”“你这是埋怨我？我想让你们老陆家断子绝孙？我自己的儿子我还管不了了？我看不上的人非得给我领回来，这是安的什么心？”我妈声音又高起来，我恨不得一头撞死算了，这是我妈常说的话，看来我们一家都该撞死算了，何苦呢？我心中凄苦，话到嘴边说不出来，哽咽着难受。

“你爸死得早，你没见过他，如果他还活着，谁都别到我跟前来，可惜我命苦，好不容易把你俩拉扯大，谁知道竟养了两只狼。”还没轮到我哭，她先哭起来。“妈，我爸是死得早，你也不容易，但我哥他，他是个正常人，你若真想让他结婚生子，你倒是给他找一个呀，他能不听你的？”我只好说软话。“他那么大本事，用得着我？这不是孩子都有了才告诉我？当我是瞎子！我就该瞎了，省得见了难受。”这又是什么话，女人不讲理怎么都这样？当妈的无敌了是吧？心虽如此想，嘴里却不敢使强，只好又说：“我哥是不对，不也是怕惹你生气吗？现在他们在外面过着，也不打扰你，天天回来陪你，总不能让他不要老婆孩子单跟你过吧。”“用不着，我跟他说了，他这一去就别回来，我一个人自生自灭，都是狼崽子，我算白养了。”哭！哭吧，我第一次不再心疼她，可怜之人必有可恶之处，我们都自生自灭吧。我说：“妈，你歇着吧，我出去了。”

陈熙面无表情，但显然听见了我和我妈的对话，我走过去坐在她身边，把她的手握在手里，她慢慢地把手抽走了。“陈熙，对不起。”我说，她没说话。“我妈她——”我说不下去了，连我自己都不能理解不能接受的事，如何跟陈熙解释，我叹了口气说：“你累了吧，早点睡？”“嗯。”我把她带到我的房间，安排她躺下，坐在床边看着她。“你睡大哥那屋吧，别惹你妈不高兴。”她还是那么通情达理，我抚摩着她的额头，帮她理了理蓬松的头发，点了点头。她笑了，笑得虽然有些勉强，但却给我心里投进一束光，我突然觉得自己好爱她。

我没睡我哥的房间，而是拽了条毯子和衣躺在沙发上，烟花爆竹声整晚都没有停过，我在客厅辗转难眠，这是平生最难熬的一个大年夜，这个家我真的不想再回来了，可是，如果我也避开了，我哥他将更难过，这些年我一个人逃得远远的，把这个家扔给了他，还曾嘲笑他迂腐可怜，如果换做是我，我能否做到他之万一？我妈这个样子不是意料之外的，她被我爸过早的离去伤得太深，因为她爱他，只是这份爱我没有亲身感受过，我对那个只有名字和影像的人没有太多眷恋，可我妈把一生都给了他，如今还要拿我和我哥来陪葬。

爱真的可以这样折磨人么？如果这就是爱我宁愿不要，如果我的离去会让一个女人如此，这一生倒是值了，但这份爱值吗？我妈值吗？毁掉的我哥值吗？陈熙能接受这一切吗？我该让她承受这些吗？谁来回答我这些问题？月黑无光，天昏地暗。一路的奔波迎接我们的是这样一个毫无温暖可言的家呀，这到底是谁的错？我又做错了什么？妈呀，我的亲妈，我为什么还在爱你？我也要在这份爱中窒息而死吗？

寒冷的大年夜，我第一次盼望着天快点亮，我哥快点回家。

4

“哥，我想去动物园。”“没时间。”“你今天又不上课，带我去呗。”“滚！”我拎着一双旧球鞋走到门口，鼻子一酸，又走回来。把鞋放到桌子底下，坐在我哥对面不吭声。我哥抬头看了我一眼，很反感地扭过头去，继续读书。

我就一直坐在那里望着他，高高的鼻梁，紧蹙的眉头，宽厚的嘴，和照片里的那个男人一点儿都不像，我妈凭什么喜欢他？我又低头看着地上的那双旧球鞋，这双鞋是我哥十年前穿过的，我妈那会儿一定很在意，每次我哥穿完都把它们刷得干干净净的，可如今到了我手里，我妈一次都没帮我刷过。这不是唯一的一双旧鞋，而是所有旧鞋里最不堪的一双，我妈把我哥从小到大穿过的衣服鞋子，画过的画写过字的本子都保存得很好，像价值不菲的古董一样小心收藏，还时不时地拿出来晒晒，生怕被虫子嗑了去，然后定期挑拣些实在不值得也放不下的玩意儿给我穿，好为十八年之后的收藏腾点空间。

“哥，我想问你个事儿。”我说。“嗯。”对面那个家伙一定是对我起了那么一点恻隐之心，竟然没再用“滚”这个耳熟能详的字眼儿。“我是不是捡来的？”我哥抬起头，那眼神儿顿时吓我一身冷汗，我立马把目光躲开，眼圈也红了。“哪捡的？”我哥问。“我不知道。”我喃喃地说。“你以为呢？”他继续问，眼睛直直地盯着我，我抬眼瞄着他小声说：“是不是别人家扔了不要的？”我哥放下笔，皱着眉看了我一会儿，突然笑了一下，说：“这事儿我还真不清楚，要不你去问问咱妈吧。”我红了半天的眼圈终于洇湿了，眼泪“啪嗒啪嗒”地掉下来。我哥不再理我，继续看书去了。

“大儿子，来，歇会儿，吃点水果。”我妈端着一盘子苹果进来了，无论我在与不在，我妈嘴里只有一个“大儿子”。盘子里是刚洗干净的四个油光可鉴的苹果，我妈选了最大最漂亮的一个递到我哥手里，我哥躲开了，说：“妈，我先不吃。”“快吃吧，大热天的，你喝水这么少，水果可得多吃，快吃。”我妈说着又把苹果往他手里塞。我坐在对面看着，觉得像在看别人家的事，我就这样像空气一样一声不响地蒸发掉了。

“妈，我下午想去学校自习。”我哥提出了要求。“去学校干嘛？家里不舒服吗？是不是小期吵着你了？”我妈这才注意到旁边的我，我头一垂，鼻子又酸了。“不是，学校同学多，做题时可以互相交流，自己一个人进度太慢。”我哥又说。我妈沉吟了半晌，终于像下了很大的决心一样，点了点头说：“也对，你去吧，晚饭可得回来吃啊！”“哎！行！”我哥立刻笑逐颜开，收拾书本要走。“把苹果带着！”我妈拉住他。“好！”我哥揣了苹果。“再拿一个。”“行！”我哥笑着走了，他终于笑了，终于走了。

我妈看着我哥的背影叹了口气，半晌转身出去了，边走边头也不回地说：“吃苹果吧。”你是在跟我说话吗？妈？我站起身，离开了这个月球表面般视我如空气的家，悄悄地跟在我哥后面出了门。

我哥的学校离家不远，大概两三公里的样子，他一个人轻快地在前面走着，完全没有注意到在他身后紧倒腾着小碎步的我。他也真可怜，这么大了连自行车都不会骑，谁让我妈偏心他，从小到大哄着捧着身上连个小疤痕都不见，学自行车这样的大动作当然不能让他干，可惜他就要考大学啦，到时候一离开家，谁知道会什么样呢？那我妈会对我好一点吗？

咦，这条路不对，前面应该直行的地方他拐了个弯儿，向一条小街里去了，哼！原来不是去上自习，分明是找同学玩，还不带我去动物园！我躲闪着跟定他，见他在一栋居民楼下停住了，便藏在一架大车后面。

“付彩云！付彩云！学校有通知，你下来取一下。”我哥扯着嗓门喊了几声，并扬着手里的一张纸。咦，不是他刚才做题的纸吗？我蹲下身来，露出半个脑袋偷看。不到五分钟，一个十七八岁白净净的女孩走了过来，长长的头发绑成马尾，身上背着个军绿色的书包。“走吧。”她甜甜一笑，对我哥说。“你妈让你出来？”我哥问，毕生的幸福都洋溢在脸上。“嗯，我说下周有竞赛，这周末要对题。”“你真聪明。”“哼，一般般吧。”“我给你带了苹果，现在吃不？”“好啊，谢谢啦！”“两个都给你。”“不，一人一个吧。”

我的妈呀，终于被我抓到了！我等他们走远，撒丫子往家跑，这回看我妈怎么收拾他，哼！看以后谁还宠你。

5

1982 年春末的那个男女相约吃苹果事件被我搞大了，关键是我没想到对我哥一向娇惯纵容的我娘下手会那么狠。当我汗淋淋地跑到家里把眼见为实的一切添油加醋地说完，我娘立刻“嗷”的一声怒了，蹬上自行车就去了学校，之后的细节我不甚了了，总之这一次我哥一定被我娘收拾得很惨，连那个白吃了我家一个苹果的彩云姑娘也难逃厄运，据说她很快从我哥他们念的重点高中转去了偏远的普通高中，第二年高考落榜了。

这是我平生做的第一件损人不利己的事儿，我娘非但没有因此而更爱我，我还挨了我哥好几顿拳打脚踢，幸亏那时我们家住楼房，要不他非把我折吧折吧塞灶坑里点火烧了。从此以后我在家里的地位更加低下，我终于不再像空气一样被无视了，而是从此成了人见人厌的促狭鬼眼中钉。

终于捱到我哥考上大学离开了家，我才总算有机会让我妈知道她还有个儿子，但本指望听她像喊我哥一样地喊我“小儿子”时，我在她嘴里却依然是“小期”，小七就小七吧，就当我在我亲妈家里前面还有六个。

其实我早早打消了自己不是亲生的念头，因为我自觉和我娘长得很像，圆圆的眼睛，窄窄的鼻子，脸型圆润但有棱角，嘴倒是有点像那个照片里的父亲，没有我妈的嘴唇那么粉嫩纤薄。我很喜欢盯着我妈看，端详她漂亮的面孔，不发脾气时她的面容还是和蔼温柔的，只是总带着一丝忧伤，可这份忧伤正装点了她过早失去红润的面颊，让她美得更加别致脱俗。

我知道有很多人给她介绍男朋友，从我爸过世到现在貌似没有间断过，有意无意和她套近乎的人也不少，可她从来拒之千里，更别说允许登门拜访促膝而谈，所以我也不曾有幸鉴赏过那些压根儿没可能成为我未来父亲的男人。

据说我爸是当年少有的高级工程师，在左近名气很旺，为人磊落仪表堂堂，出身又干干净净，“文革”时躲过一劫，却在事业如日中天时英年早夭，扔下了如花似玉的娘三个自己到那边享清福去了。从此我妈便怀着对这个世间少有的完美型男的眷恋凄苦地活着，幸好有我哥在她身边作伴，她才能撑这么久，纵如此依然常常以泪洗面，哀叹天地之不公命运之不幸。有时候我特佩服我妈持久的战斗力，那林妹妹不过流了十几年眼泪便流干了，香魂一缕随风散去，我娘生生流了几十年依然未见衰退之势，照这样看，再流个几十年没问题。没准儿她练就了一身排毒养颜流泪大法汲日月精华天地灵气成了千年老妖精也说不定。

毫无记忆留下的幼年和如空气般被无视的童年就这样过去了，少年时代是在我哥间歇式的二踢脚及我娘冷热不均的状态下捱过来的，在此二人的轮番调教下我也练就了一身欺硬怕软的变态本领，学校里凡是横的硬的我都交过手，至于不要命的我就不太跟他们计较了，毕竟我活这么大不容易，他们不要的我还想好好留着呢。可真正成年了才知道，这世间就他妈没有不要命的，关键看谁装得像。

其实我始终觉得自己比我哥强，他就书呆子一个，连个女朋友都没混上就离开家了，我至少高中时还偷偷摸摸地搞了个早恋同桌，身姿窈窕性格暴烈特有巾帼女侠扈三娘的风范，眼睛一瞪流光溢彩，看得我心里软绵绵的。全班我就允许她欺负我，她也果然对我下手无情，差一点就在毕业前把我办了，幸好我翻转腾挪丝毫不爽，才保全了我这条小命，想当初她“战士消魂，敌人丧胆，女将中间奇特。”幸而未曾“得胜归来，隐隐笑生双颊。”

其实她哪点都合我意，唯一就是脸盘儿圆圆杏核大眼长得跟我妈似的，恐怕正因为如此，我才与她发乎情止乎礼相安无事地被我哥棒打了鸳鸯，我不怨他，君子报仇十年不晚，这说明他是君子。

终于考上大学，我像被放飞的笼中鸟般开怀自在，就因为太自在了反而不着急找女朋友了，人其实就是贱，越难得的越觉得好，轻松到手反而无聊，何况我品学兼优一表人才，何患美女们不乌泱乌泱地扑上来？若不是遇到了笑非这个混蛋，好丫头堆儿里的还不是尽着我先挑。可我偏偏遇上了笑非这个混蛋，最后只能和陈熙凑到一块儿过日子了，但陈熙又有哪点不好？至少比小青看着健康、温柔、乖巧，嗯……

6

沙发垫子太软，整个晚上我都在做梦，梦到频繁被我哥教训的少年时代，他的一拳一脚一个眼神都让我再次体会到成长的痛苦，这一夜就像把小时候生活中所有不如意筛检出来重新经历了一遍，醒来时心情沮丧周身酸痛。

我睁开眼吓了一跳，陈熙端端正正地坐在我旁边看着我。天还没大亮，已经隐约听到远处传来稀零的鞭炮声，客厅里没有开灯，只能看清陈熙柔和的剪影，她目光怔怔地，像是一条从不合眼的金鱼，时刻警惕着玻璃缸外那只酣睡的肥猫。在连番的噩梦后见到她还是很让人欣慰的，于是我迷迷糊糊地向她伸出手去，她轻轻把手抬起来任我抓着，另一只手帮我塞了塞被角。

“怎么这么早就醒了？”我问。“睡得早。”是啊，平时不到十二点不睡觉的我们，昨天还不到9点钟就躺下了，至于什么时候睡着的我并不记得。心想陈熙恐怕也没有睡踏实，便问道：“睡好了吗？”“嗯。”我听出她口气中的勉强，知道她心情不痛快，有意逗她说：“昨晚我倒是被我哥揍了半宿，一早醒来看见你真是莫大的幸福。”陈熙没有笑，只是咧了咧嘴角，说:“我想出去走走。”“这么早？外面很冷啊！”我下意识地回答，这丫头很少会提出这一类的要求，看来是被我妈吓傻了。“乖，外面天还没亮，地面都是雪，现在出去会感冒的。”“哦。”陈熙没再要求，我反而觉得愧疚，便又说:“是不是心情不好？你别怪我妈，她就是岁数大老糊涂了，其实年轻时还挺讲道理的。”年轻时？好像也好不了多少，“再说，他是生我哥的气，我嫂子怀孕了没告诉她，她才气急败坏的，过两天就好了。”“过两天？”陈熙自言自语。“哦，是啊，不过咱俩今天就走，下午去看一眼我姥姥，晚上车回北京，好吧？”我赶紧说，其实我也不想多待一分钟，可毕竟千里迢迢回来的，家里的老祖宗总得看上一眼，心里便更加急迫地希望我哥早点回来。

一上午我妈都没有出屋，我知道她有不吃早饭的习惯，也就懒得过去叫她，和陈熙两个随便热了点剩菜吃了，便守在电视前看春节晚会的重播。中午时分，我哥回来了，我才如释重负般地有了精神，主动问候了我那个偷偷过门还未曾被接纳的嫂嫂及嫂嫂的全家，我哥看来心情也不错，笑得真实些了。“妈呢？”我哥问。“在里面。”我指了指她的房间。

我妈并没有把我哥赶出来，其实我知道任我妈再作再闹，只要我哥一回来她立刻就好了，她是真怕她这个大儿子一去不回，嘴上说得再狠也只是说说罢了。当年若不是因为我，我妈一定跑到我哥上学的城市去陪读，既能朝夕相伴又防节外生枝，可惜她提心吊胆了十年，最终这个狼崽子还是被狐狸精拐了去。所以至今我妈还在怨恨我这个让她被迫与亲爱的大儿子长期两地分居的累赘，可我想来想去这事儿也不是自己的错，便没必要担这份愧疚了。

半晌，我哥出来对我说:“妈说她今天身体不舒服，姥姥家就不去了，让咱俩自己过去。”“哦，那午饭呢？”我问。“吃完再去吧。”我哥说。“好，我和陈熙做。”我说完拉着陈熙去了厨房。陈熙今天一直闷闷的，我也不知道怎样逗她开心，尝试了几次都无功而返，索性想既然要走了，再将就几个小时吧。

其实我做菜手艺还不错，从小我哥就教过我，但主要是自己赖在他身边时自学成才的。平日陈熙很少让我动手，今天我主动请缨，她并未反对，默默守在我身边帮忙。“我姥姥家原来是地主，我姥姥是一标准的地主家千金，性格温和，通情达理，关键是特聪明，八十多了一点不糊涂，你见了她一定会喜欢她的。当然，她也会喜欢你。”我兴致很高地说，主要是知道我妈不去，我又可以和兄弟姐妹们喝酒吹牛了。“哦。那今天大家都去吗？”陈熙问。“当然了，今天是初一，晚饭一定要在姥姥家吃的，大舅二舅大姨二姨一家都会来，好几十口人呢，可热闹了。”“那我，那我能不能不去？”“为什么？咱们不是说好了吗？”我转身看着陈熙，她低着头面无表情，手里摆弄着一截剥好的葱白。

“下午我妈不去，你可以和我的那些表兄妹们聊聊天，他们人都很好，好不容易聚齐的，也都天南地北好多年了。”我只好再让。“可是，可是——”“怎么了又？去吧，听话。”我放下手里的活儿，用没有沾湿的手腕拍了拍陈熙的两肩，她没有再说什么。

7

路上我哥开车，我和陈熙坐在后面，想着这一去还不知道能不能走得了，万一大家留着不放，索性在姥姥家住一晚也不是不行，但并没有跟陈熙提起。我哥路上心情不错，我便怂恿他把嫂子接上一起过去，我哥笑笑说:“你嫂子总去姥姥家，只是最近肚子大了才走得少了，姥姥不会介意的。”

哦，原来只有我和我娘蒙在鼓里，他们早已见了天日。“什么时候生？”我问。“两个多月吧。”我哥骄傲地回答。那我岂不是很快就可以当小叔了？想起来心里美滋滋地，便转头看了一眼陈熙，陈熙回了我一个微笑，依然很牵强。

我姥姥果然很喜欢陈熙，直夸她文静可爱，我心中暗笑，还文静？你是没看到她金毛狮王的造型，还不是你外孙子我教导有方，拔了她这个假招子刺儿头，让她现了原形。陈熙也放松了些，和几个姐姐妹妹聚在一起说些虚情假意的客套话，再把特意准备的小礼物给孙男弟女们分了，便又挨到我身边来。我在家里的同辈中排行老九，前面八个后面两个，前后都有成家产子的，第四代已有五个小孩子围在身边叽叽喳喳地乱叫，便有人上来问些每逢家庭聚会绝不爽约的问题，我敷衍了事地答了，偶尔瞄一眼陈熙，她依然挂着一脸假笑，和平时的八面玲珑比完全不在一个段位上，我心想这次她伤得不轻，回去要好好安慰才是。

几个年轻的姐妹争着下厨，陈熙因为是第一次进门所以百般被劝阻了回来，我看她时不时地看一眼手表，知道她估算着晚车的时间，便悄悄对她说：“这一吃上饭还不知道什么时候走得了，要是太晚就在姥姥家住一宿吧？”我以为她会像以往一样点头说好，至少是不吭声，却没想到她突然抬头说了一个字：“不。”

按年龄我是倒数第二个带女朋友回家的，排名第一的自然是我哥，席间大家便拿我们打岔，开始我还嘻嘻哈哈地回应，慢慢地也烦了。其实我和兄弟姐妹们感情并不深，除了每年一次的聚会其他时间几乎不联系，又因为不在一个城市，能聊的话题并不多，无非是各自的前程和那些掰不开扯不散的童年往事。

不过即使我再冷漠无情这一年一度的戏我还是要演好的，这一点我和陈熙很像，场面上的礼节永远让人挑不出毛病来，至于内心是不是真当回事儿就另当别论了。我虽也觉得笑非和小青那样待人冰火两重天的方式有些不妥，但依然羡慕他们可以任性地面对自己的人生，从不为虚伪和迁就皱一下眉头。

我编了个冠冕的理由中途离席，一家人差点呼天抢地捶胸顿足，无奈我去意已决，陈熙又在一边沉默不语，大家都是明白人，勉强再说几句客套话也就罢了。临出门时我姥姥并未起身，只是笑着向我俩挥了挥手，若干年后我才知道，我俩走后她很有诚意地对大家说了一句话："明年，这丫头跟不回来了。"

外面的雪很厚，烟花炸响在灰蓝色的夜空，天际四角都被红红的灯笼照得通亮，我抬头迎着还在星星点点飘着的雪花，突然打了个饱嗝，陈熙这才由衷地笑了，一只手塞在我臂弯里，另一只手堵上我的嘴说："瞧瞧，都热胀冷缩了，快进候车室。"于是我俩拉扯着就往候车室跑，陈熙穿着高跟鞋本就不稳，我又喝了不少酒，两个人终于双双摔在了候车室门口的便道上，"哈哈哈"地笑了半天。

我哥把两张卧铺票递给我，嘱咐了几句就走了，我和陈熙偎在一起坐在候车室冰凉的塑料椅子上。整个候车室空荡荡的，除了无家可归的人躺在长椅上睡觉，不过零星几个旅客在等车。

这是我曾经生活了十九年的城市，在这个城市里我没有幼年，没有童年，也没有少年。直到我终于离开它，才真正找回了我自己，而那时我才知道我不仅在自己的生命中具有价值，同时在别人的生命中竟然也不可或缺。我又想到了那两个不该想到的人，此时此刻他们在哪里？在做什么？是和我一样分隔两地还是早已执手成说？在同一片天空下遥相思念还是已然陌路殊途？恐怕唯有我还在念念不忘，在这个本该与亲人团聚的寒冷冬夜。

我忽然莫名地想念笑非，想念离家的第一年便由他带给我的所有快乐和温暖，想念他怀抱着点点时的忐忑，想念他在亮门羞红了脸，想念他站在礼堂门口被风吹起的头发，他微眯的眼神和咧开的嘴角，那支永远不变的 Lucky Strike。

我伸出手臂把陈熙紧紧地搂在怀里，下巴贴上她的额头，下意识地吻了她一下，她把脸靠在我胸前，静静地闭上眼睛。这一天是 2002 年 2 月 12 日，农历正月初一，星期二，春节。

8

你从不担心月缺，因为它会再圆，就像潮汐涨落，万物更迭。你习惯了守着自然界的循环，以为一切不过周而复始，冬去春来。却忘了人心不能，情感不能，失去的所有再去寻找已然不能了。

我从没有想过陈熙会离开我，我曾自负地认为她对我的爱是她如今生活的全部，何况她又是个没有太多家庭观念的人，我妈的所作所为不会对她产生太大的影响。但我错了，从老家回来后陈熙便像换了一个人，虽依然偶尔到我这里留宿，却再也不提一句未来，当我试图打破沉默和她倾心交流时，她竟每每烦躁地躲开了。我实在猜不透她的想法，也懒得去猜，如果在当时有人问我爱不爱她，我的回答一定是爱，可如今想起来，似乎不完全是，甚或完全不是。

我也开始烦躁起来，我不能理解陈熙的做法，但虚荣如我又怎会死缠烂打，只好断了牙咽到肚子里，尽量把重心转移。但毕竟天天见面，又不能在同事面前表现得太僵，便照旧一起进进出出，陈熙依然每天送我回家，只是多数时候车到楼下便折回去了。一天周末，我和陈熙都加了会儿班，陈熙送我到家时已近十点，我心疼地看着近日面容憔悴的她，想了想说："今晚留下吧，我看你很累。""嗯。"她很快应了便跟我上了楼。

还是那晚的月光，斜斜地照进屋子里来，半掩的窗帘后面月亮露着小半张脸，我开了灯，月光便淡了，深蓝色的夜空顿时被压得漆黑。

"早点睡？"我说。陈熙却是不动，怔怔地站在屋子中间若有所思。我走上去轻轻揽过她的肩膀，面颊贴住她的发迹问："到底是怎么了？想不想说说？"她依旧不吭声，我便拉她到床边坐下，自己坐到对面椅子上，与她膝盖顶着膝盖，脸对着脸。从春节到现在已经快一个月了，我心里也憋得很难受，心想无论结果如何今日也该有个了断了吧，若真是冷了心，我不知道自己能不能再把它捂热，这份不到四个月的恋情于我像荒草烈焰般呼啸过境，那烧过的余温已追赶不上被风催得太急的燎原之火。

陈熙终于抬起头望向我，眼神突然亮起来，仿佛月圆那晚的模样，只是她瘦了些，少了些当时满满的自信和得意。"我怀孕了。"她说。我身体猛地向后一靠，后背抵在坚硬的椅背上，瞪圆了眼睛问："什么？""我，怀孕了，春节之前。"陈熙这次一字一顿地说出来。我忽然觉得头晕目眩，但依然立刻把喜悦堆上眼角，看着她说："怎么不早说，这是好事啊！"陈熙一直死死地盯着我，我的一举一动并未逃过她的眼睛，她苦笑了一下说："我决定打掉。""为什么？"我提高了音量，但这句话仿佛并不是出自我的口腔，而是如同耳边跑过的千军万马，吹着号角挥舞缰绳异口同声发出来的喧杂声。

陈熙的怀孕对我来说确实是个意外，虽然我早该妻儿老小在身边了，也曾想过和陈熙过长远的日子，但孩子这事并不在我的日程表上，偶尔我会想，毕竟她的家庭条件对我来讲是个帮助，她是北京人，解决了我很多未来要考虑的问题，但感情还是第一位的，她对我很好，符合我心目中的伴侣标准，只是她的长相并不是我喜欢的类型，可这又有什么关系？两个人在一起，能在一起的因素有很多，至少容貌对于我不是最重要的，但什么是最重要的呢？如果是爱的话，我爱她吗？

“子期，你爱我吗？”陈熙沉默了半晌突然问我。“傻丫头，我怎么会不爱你？”我未加思索地回答。陈熙很少叫我子期，在公司时她叫我期哥，单独在一起时只叫哥而已。她突然叫我子期让我有些不舒服，因为这个称呼几乎只有小青用过。

陈熙摇了摇头。“你不相信我？你最近到底是怎么了？这个小脑袋瓜儿里想的是什么？我们不是因为相爱才在一起的吗？现在有了孩子，就该想想下一步该怎么办，逃避不是办法呀。”我一口气把这些套话说完，心里早已虚了，下一步，下一步该怎么办？我确实没想过。“你也没想过该怎么办吧？我不怪你，这个孩子是个意外，我也并不想要他，但他来的时候我的确高兴了那么一阵儿。”“那怎么又改变主意了？你不想和我在一起了？”我问，所有这些话都是下意识说出来的，我的思维已经完全麻木，突然一件意想不到的事情降临到面前，我平时引以为傲的深谋远虑和理性分析都闪到大脑皮层外面去了。

9

白炽灯下的陈熙面色苍白，因某种莫名的亢奋挺直着腰身，下巴微微抬起，双唇间留着薄薄的一道缝隙，那刚才透出亮光的双眼此刻睁得大大的，闪动着火一样的光芒。

“我为什么不想和你在一起？我只是说暂时不想要这个孩子，但我并没有说要跟你分手，这是你的意思？”我方知失言，一时窘迫难当，如果在平时我很快便能掩饰过去，可现在我迟钝的大脑拒绝为我提供任何帮助。“我不是那个意思，我想孩子既然有了，我们还是把他生下来吧，我妈那边你放心，我会解决。”我有点语无伦次，但还好并没有多说什么，从现在开始，我不能把话语权交给舌头自己支配了。

陈熙笑了笑，又摇了摇头。我被她不停地否定搞得晕头转向，不知道她心里想的到底是什么，但我自己也乱得很，生怕一句话说错带来难以预知的后果。我讨厌一切不按计划发展，讨厌未曾料想无法捉摸的事情出现，我一直以为陈熙是我生命轨迹中命定的人，并会始终与我同行在这条延长线上，但此刻我想我恐怕错了，所有那些曾在这段日子里倏忽显现的障碍一下子堆积到面前，聚合成一块牢不可摧的顽石，告诉我前方的路已经断了。

“子期，我不该瞒着你，我以为可以解决，但现在我真的不想独自承担了，我好累。”陈熙突然黯下声音，凄凄地说，“你那么自信，又爱面子，如果知道我家里不同意咱俩在一起，你肯定就不会再理我了。”我没有说话，听着。

“你知道在学校的时候我就喜欢你，很喜欢很喜欢，但我觉得你根本不可能看得上我，那时候你是学生会会长，文学社的社长，品学兼优，人气又旺，我不过是个普通的女生，连指望你认真看一眼都不敢。我想你当时也的确没有在意过我，为了吸引你的注意，我故意装得大大咧咧的，和男生女生玩得都很疯，有时候竟像是哗众取宠。我知道你讨厌那个样子的我，但我真的没有别的办法，也完全不能控制自己。”陈熙说着叹了口气，问我：“你懂吗？”我点了点头。

“没想到的是，你竟然去了刘总的公司工作，我找了个借口说服我爸让我也去那上班，把原来的工作办了停薪留职。其实我就没打算回去，我想和你在一起，一直都想，我不知道希望有多大，但我得试试。”陈熙说到这里忽然停住，沉默了一会儿又说道：“我知道你爱的不是我，你可能有一点喜欢我，但是你不爱我，我只是在错误的时间出现在了一个正确的地点，于是你选择了我，而如果那个人不是我结果也是一样。”陈熙不听我的辩解继续说，“我要感谢你，你对我很好，无论你心里想的是谁，你对我的好是真的，我有时候真的很满意很满意了，我觉得拥有这样的你已经足够，只要你一直对我好，我还求什么呢？”

我帮陈熙擦去眼角滚落的泪水，想过去搂着她却被她拒绝了，她摇了摇头，又说：“当我知道自己怀孕的时候我真的好开心，我以为我们终于可以毫无顾忌地在一起了，即便我家人不同意，我们也可以奉子成婚，他们从小就管不了我，如今还能把我怎么样？我第一时间就想告诉你，但我想了又想，我不知道你会怎样看待这件事，会不会以为我是故意的？但我真的不是。后来我鼓足勇气让你带我回家，没想到你竟然答应了，你不知道我有多开心。”陈熙抽泣起来，停住了说话。

“别哭了，我知道你委屈，都是我不好，我以后一定好好待你，你放心。”我觉得自己的话像是电影对白，而且是那种比肥皂剧还要糟糕的烂片子。陈熙再次摇着头，说：“你待我已经很好了，虽然你并不爱我，但你总是尽力地想让自己去爱我，我都看得到。可我们注定不能在一起，得不到祝福的婚姻是不可能幸福的。我本来以为我家里不同意我们还可以得到你家人的接纳，但，但结果你也看到了，我好怕自己的未来也变得和你嫂子一样，十多年偷偷摸摸地和你哥在一起，还要受无故的咒骂，连自己的孩子都不能和奶奶见面。”

“我们不可以独自生活吗？谁也不见又怎样？”我想起自己的家一时意愤难平，赌气似的说。“如果我们两个都是孤儿那该多好，但我们不是啊，何况在北京这个城市生活，没有家里的支持我们真的会很难。”陈熙说得没错，我的条件完全无法支撑她一贯的生活水准，我不能让她跟着我受苦，即便我可以给她想要的生活，那也不知道要在多少年之后了。

我的心里很乱，乱的不止是眼前的一切，很多我一直以来不愿面对的事情同时涌现出来，我望着眼前依然在流泪的陈熙，血液却在逐渐凝结，凝结成这夜晚看不到摸不着的空气，任凭再美的月光也无法照射到我，它们穿透我空荡荡的身体，洒在了冰冷坚硬的地面上。

第六章 | 当年情

1

“白月光，心里某个地方，那么亮却那么冰凉，每个人都有一段悲伤，想隐藏却欲盖弥彰。白月光，照天涯的两端，在心上却不在身旁，擦不干你当时的泪光，路太长追不回原谅。你是我不能言说的伤，想遗忘又忍不住回想，像流亡一路跌跌撞撞，你的捆绑无法释放——”每次唱起这首《白月光》，我便会觉得喉咙哽得难受，但一段时间以来，它成了我 KTV 的保留曲目，并非我紧追潮流的脚步，不过是这首歌正合我如今的心境罢了。

笑非和小青坐在一边静静地听，我不敢看他们的脸，对着屏幕把歌唱完才回过头去，见他俩默不作声，便调侃道：“每次唱这首歌我都能得满堂彩，你俩也太小气了吧？”小青微微一笑，笑非却严肃地说：“哥，我刚听你唱这首歌起了一身鸡皮疙瘩。”“啊！不会吧，那么不堪入耳啊？”我哈哈一笑。“不是，特好听，就是听了心里难受，想哭。尤其是音乐，从里往外地透着寒气。”其实笑非的感觉和我差不多，只是我不愿承认自己的真实想法，便说：“这可是张信哲最新专辑《下一个永远》里的主打曲，也是你哥我如今的保留曲目，要的就是这种‘哀鸿遍野’的感觉，哈哈，你就说我唱得如何吧？”

“你唱得非常好，感觉跟真的似的，但你的嗓音更适合张学友的歌，刚才那首《李香兰》简直绝了！”小青笑着在一边接话，“没想到笑非他哥这么多才多艺，今天算是领教了。”小青喝了点酒，话比平时多，但我知道她即便烂醉如泥也不会虚情假意地称赞别人，心里顿时美得东风夜放花千树，拿起酒杯和她撞了个酒花四溅，大咧咧地说：“你这是第一次听我唱歌，以后机会多了，冰山得一角儿一角儿地展现不是？您就擎好吧！”小青笑得更开心了，竟有些前仰后合起来，我很少见她这样，弯弯的双眼在卷翘的睫毛下灵光流转，配上两腮的红晕简直美呆，我一时看得痴了。

那边笑非把麦克“咣”地往桌子上一放，佯怒道：“我不唱了，哪有这么心不在焉的观众，即便张国荣复生也要被你们再活活气死。”我赶紧给笑非递眼色却已经迟了，小青刚刚堆满面颊的笑容瞬间散得无影无踪，身子往沙发上一靠再不作声。笑非也意识到失言，却无力挽回局面，直盯着我眨眼睛，我只好硬着头皮打圆场：“你滚蛋！刘德华的演唱会两千多一张门票还有人坐在前排打瞌睡呢，你算老几？还敢跟哥哥比，人家像你心眼儿那么小？”

我靠！喝点酒我的脑袋也不够转了，竟敢提心眼儿小这话来，但处女座明明就是龟毛吗，说心眼儿小也没错啊，索性来个以毒攻毒，便又指着笑非笑说：“啊，对啦对啦，你跟张国荣是一个星座，龟毛处女！但人家比你帅，活得比你潇洒，去也去得豪迈，你快快住口收声，别惊了他在天之灵！”“什么！张国荣比我帅？不能够，绝不能够！明明我比他帅！”“你没他帅，他比你帅，你跟他比寒碜多了，论长相你俩根本不在一个段位上，人家是八段剑神，你最多是三段业余水准，比帅你差得远了。”我也不敢看小青一眼，犹自和笑非对着胡言乱语。“那我比他温柔可爱，乖巧多情！”“我呸！温柔可爱？温柔可爱的都把人家腿打折了，还乖巧多情，到现在连个女朋友都没混上，你真有脸吹牛！”“哦，这样啊，那我果然样样比不上哥哥，怪不得小青姐不喜欢我，我为世间第二 Prince Charming 一大哭！”笑非说着故作仰头哀痛状，并配合着狼嚎一样的“呜呜”声。

那边的小青终于忍不住了，“扑哧”笑出声来，拍着手说：“这场戏好看，便宜这唯一的观众我了，我谢谢您二位，来来来，先浮一大白！”我俩见她如此，乐不得端起杯来，异口同声地说：“来来来！共浮一大白！”

“声声欢呼跃起，象红日发放金箭，我伴你往日笑面重现。轻轻叫声，共抬望眼看高空，终于青天优美为你献。拥着你，当初温馨再涌现，心里边，童年稚气梦未污染。今日我，与你又试肩并肩，当年情，此刻是添上新鲜——”电视屏幕正播放着张国荣的《当年情》，这首歌本来是我准备唱给他俩听的，但此刻我偷偷地调成了原声，伴着我们三个的欢声笑语，仿佛又回到了十年前，那个“稚气梦未污染”的学生时代。

2

去年初春的某一天早晨，我匆匆忙忙起床洗漱准备出门，按惯例在出门前按下手机开机键，一路上大概有六七条短信“叮咚”地进来，我并未理会，而是径直向地铁走去。离地铁口还有五十米的时候，电话响了。我终于不耐烦地掏出手机，见是笑非，心里嘀咕着接通了电话。

“哥，你在哪儿？”“还能在哪儿，快到地铁口了。”“哥，你知道吗？张国荣自杀了。”“什么？你再说一遍？”我把手机拿到面前，的确是笑非的号码，的确是 4 月 2 日而不是 4 月 1 日。“哥，是真的，已经被证实了，昨天晚上 6 点多，在中环的文华东方酒店，他跳楼了，16 楼——今天新闻可能会播。”这的的确确是个令人震惊的消息，我虽不追星，但我从 1989 年开始听他的歌，看他的电影，说不爱是撒谎，而且我清楚地知道张国荣在笑非和小青心目中的分量，尤其是小青，不知道她听到这个消息会怎样。

“你确定？不是谣传？”我追问，其实我知道笑非在这种事上绝对不会欺骗我，何况他也不是个爱捕风捉影造谣八卦的人。“哥，昨天半夜就有消息出来了，我当时还不信，连夜打听过，几个媒体的哥们已经证实了，可惜你晚上不开机，没法告诉你啊！哥——”我听出笑非的抽泣声，心里也难受起来，便安慰他：“再等等消息，也许是误传，先冷静，你现在在哪儿？”电话那边哽咽了半天才说：“在家。你不用管我，我没事，主要是小青。”是啊，小青。

“怎么办？”我只好问。“你是不是从零一年校庆后就再没见过她？”“是的，咱俩不也是非典才联系的么。”“我想给她打个电话，但我怕她不接。”笑非有些为难。“如果你的电话她都不接，那我打更没戏。”两年多没联系，自从和陈熙的那次短暂相恋及分手，我更加不敢和小青见面，有时会从校友那里得知她的一点消息，每每听到别人夸奖她心里就由衷地高兴，但也掺杂着一些心酸。

“哥，你今天能不能不上班？”笑非足足沉默了半分钟，才又说。他之所以考虑了这么久，是因为他知道我如今生活的重心基本在工作上，从来不是工作狂，却把赚钱看得比什么都重要。今天是星期三，公司上午有例会，我有望马上提部门总监，不能不参加。2002 年我跳槽到这家文化传媒公司，含辛茹苦鞠躬尽瘁了整整一年，如果再升了职，不但可以在同门师兄弟面前扬眉吐气，也可在同届的校友中位居上游了。小青对于我固然重要，但有笑非照顾她应该也不会出什么大事，可这毕竟是个机会……我正犹豫着，笑非忽然说：“没事，哥，你赶紧去上班，我现在就去她家，她一定在家，有事我给你电话，没事你下班过来找我。”“好，那你去吧，你俩好好的，别让我惦记。”这句话则完全是虚情假意了，但我既然知道自己最想要的是什么，就没必要硬逞强，笑非说让我下班去找他，而不是找他俩，我想是因为他也不知道小青想不想见我。

我就这样踌躇着到了公司，上午的例会大家倒有一半时间在谈论张国荣的自杀事件，虽然多数同事还戴着口罩，但依然掩饰不住一个个莫名的兴奋，连老大也未能免俗，和女孩子们一起为这位旷世名伶的离去而唏嘘不已。我看有两个姑娘眼圈儿红红的，便不由得想起小青来，这丫头估计哭得昏天黑地了吧？笑非到了么？他俩一直很投缘，他去总比我去合适，我去又能说什么呢？我走神儿走得厉害，老大瞄了我好几眼，忍不住问道：“陆子期，你是为张国荣伤心呢还是为非典担忧呢？”我一笑，马上恢复常态道：“我在想咱们的新项目，这几天我坐地铁，发现用手机玩游戏的人大大增加，既然非典时期交流受阻，公众活动几乎为零，更多的人窝在家里以网络和电话进行沟通互动，我们不如把新项目定位为一个‘平台、内容加终端’的网络模式，不但可以让人在家里享受全球最新最全的影视内容，未来还可以开发手机终端，就像随身携带着一个可以随时随地点播的小型电影院，甚至是实时电视节目。这样我们就可以靠海量的视频内容、专业化的分类频道，考虑在初期吸纳付费会员，单项收费或以月费、年费的形式不是不可能。”

说完我一身冷汗，其实刚才我脑袋里满满地装着小青，但老大的一句话像突然拍开了我的天灵盖，把我最近日子以来所思所想超音速地归结到一起，剥茧抽丝成一个全新而大胆的设想，未被认真思考之前便顺嘴说出来。但老大貌似很满意地点着头，说：“回头咱们细聊聊，今天就到这儿吧，散会。”

3

我午饭没吃，而是用午休的时间把上午例会提出的新方案草草写了个大纲，又把部门内部的事情跟同事交代了一下，到老大那里请了半天假，便直奔小青家。

路上我拨通了笑非的电话，电话接通的“嘟嘟”声响了很久才传来笑非的声音，我不等他开腔急忙问：“怎么样了？你还在小青家吗？”“是的。”笑非的声音充满了沮丧，我赶紧又说：“我现在过去行吗？我请了半天假，你要不要问下小青？”“不用了，你直接过来吧。”我其实已经在出租车上了，挂了电话我依然一身是汗，半是因为匆忙，半是因为紧张。

笑非帮我开了门，这是我第一次到小青家来，我知道在平时她最忌讳别人到家里做客，她常说家是私密的空间，朋友见面还是在公共场所比较合适，也更自在。到了她家里我才真正体会到她的话所言非虚，整个空间没有一丝灰尘，所有物品摆放有致，并且完全没有考虑到接待客人的便利性。我这样说恐怕很难被人理解，或许你可以想象成一个从不出门的单身贵族小姐，在家里走到哪里窝在哪里的状态，说白了就是太过舒适了，让你只想一屁股坐下去再也不起来。

我小声地询问小青，笑非指了指卧室的门，门半掩着，透过门缝我看到小青头朝窗外和衣躺在床上，窗帘估计是笑非拉开的，因为只拉了一半。“我给她带了点吃的，但她没吃，她只说头晕，想躺着，我不敢走。”笑非低声对我说，并把我让到沙发上坐下。现在显然不是醋意大发的时候，虽然我看到笑非在小青家的状态如在自己家里一般，但那一点点纠结很快被对小青的担心冲淡了。“不会有事吧？”我问。“应该不会，她只是难过，但没哭，你知道她一直很坚强，只是这样安静的状态有点吓人。”笑非摇了摇头说。

“她一直躺着没说话？”“早上我来的时候她正在收拾东西，打算飞香港。”“香港？不会吧？小青不是追星族啊！”我忽然觉得有些好笑，怎么一个莫不相干的人死了，如同死了亲娘不成？我知道一直以来小青对张国荣的感情很深，她曾说这世间再没有一个艺人像他一样单纯、简单、真实。但再真实的偶像和虚拟人物也没什么区别，演员也好，歌星也罢，无非是娱乐大众的工具而已，好的艺术家确实也有，但提到单纯、简单我就不敢苟同了。

“我已经答应跟她一起去了。”笑非说。我睁大眼睛看着他，这真是一对儿奇葩选手，我什么时候在他俩面前变成了理性世故的大俗人？竟对这两位超凡脱俗的想法理解不了了？笑非见我如此，只好苦笑了一下说：“你知道，如果她不去，我也要去。”他看了看我，眼神突然变得异常平静，接着说：“这不是追星，这是一种情结，你选择你喜欢的，然后喜欢到底，无论是好是坏，直到最后。即便失去了，你知道他还在你的心里，你永远不会为这个选择而遗憾，或者失望。”这都是什么呀，这话听着怪怪的，仿佛从谁的嘴里说出来过，但那个人是谁我一时又想不起来，只好装作理解接受的样子深深地点了点头，说：“好吧，我会跟你俩一起去。”

笑非突然一惊，随即咧开嘴角淡淡一笑，“哥，你别勉强，我知道你最近公司事多，你放心，我俩在一起不会出什么意外。”我知道笑非所说的意外指的是什么，我还真没想过这个，看来我的疑心病在笑非心里已根深蒂固，这倒不怪他，我也的确如此，但这一次他确实冤枉我了，我自然有我的私心，但并不是为了监视他们两个。

我和笑非就这样在客厅坐着，有一搭无一搭地说话，小青一直没有起身，我知道她并没睡着，便有意让她知道我在，说话时偶尔会提高声音，但语言的内容却空洞而无谓，慢慢地我和笑非不再为了说话而说话，我站起身来抻了个懒腰，去找洗手间。

从洗手间出来，我停在小青的书房门口，向里面张望了一下。面南的一面墙上通上到下打着细致的格子，满满地插着书，按文学、哲学、戏剧、历史、自传等等整齐排列，佛经被放在了最高一层，挨着世界几大博物馆的画册。这些书里有我最爱的萨特、加缪和君特格拉斯的作品，当然还有大量她和笑非都喜爱的垮掉派。另一面墙的矮柜上是几百张电影光盘，全部装在塑料盒套里，也是按导演和国别分放清楚。因为隔得远不能全部看清盒脊上的字，只在醒目位置发现了拉斯冯提尔的《黑暗中的舞者》和大卫里恩的《阿拉伯的劳伦斯》。

4

春季的午后，尚留有万物被惊蛰翻搅起的细碎躁动，势必要等清明时节的一场急雨才能复归平静。我和笑非各捧着一本书偎在沙发上看，我挑了一本米兰昆德拉的三幕剧《雅克和他的主人》，笑非选的则是王尔德英文版的《自深深处》。随着晴空那苍白的色彩渐次柔和下来，玫瑰般的晚霞正悄悄爬上天际，屋里的光线已不再适于阅读。我揉了揉眼睛抬头看了眼笑非，他依然在如痴如醉地读着，不时抽动一下鼻翼。

“好看吗？”我问他，他“嗯”了一声并没有抬头，我放下书伸了个懒腰，笑着又问：“这么好看？”笑非这才抬起头来，一对儿狭长的大眼睛流光溢彩，他指着书页说：“太好看了，王尔德的这部书信放弃了他一贯的唯美主义风格，但依然像诗歌一样优美动人，你听这段：

Yet besides all this there was something more, some strange attraction for you: you loved me far better than you loved anybody else. But you, like myself, have had a terrible tragedy in your life, though one of an entirely opposite character to mine. Do you want to learn what it was? It was this. In you Hate was always stronger than Love。

读完了长长的一段英文，笑非停顿了几秒钟，看着我说："'但是你，像我一样，生活中曾有过可怕的悲剧，虽然两者之悲，完全不同。'他是多么真诚地爱着这个并不完美的美少年泼西，在他心里，他是道连格雷一样的邪恶化身，但他依然爱他，因为他能读懂他的全部，他像一个真爱大天使般守护着他、宽恕他、包容他、理解他。"

"可惜他依然被泼西暴虐的父亲告上法庭，最终郁郁而亡。而且那个任性的道格拉斯曾说过：'如果你不再是那个高高在上的王尔德，那一切都不再有趣。'遗憾的是，他非常忠于自己的所言所想，最终与被他毁掉一生的爱人分道扬镳。"

"但没有人喜欢阿尔弗雷德·道格拉斯，或者别的什么雷德和拉斯，我们爱的是王尔德的纯真与超凡脱俗，还有他藐视一切的天才和勇敢。我非常喜欢王尔德的一句话：'Whatever our natures are, we must fulfill them, or our lives would have been filled with dishonesty. 无论我们的天性如何，我们一定要让其自由伸展，否则我们的生活就会充满欺骗。'"

"'Where your life leads you, you must go. I defy society，even if I lose, the English will never forget me. 你必须朝生活指引你的方向走。我挑战世俗，即便我输了，英国人也永远不会将我遗忘。'他是太超凡脱俗了，并因此仅仅差一个月没有看到二十世纪的阳光。我不知道他到底是赢了还是输了，但我知道他为自己的挑战搭上了性命。"

笑非看我的眼神有那么一刻竟充满敌意，仿佛我是外太空派来入侵地球文化的野蛮人，不仅长得面目可憎，举手投足都透着蛮荒星球那不可一世的庸俗和粗鄙，对于我这种貌似不堪一击的劣等生物，和我争论都是一种对生命可耻的浪费。想到这里自己先笑了，我知道我在笑非眼里并没有这么恐怖，也知道他想听的是什么，可我有时候偏偏故意刺激他，以此从那些斯德哥尔摩症候群患者身上寻找些小乐趣。当然，这是夸张了，其实我并没有那么坏。

5

一遇到形而上的话题我和笑非便要争论个不休，这是我们相交多年养成的好习惯，上学那会儿我俩就在很多问题上意见相悖，如今依然如此，于是争论在所难免，但每次争论的结果都惊人的相似，就是没有结果。因为彼此不过各抒己见，从不针对对方的言语进行驳斥和反击，这就像两个各执一色的对手下棋，浑不管输赢结果，只把自己的地盘摆满算完。摆得满的算是幸运，若遇到下到一半就僵持住的时候，双方便心照不宣地偃旗息鼓各退三舍之外。

话虽如此，其实每每都是我在言语上略占上风，在笑非心里，没有什么是必须要分出个是非对错的，可能因为他所在乎的往往是别人不在乎甚至是忽视的，而别人看重的那些在他眼里却又一文不值了。关于王尔德和他的情人我们没有继续争论下去，因为既不能改变对方的观念也没有想要改变的欲望，于是我俩聊着聊着视线便从彼此身上转移去了别处，外面昏黄已然，又到了该吃晚饭的时间，笑非和我同时转过头来，这一刻思想空前一致了。

小青出现的时候，我和笑非还在面面相觑，忽然就在眼角余光里发现了她。落日余晖斜照之下，她像极了一尊刚刚从泡沫中诞生的维纳斯雕像，松散的腰身，瘦削而柔软的两肩，略略倾斜着的细白脖颈，还有那双被玫瑰色晚霞映红的脸上微睁着的迷离睡眼，倦怠的神情尚留有天涯酣梦后的纯真和楚楚动人，凝聚着世间所有的悲剧之美。而这一刻她那木讷的表情仿佛如同濒临清醒边缘的梦游者，只等一个意外之吻。

她眼睛直直地望着我，又转向笑非，嗫嗫地说了句：“我饿了。”笑非立刻从沙发上弹起来，一本正经地说：“我早就想告诉你，我也饿了！”“我早饿了！”我赶紧补充声明。三个人的意见空前一致，吃饭！

但在下楼吃饭之前我和笑非必需要确认小青是清醒的，睁着眼睛证明不了什么，于是我走到小青面前，没话找话地说：“咱俩好久不见啦！”“两年零一百四十五天。”小青把目光转向我，面无表情地回答。我故意装作毫不惊讶，咬着牙床梗着脖子点了点头：“是啊，好久了。”心里却犯起了嘀咕，不对呀，小青怎么会记得这么清楚，连这个一直对她念念不忘的我都不曾清楚地计算过时间，莫非小青——不能够，绝不能够，别自作多情了。

小青看着我，忽然冷冷一笑：“笑非今天告诉我的。”哦，我这次认真地对她点了一下头，并把目光转到笑非若无其事的脸上，他依然若无其事地看着我，“走吧，吃饭去。”他说。

我若说我感谢张国荣的离世，或许太不厚道了，但的的确确是在那天，我们三个又一次坐在了一起，如果不算校庆的那次擦肩而过，这是我们的第三次重逢。从相识到今天，时光已经无情地奔走了近十年，这十年的大部分时间里我都是一个人度过，无论是小青还是陈熙仿佛不过蜻蜓点水般留下一阵短暂的涟漪，只有笑非始终在不远的地方守候着我，注视着我的喜怒哀乐。而我却刻意忽视他的存在，像是早已说服自己他只是在我生命中出现过又必然会再出现的一个群众演员，唱着固定的戏剧台本，相似的表情和对白，雷同的时间和场景。你知道他始终会在后台候场，只需一个指定的出场信号，便会在恰当的时候出现成为这一幕中的关键人物。

但这不是真的，如果我非要逼迫自己这么想也只是为了用这样一种方式迷惑自己，我曾经非常信赖奥卡姆剃刀法则：如果有好几种解释，永远相信最简单的一种。可如今我越来越不能依赖于避繁就简来分析整理所有事物，如果我变得简单了，那我身外的一切便更加复杂得让我举步维艰。况且我的致命问题是怀疑，这是我自己心知肚明且无法修正的弱点，即便在完全放松的环境下我也不觉得自己是真正安全的，有时甚至连看得到摸得着的事物都不相信。

而我勉强建立起的自信则来自于所谓的独立判断能力，这一点我们三个出奇的一致，也正是被笑非认可的地方，所以他从不在意我嘴上说的那些与他格格不入的言论，而更相信自己对我的了解。可我却时时含糊，他所了解的我是真实的我吗？是否只是一个被情感升华了的虚拟偶像？因为某个特殊情愫被偶然接纳之后便再也不肯以理性的眼光去看待他、评价他，而最终被塑造成一尊圣洁而冰冷的大理石像，一如昨夜离去的那个风华绝代的身影。

6

“不行！说的是一辈子！差一年，一个月，一天，一个时辰，都不算一辈子！”程蝶衣双手紧紧抠住椅背，微仰着半妆的脸急切地望着段小楼，他是他的师哥，他的小石头，他的霸王，永远都是，不论在戏里还是戏外。他不允许现实残酷地切入，像锋利的刀刃须臾间已割开一道狭长的裂口，那被他单纯的幻想包裹得密不透风的世界，任他如何手忙脚乱地封堵都已无法还原了，因为虞姬是真虞姬，霸王却不是真霸王。虞姬再怎么演，也总有一死不是？即便那个想要倾尽一生相依相伴的人沉痛而不耐烦地喊出"那是戏！"又有何干呢？不疯魔不成活啊！既然戏里已轰轰烈烈地死了，在这毫无完美可言的苍白现实中再死一次又何妨？

大一那年我和笑非一起在学校小礼堂看了这部《霸王别姬》，那时我才知道，张国荣除了能演《倩女幽魂》《英雄本色》《纵横四海》中那样的俊朗小生外，一个如歌如泣的程蝶衣竟然被他演绎得如入化境，如果这个角色换了中国任一个男演员恐怕也难免失之千里。虽然之前也会偶尔听他的歌，但真正关注并喜欢上他的确是由《霸王别姬》开始。

之后，笑非又拉着我看了几部张国荣主演的片子：90年即已问世却被我忽略掉的《阿飞正传》，在那里他是一只苦苦寻觅爱而终不可得的无脚之鸟；而94年的《东邪西毒》中，他告诉我们醉生梦死其实只是个玩笑；到了布宜诺斯艾利斯的《春光乍泄》，他说："不如我们重新开始？"不如我们重新开始。那是1997年，我刚刚大学毕业，所有这些通过光影的分割交错传达给我的情感并没有被年轻的我真正解读，只是觉得总有一种忧伤而残缺的美萦绕着他，而这种美是我不喜欢也不愿意去了解的，同时我也不喜欢笑非因此而多愁善感，我希望他的生活永远都是阳光明媚的上午，不必为日薄西山时短暂而绚丽的晚霞而感伤。

维多利亚港的夜晚凉爽宜人，能这样漫不经心地走在海岸边的星光大道上，隔着漆黑的海水看两岸交相辉映的灯光，对于我是难得的闲适与美好，可这美好深深隐藏在笑非和小青悲伤却毫不动容的情感之下。这是他们的节日，一个哀悼的节日，任何其他的色彩在此时此刻都显得多余，而我，也一样。

笑非顾长挺拔的身型包裹在黑夜般的修身外套里，浑身上下没有一丝杂色，唯有在路灯下泛着深金光泽的一头不算漆黑的头发，如同暗自燃烧的火焰在我眼前跳跃着升腾着，像要顷刻随风燎原，一发不可收拾。在他的身畔一拳宽的距离走着同样浓黑如墨的小青，一件薄薄的套头高领罩衫配着黑色的牛仔裤，黑色的尖头短靴，长发随意地束在脑后，额角的头发被夜风轻轻撩起，滑过她微眯着的双眼。他俩的胸前都别着一朵白色的玫瑰，而我胸前的这朵已经早早被我摘下来拈在手里，随摇晃的手臂在视线里忽隐忽现。

这是我们三个的第一次远行，虽然只有四个小时的航程，但毕竟是从一个死亡之城进入另一个死亡之城，在非典肆虐的 2003 年 4 月，疫情最严重的北京和香港已经在其他城市人的眼中被判处了死刑，就在两天前我哥还在电话里锲而不舍地劝我回家。回家？难道那个生活了近十年的城市还不是我的家？它可以随时被认定为一个暂时落脚的地方就因为我如今依然孤家寡人？我跟在笑非和小青身后，望着一侧的大海，天星小轮的“嘟嘟”声间或传来，打破这因死亡而带来的短暂平静。

灯火阑珊处，是另一个城市的另一张脸，白日里那些浓墨重彩的妆扮已然卸去，纵使青春娇艳，却因铅白日积月累的腐蚀蒙上了一层如何也擦不净的灰，像百老汇日日歌至深夜的舞女，那从未离开过面颊的玫瑰色笑容就在谢幕后的一瞬间消失无踪了。

那些擦肩而过的一径悲伤的脸，他们多数人的手里或胸前都有白色的花朵，低着头，在颜色各异的口罩遮挡下暗自神伤，宛若世界末日前无声的祈祷。没有人知道死神会在何处出现，出现时又会以何种方式施以刑罚，或仅仅以最简洁有效的方式带你离开，让你来不及告别，来不及忏悔，来不及回忆那些还没有成为回忆的仓促时光。

7

笑非是整个非典期间坚持出门不戴口罩的极少数人之一，我讥讽他说这是为了凸显他们有车一族的优越感，他不辩解，只是咧嘴一笑，掏出车钥匙扔到我面前说："拿去开。"我歪着脑袋看看他，片刻摇了下头说："滚蛋！"

今年年初，当春天还没有探访北京城的时候，笑非便把非典即将肆虐的消息告诉了我，彼时我和笑非已经很久没有联系了。校庆一别，只有去年书锋结婚我们见过一面，在老哥们儿面前大家依然装作相安无事，却难逃真正了解我俩的兄弟的法眼。第一个把我拉到一边的人是小泽。

"期哥，你和非哥是怎么回事儿？闹别扭闹到现在？"小泽是内蒙人，说话向来单刀直入，这也是我喜欢他的原因之一，虽然出自别人口中这话在我听来就大大冒犯了。

"没什么，挺好的，工作忙，大家见面少就生疏了呗，你小子瞎操什么心？"我笑着答道，手在他肩膀上轻轻按了一下。

"生疏？你俩谁跟谁呀？非哥即便不承认我也知道，当年郝瘸子的腿是不是他打折的？"小泽微蹙眉头一双清爽的大眼睛直直地盯着我，让我想撒谎搪塞也万万不能，只好沉住一口气说："小时候的事儿还提它干嘛？忙你的去吧，马上典礼了，你这个伴郎不守着新郎官，倒缠起我来了，小心一会儿给你好看！去，快去。"小泽又歪着头看了我一眼，一本正经地说："成！我忙去了。"却不急着找书锋，反向笑非那一边去了。

我追着他的身影看到了站在大厅另一侧的笑非，想起刚才的一幕忽然低下头苦笑出声，却被不知何时转过来的书锋逮了个正，拍着我笑道："期哥在这儿自己偷着乐什么呢？有啥喜事儿让我这个即将遁入围城的可怜人也乐上一乐？”

我细细打量起身旁站着的书锋，见他被一身裁剪合体的黑色礼服包裹得健壮挺拔，微微泛红的两颊挂着无法掩饰的喜悦，却被一双浓眉压得阴沉沉的，时刻带着山雨欲来的紧迫感。那纷繁复杂的周身姿态像极了大年夜插在雪地里等待点燃的巨型炮仗，一副凛然就义的慷慨气派呼之欲出。

恐怕这就是婚姻吧，我失笑道：“你看云泽，今天打扮得比你还帅呢，也不知道是他结婚还是你结婚，你可小心了，一会儿新娘子进来别让他抢了风头。”我知道他俩关系不一般，便肆无忌惮地开起玩笑，书锋自然不介意，接茬道：“可是呢，这小子三百年不开荤，今天本想给他个机会露露脸，可惜他死不开窍，画根线他都不知道怎么迈腿呢。”我被书锋的话逗乐，却看他摇了摇头又说：“不过要说帅，唉，今天我真不该请非哥来呀！”

是，我远远看着和小泽聊天的笑非，他的出现绝对是所有男人的灾难。

我不赖床，也没有压轴出场的好习惯，所以今天我是早早到的，一是方便和久违的兄弟们打招呼，再者，春天和陈熙分手的伤痛还丝丝缕缕记刻在心里，完全忘记是不可能的，何况那个即将三个月大的胎儿对我的刺激非同小可，而这一切却找不到人诉说。你知道，总是要经历过一些猝不及防，才能明白那些浅显得一直被你忽视了的真理，刀子都是铁做的，想放在心里捂化不过痴人说梦。

但今天我是来讨喜的，借着哥们结婚去去身上的晦气，所以特意穿戴整齐自觉光鲜亮丽的到场。有些时候，我着实喜欢这样的氛围，因为每个人的脸上都写着幸福，不管真真假假，都如同一场盛大的催眠，身在其中的你很难不被沾染。可这极不自然得有些炫目的光辉却被一个人瞬间夺走了，没有人不知道他是谁。

笑非站在门口时，我清楚地听到整个喧闹的会场在那一刻落针触地有声，不看我也知道是谁来了。在那几乎觉察不到的瞬间静谧被几声惊呼掩盖之前，我不承认也在等待着他的出现，直到发现自己的脊背有一丝凉气蹿上脖颈，我无法控制地转过头去，而面对的竟是他直直穿透整个大厅望过来的双眼。幸好几个兄弟姐妹围了上去，我这才扭过头来，假意和身边的人搭话，脚下却像踩着钉板一般。

“他把头发剪了。”我在心里说，窄窄的两鬓贴着头皮，利落的短发让他瘦削俊朗的面孔更加惹人瞩目，也让他的一身靛青色透着深秋的萧索，可这只是十月初，国庆节七天长假还没有过完，离上次见面还不满两年，他竟然瞬间长大了，周身环绕着成年男人那不可一世的宏大气场，去他妈的。

8

我的女人缘还算好，再加上书锋新郎官的身份，围在我俩身边的女生基本和对面打成平手，那些刚刚沾染了成年女子风韵的姑娘们各个娇艳欲滴，裹着一身玫红长裙的桃子尤其惹人注目，此时，正搂着身形娇小的末末咬耳朵，又时不时“唧唧咯咯”地笑出来，末末则眯着一双丹凤眼边点头边笑得花枝乱颤，才一会儿，两个人便风一样滑出了我的视线，让我顿觉四周清静了不少。

“小吴还没到？”我问书锋，书锋压低了声音说：“你不知道？我没通知他。”“嗯？”我一时糊涂，毕业五年多，文学社的几个要好的不过聚了三、四次，人也总是不齐，但桃子和吴桐是每每必在的，今天这样重要的日子不见他倒是奇怪。“他和桃子分了，据说是被个官家千金看上了，要招为驸马呢，可怜了桃子对他那么好。”书锋说着叹气。是啊，他俩比我们小一届，比云泽大一岁，本该是青梅竹马的一对佳人，桃子虽然性格泼辣些，但对小吴却是一个心眼儿的好，诸般体贴照顾是有目共睹的。何况，小吴并不出色，他二人能有这般际遇确实令我吃惊。“就凭吴桐的条件，桃子哪点不如他？他竟背着桃子——毕业后还逼着桃子打了一次胎，真是畜生！”书锋愤懑地把最后两个字咬得山响，我立刻提醒他此刻的身份，他大喘了一口气，不说话了。为了缓和下气氛，我只好又说：“我看桃子的状态还不错，应该不至于太伤心。”书锋抬头看了我一眼，第一次把手搭到我肩膀上，意味深长地说：“期哥，女人的心思你懂吗？”

“书锋！时间差不多了，咱俩过去吧。”那边云泽喜气洋洋地跑过来帮我解了围，后面跟着微笑着的笑非。我故作无视，拍了拍云泽说：“今天可全赖你了，你若是让新郎官喝高了，晚上把你吊起来打！”“成！放心吧期哥，他真要高了，就把我吊他家卧室棚顶上，倒吊一宿。”小泽笑着接话。“美得你！省省嘴皮子吧，有本事明年别当伴郎！”“有本事明年你给我当伴郎！”“你丫滚！臭乌鸦嘴，赶紧走！”这哥俩儿拉扯着走了，剩下笑非和我站在原地半晌没有吭声。

我以为笑非会主动和我搭话，至少喊一声“期哥”也好，但他只是静静地站着，站得那么坦然那么潇洒，而我却如炮烙在身，半刻不得安宁。幸好司仪喊大家就座，我和笑非依着名牌找到了相邻的两个位置。

习惯了在这种环境下听到瓦格纳或门德尔松的《婚礼进行曲》，当张国荣倾心吟唱的《为你钟情》音乐响起时我的确吃了一惊，但细细品味才发现，没有一首歌的曲调和歌词比这一首更适合一场神圣的婚礼。看着缓慢步入礼堂的一对新人，洁白的婚纱下方馨幸福得泛着潮红的笑脸，忽然小青的面孔浮现在眼前，而与她牵手的那一个竟然是笑非！我下意识地扫了一眼坐在身旁的笑非，见他正目不转睛地盯着舞台，眼中闪动着晶亮的光辉。

“这是你的主意？”典礼结束后，我面无表情地问。“什么？”在交换了激动的眼神和彼此对新人的祝福之后，我自觉可以拿捏好腔调和笑非说话了，可他此刻的心不在焉依然让我气恼。“那首《为你钟情》，不是你吗？”好吧，既然今天是兄弟的婚礼，我就不跟你计较了。笑非这才把目光转过来，盯着我呆呆地看了好久。“笑非！”我提醒他的失态，“说话。”“是的，是我——你觉得不好？”我转过头去，没有说话，我不想回答，也不知道接下来该说什么。

“为你钟情，倾我至诚，请你珍藏这份情，从未对人倾诉秘密，一生首次尽吐心声。望你应承，给我证明，此际心弦有共鸣，然后对人公开心情，用那金指环做证。对我讲一声终于肯接受，以后同用我的姓，对我讲一声 I Do I Do，愿意一世让我高兴。

“为你钟情，倾我至诚，请你珍藏这份情，然后百年，终你一生，用那真心痴爱来做证……”

9

如果不是新人的父母毫不妥协，这场新世纪之初的婚礼一定不会是这个样子，幸好他们对门德尔松和张国荣的区别不甚了了，依然觉得既选了中国人唱背景歌为什么不选个会讲普通话的。但习惯了被父母左右的七十年代对传统的固守与颠覆一样热衷，便不会遗憾堂堂文学社的社长方馨大小姐与才貌兼备的书锋喜结连理的形式该怎样与众不同。

纵如此，婚礼仪式在末末和桃子这对儿鬼丫头的撺合下还是办得蛮有新意，这会儿闹够了的她俩正促膝而坐，末末伸着懒腰打着哈欠假意抱怨个不停，桃子攥着纸巾时不时擦掉眼角溢出来的泪水。满面红光的小泽摇晃着在我身边"咣当"坐下来，望着大伙儿憨憨地笑，突然转过头对我说："'渠当无绝水，石计总生苔'。"我一愣，扭头向笑非望去，他正在出神，完全不在任何状态中。

书锋走过来拍了拍笑非的肩膀，笑非这才回过神儿来，笑着迎上去，方馨大方地开起玩笑来，指着笑非道："瞧瞧，幸亏这货当年不鸟我，要不我可成了嫁不出去的老姑娘了！""哎呦喂，'老姑娘'这是说谁呢？有这么在我们穷孩子面前吃肉嫌腻吃鱼嫌腥的么？"末末一边不干了，作势要去捏方馨的脸，方馨一边闪躲着一边喊救命，被书锋一把扯过去揽在怀里，笑着说："刚有人替我骂情敌两句解气，这又哪冒出个怜香惜玉的来，这节奏我快跟不上了，难道那个这会儿在北海道坐着雪橇打喷嚏的不回来了？那可是便宜了姬野饭岛黑泽爱了。"笑非正红着脸不知道说什么好，一边的云泽突然坐起身来，嚷道："谁谁谁？在哪儿呢在哪儿呢？"大家突然哄然大笑，他眨了眨眼睛，喃喃道："就知道你们都没有。"说完又把脸摔到桌面上去了。

我指着末末和桃子说："你们两个丫头，看把小泽灌的，赶紧猜拳决定今晚谁把他背回家。""不背不背，我家没 AV！"末末嚷道，大家又笑了一场，桃子便说："老大就知道怪我俩，他自己不想醉谁能灌高他？他是高兴的拦也拦不住，你看非哥怎么就没事儿人一样？那是还在气方馨姐嫁了人呢！""终于被你看穿了，惭愧呀惭愧。"一边半天没吭声的笑非终于接上了话，气氛更加热闹起来。方馨突然在身后揽住了两个丫头的肩膀，把脸紧紧地贴过去，两朵火热的吻便瞬间印上了她的两颊，她忽然眼圈红红的，站起身斜倚在书锋身上，书锋低下头在方馨额角轻轻一吻，只一瞬间，两个人便紧紧拥吻在一起，桃子和末末顿时发出幸福的尖叫声。

这时，背景音乐已经换成了张国荣的《当年情》，我们坐在一起面面相觑了很久，各怀心事地相对微笑着。

“轻轻笑声，在为我送温暖，你为我注入快乐强电。轻轻说声，漫长路快要走过，终于，走到明媚晴天……”

“哥，我想去美国。”笑非突然说。“西海岸吗？我也想去！”小青扔下话筒欢叫起来，我紧拧着眉头伸长了脖子问：“你当真？”其实我是对小青如此夸张的尖叫声极其不适应，这并不全是酒精的作用，也许意味着我们三个真的可以更轻松一些的相处了。“不能再了！我年假加上倒休可以有十五天，小青姐也行吗？”“当然，我随时可以给自己放假，要多久都行，老板不就是用来炒的吗？”小青兴奋地说，“但先说好，自驾游我才去，否则免谈！”笑非没有回答，而是急切地望向我，我假意踌躇，其实心里早开始琢磨起出发前需要料理的一切事宜，嘴里却含糊着说：“十五天这么长啊？好像有点困难，不过要是去旧金山城市之光书店嘛，我倒是可以考虑一下。”“你怎么知道我想去那？哥，你太好了！”我当然知道，否则还能是哪儿？美国在你心里不就是人权宣言和垮掉一代吗？那心结就像一粒种子，你种下了，它早晚会发芽。

“终于！”笑非盯着小青说。“不能再了！”小青双手搭上笑非的肩膀，笑着回应。多年未曾光顾我的幸福感漫上心头，我猛地打了个哆嗦。

那是2004年春节刚过，我们三个第一次相约KTV，距我和陈熙分手整整二十二个月，距张国荣去世三百零五天，距我和小青第二次飞到旧金山十年零六十六个日夜。

下部

每个人心中都有一个耶路撒冷，因为你回不去。

第一章 | 在路上

1

“要开开心心地在外面流浪，就要有一个可以回去的地方。”如今我才知道，世界上最遥远的距离是：我在香港，你在布宜诺斯艾利斯。

而这里是北京。

终于踏上北京的土地，第一次，我对这个城市产生了无法须臾忍受的厌弃感。曾经让我带着无尽梦幻和憧憬一头扎入的庞然巨擘，如今却像混沌深海中永不超生的锈蚀潜艇，每一口呼吸都带着末世的辛辣味道，直逼口鼻的不仅仅是对未来深沉的绝望，还有现实那触目惊心的肮脏。

我失去的不只是笑非而已。当意识到自己再也不可能见到他时，我被瞬间抽空的躯干竟未来得及和所有在我心里驻扎过碰撞过狂欢过的情感告别，而这些对于此刻的我已毫无意义，我宁愿一笔抹去所有如今已变得不再真实的一切，唯留那份曾经被笑非深深种植在我内心的纯真。当我的胸腔被现实挤压得越来越狭窄的时候，我才意识到，那纯真对我来讲是多么的重要。

为什么？为什么会是我！为什么？为什么竟然是他！

灰蓝色的天空突然更换了面孔，那戏剧般撕开夜幕的闪电带着巨大的愤懑的雨点劈头盖脸狂泻下来，我木然站在原地，看着四散奔逃的人群，一丝冷笑慢慢凝固在两颊上。我想象自己伸开双臂，五指微曲，幻化成一只巨大的复仇天使在黑暗中静静伫立，抬头的瞬间，目光划破长空，有浓墨般的血液沿着天际四野流淌下来，在地面淤积成冰冷的一滩。所有的生灵都沉默了，只有乌鸦，扭曲着、挣扎着、拍打着湿淋淋的翅膀发出刺耳的尖叫。

为什么！为什么会是我?！为什么！为什么那个人竟然是他！！！

我永远无法忘记亲眼目睹的那一幕，血液不可能燃烧，燃烧的只有愤怒，而面对生命中最重要的两个人，这愤怒却找不到爆发的出口，它紧紧绷住我周身所有筋腱，把我固定在梦想与现实撞击出的巨大裂口上。对立即意味着共存，被丑陋颠覆的只能是美好，和与美好伴随着的生命的意义和爱。

我闭上眼睛，想寻找一种虚脱的感觉，但是没有，我必须坚持下去，说话，或者离开。

是的，我走了，从此再也没有见过他。

绵密的细雨还在下，初秋的凉意侵袭上来，我为自己还能感知到寒冷而错愕，十七年的风雨飘摇，我依然不能习惯它，那如附骨之疽般时刻啃噬着我提醒着我的寒冷，让我无法不去正视此刻作为我的这个人，孤独地走在那个我曾无比渴望成为家的路上。雨从未停，黑夜是上天对我最好的馈赠，它让狼狈如我仍能呼吸，并且躲避那些我始终畏惧的陌生的眼神。

但我不能原谅，永远不能原谅，永远——二十四天后，我收到了笑非的邮件。

“哥，如果你恨我，我毫无怨言，如果憎恨可以抹杀一切，我倒宁愿你把我彻底忘记。但我会记得，记得我们在一起时所有的美好，那些随时间老去的年月，因彼此的误解和隔阂日渐变得惨无颜色，可我仍会记刻在心里，你永远都无法将它们抹去。

“如果你不再信任我，也请你记住这最后一句话：我从没有骗过你。

“爱你的，笑非。”

我哑然失笑，“我从没有骗过你。”这难道是人生最大的骗局？你让我如何能够信任你？难道我不能信任自己的眼睛，它曾经带给我的一刹那黑暗遮蔽了如今所有的光明！而你从没有欺骗过我！是谁欺骗了我？难道是我自己！

的确是我自己。被背叛的，被侵犯的，被欺骗的那个人，他并不存在，一切都是我杜撰的！没有人背叛我，因为没有人曾经属于我，那一刻我是一个人，如今也是，未来依然还是。我回到北京的家，三环内一百七十平米的大房子，一个人，当小青送我上飞机的那一刻我就知道了。最稳固的三角支撑已经坍塌，倾泻下的瓦砾尘封了过往的一切，我失去的将无法再失去，因为它已经升华成一种被赞美被歌颂被怨恨被亵渎的感情，有人称之为爱。

我沉沉跌坐在沙发上，四月中的闷热已经在房间里凝成拆不开的一团，手机那刺耳的铃声却在这一刻凭空闯入，当然不会是小青。

“陆总！回来怎么不先通知一下，我应该去机场接您。怎么样，玩得好吗？”是助理小高，一个我早已厌倦的鸡肋一般的人。“还好，到家了，通知大家明早十点。”是的，生活还要继续，我既定的角色必须要演完，或者，难道我还有别的选择？

2

对于任何一家公司，老总度假归来都不值得庆祝，于是我可以对所有虚伪的面孔无动于衷，但我没有，我以恰当的微笑回应了每个人的问候，并为自己能完美掩饰内心的虚弱而小小的欣喜。这对于我其实并不难，因为这就是我。

“期哥！你回来了？米国一行如何？”午饭时间刚过，我接到书锋的电话。“你怎么知道的？”我诧异着问。“打你办公室，助理接的。”他嘿嘿一笑继续说，“亏你不是什么神秘人物，要不早晚坏到这小子的大嘴巴上。”这我很清楚，也只是小高的缺点之一，但毕竟他跟了我这么多年，便说：“这孩子直点儿，其它还好。怎么？这会儿你不用相妻教子，想起老哥们来了？”我努力装作什么也没有发生，一切还和走之前一样。

虽然同学会校友会文学社的朋友们每年都会重聚，我参加的却不多，时过经年，当初的少年情怀早已不在，更多的是炫耀和抱怨，实在不适合我这个孤家寡人，单单无休止的追问就让我受不了。公司刚成立的时候，我还会因为狭隘的虚荣心去撑两回门面，而如今，那些发福后各个油光满面的男男女女，只能让我痛苦地想起那个曾像风一样自由美好而今却一径带着深秋萧索的少年。

我从茫茫中回过神来，听书锋还在喋喋不休地说着什么，便问：“什么？干嘛的？”“唉，你就算帮我个忙，这小子我实在不能留了，你知道方馨就是个花痴的二货，我又不能把他扔大街上是吧。”“哪的人？”我才明白个大概，书锋的某个沾着血缘关系的外甥刚毕业，便被硬塞到他那去了，他不想要，便要塞给我。这种事儿也太多，当然不好一口回绝，便问他。“北京人，小孩子特机灵，你就抽空看看，不行拉倒。”“对不起哥们，你知道，我从不招北京人，尤其是年纪小的。”这不怪我，事实证明北京的孩子没有生活压力，没有责任心，也没有上进心，不值得培养，归结起来三个字“不靠谱。”

“我知道，我知道，但这个孩子真不一样，我不诓你，你大恩大德给个机会。哥！算我求你！”我胸口一紧，这是书锋第一次叫我“哥”，这个字我已太久没有听到了。“明天让他来吧。”我说。“得嘞！绝不让你失望，真要看不中你把他摔我脸上。”摔你脸上？真那么好你塞给我？我苦笑道，寒暄未已挂了电话。

书锋是同学里如今和我联系最多的一个，因为我俩比较像，但他的聪明世故更胜我一筹。这些年来，他很少在我面前提笑非的事，不是因为自个儿老婆曾有的那一段情，而是他知道君子之交淡若水的道理，要想维持长久的情谊走得太近反而不妥。再好的朋友也该相敬如宾，再亲的关系也不能不分你我，尊重，到什么时候都是情感最厚重的基石。这一点，我们的观念是一致的，也是到了今天仍可以齐头并进的关键。

当年书锋向方馨表白的那段情节，如今仍为我俩津津乐道，我钦佩他的大度，更对他的睿智勇敢佩服得五体投地，这一点，我就远远不及了。

据他说，大学时他便早早喜欢上了开朗乐观的方馨，却碍于这丫头心有所属而迟迟止步不前，终于在毕业几年后才敢表白，表白的结果他早已心中有数，因为他知道向来直言不讳的方馨会说什么。

“我心里有人了。”她说。书锋故作惊讶地问：“真的吗？我一直以为你是个‘万绿丛中过，片叶不沾身’的冷美人，谁能入了您这位才华横溢的大小姐的法眼那？”听到这里，我“扑哧”笑出声来，冷美人？方馨？看来跟书锋比我实在是木头脑袋不中用，岂不知这放在四海皆不准的形容词偏就是方馨这样的泼辣妞最爱听的？方馨果然中招，羞答答地答道：“你知道他是谁。”书锋故意琢磨良久才说：“杜笑非？是他吗？”方馨点了点头，望着书锋的眼睛不说话。“太好了！我还以为是谁！原来是笑非，我也喜欢他，难道有不喜欢他的人吗？”这一句话，方馨顿时颓了，这个牙尖嘴利的文学社继任社长这一刻竟不知如何作答，幸好书锋懂得见好就收，立刻又说道：“我知道自己和他比差得太远，根本配不上你，但我会等，等我自己变得更优秀，等你认为我可以。我只想让你记住今天的话，无论何时，无论你走到哪里，回头的时候，我一定在你身后。”没有哪个女孩子经得住这番甜言蜜语，自然，书锋也没等多久。

身后，多么聪明的书锋，对于有些女人，“身边”和“身后”的意义大不一样，但方馨也不愚钝半分，自然知道如何找到夫妻关系的平衡点，这“身后”二字也不过说说罢了。恋爱时的甜言蜜语自不能当真，所以那些惧怕因为说得太多而承担责任的男人们，和书锋比起来的确差得太远了。

3

刚吃过午饭的人容易糊涂，绝不是面试的最佳时机，所以说小高的智商实在有限，我很少跟他计较这些小事，总觉得这不该是我操心的范畴，我已经习惯了他给我安排的工作时间，而自己去适应着保持清醒。你不能责怪八零后的年轻人做事不用心，他们认为遵从大脑比遵从内心更容易把他们导向成功。这也许是对的，八零后一步登天的例子并不鲜见，当他们意识到可以不必经历成长的阵痛便能立身于世的时候，前辈的胆怯更助长了这一代人的自信和乖张。虽然他们中的一部分人已了解到成长的重要，但还有绝大部分过得相当随性。话虽如此，八零一代的优点仍是我们这些刚刚站稳脚跟的七零后无法相比的，他们的思维更灵活，也更有爆发力。

而这一个确是我最头疼的九零后。我拿起办公桌上的简历又扫了一眼，宋体五号字规整地排了一页纸，没有照片，这点还好，我早已烦透了那些刚毕业毫无资历的年轻人把自己的简历夸张地搞到十几页，图文并茂地推销着自拍照上那个根本没有准备好工作的小屁孩儿。

“陆总，董延到了。”小高敲了下门框说。“嗯，让他进来吧。”我看了看表，差五分钟两点，点了点头。

“哥！我回来了！”看到一身风尘的笑非闯进来我心情大好，08年底笑非辞去工作开始旅行，而我则着手新公司的筹备和组建，小青闷头写作极少见人，这两三年来竟是每每远途归来的笑非给焦头烂额的我带来极大的安慰，今天看来又是放下行李就跑过来，望着他瞪羚般鲜活的身影，我掩饰不住满脸的惊喜，嘴上却骂道：“你小子还这么疯疯张张的，小高怎么放你进来的？回头我踢他！”笑非自有本事征服所有人，从公司前台到打扫卫生的阿姨，至于小高，他也不是傻得很彻底，何况他对笑非崇拜得四脚朝天，于是，笑非便成了唯一一个可以在我办公室自由出入的人。

“小高？他才不敢放我进来，刚抱着我大腿被我拖了一站地，到门口才撒手，这会儿正哭着喊着奔保卫科去了，你就可怜可怜他吧。”说着大方地冲我一笑。

我忽然有一种想把他拥在怀里的冲动，但认识了十八年，这种兄弟间的平常举动从来没有在我和笑非身上发生过，我强自忍住，走过去拉了他说：“沙发上坐，怎么样？耶路撒冷美吗？”“美！就一个字！但我不跟你讲，你先忙，我就是来看你一眼，不坐了。我得去安慰一下小高，这孩子挺好的。”说着起身就走，我一把拉他不住，急了：“你等等！笑非，你等等！”竟追到了门口，忽然觉得失态，只好站住。笑非回头看看我，指了指腕表，又捏起手指比画了个“七”字，笑着转身走了。

坐到办公桌前，我平复了好久，仿佛刚经历一场台风过境，诸般事物都被翻卷得乱七八糟，必须赶紧把它们妥帖归位，趁你勉强还记得它们原来的位置。当一切归于平静，我深深地呼出一口气，感慨自己竟连他的样子都没有看清，但需要看清吗？

整整一天我都心不在焉，努力克制依然藏不住满脸的兴奋，小高几次进来含笑问：“您哥俩儿晚上在哪儿聚？用不用我帮您先订位？”“说了不用，我今晚还不知道怎么安排，你忙去吧。”我勉强搪塞，心想自己快 37 岁的人了，仍无法做到喜怒遁于无形，但小高也的确不识脸色，不知道该在什么时候闭嘴。

终于熬到 6 点半，公司的人早已走光，我对小高说：“今天早点走吧，不用等我。”他答应着开始收拾东西，但委屈的眼神竟像在埋怨，我心里笑道：“这孩子也并非一无是处。”便伸手轻轻按了一下他的肩，把车钥匙递到他手里，说：“开我的车回去吧，明儿早顺路去我家接我。别太早，九点半。”待办公室里空下来，我关了外间的灯，一个人静静坐在办公桌前，双腿一抬架了上去，舒展腰身在扶手椅上仰卧下来。

小青此刻在做什么？虽然 08 年初的重逢让三人貌似和好如初，但小青和我毕竟有过一段几乎修成正果的感情，若说毫无隔阂是假的，但也许别扭的只有我一个人，虽见得少，三人每每见面倒也坦然。我一叹，幸好还有笑非。

6点55分，我起身走到落地窗前，俯身向楼下望去，笑非的白色牧马人刚刚划了个完美的弧线停在路边。当我披衣下楼，十多年前的少年往事再次奔涌袭来，裹挟着叶丽仪那悲凉而豪迈的嗓音："浪奔，浪流，万里滔滔江水永不休；滔尽了世间事，混作滔滔一片潮流。是喜，是愁，浪里分不清欢笑悲忧；成功，失败，浪里看不出有未有——"

4

笑非换了一身衣服，神采奕奕地伫立在车旁，当我走上前去，他轻轻欠身帮我开了车门，微笑着说："老大您请！"我一愣，不及多想，已在副驾驶上坐定。

刚刚入夏，天还不长，7点钟的街道便黯淡下来，刚刚亮起的灯光尚且需要和夕阳的余晖较量，并毫不掩饰终将获得胜利的喜悦，五色霓虹纷纷睁开睡眼，向你投来谄媚的笑。

"劳驾，咱以后不穿白的了行吗？"我半开玩笑地对笑非说。"你不喜欢我就不穿喽，但你为什么不喜欢必须告诉我。"笑非自然没开玩笑。"你还嫌自己不够惹眼？至于从头到脚都是白吗？你又不喜欢白色。""哦，这样啊，我以为你喜欢白色。"笑非很无辜地说，开着车并不看我。"是啊，我喜欢白色，我还喜欢吃丸子。"我嘴一撇，接口道。笑非转过头挑着单眉打量我，忽然和我同时爆发出洪亮的笑声。

有时候我真的很奇怪，自己竟然从未嫉妒过笑非，他那么优秀，活得那么洒脱，万人迷却又特立独行，放得下也拿得起，说走就走，想回就回，路在他的脚下向来四通八达，没有死胡同，也没有需要抉择的三岔口。如果这里面还隐藏着些许假象，那这假象也太完美，完美得可以忽略不计。

那个任性的孩子，因为具有摧枯拉朽的美貌，所有人都不愿让他长大，于是，他便再也没有长大。

“你说什么？”笑非突然问。“我什么也没说。”我答道，难道我说了什么？“你认为我很任性？”笑非并没有放弃。“你认为你的美貌无与伦比？”我反驳他。“那我总还是长大了吧？”“你认为呢？”“你认为呢？”我耸耸肩：“这不重要。”笑非歪着头看了我半天，终于说：“哥，它确实不重要。”我突然抬起手制止了他，我不想往下说了，它们的确，的确，都不重要。

笑非垂下眼睑不再说话，长长的睫毛覆盖着雾一样的眼神，良久，我忽然下意识地说：“你怎么一直没有变化？这不科学。”“因为我一直没长大，这很现实。”笑非无辜地摊开双手，抬起头夸张地咧了一下嘴角，一排洁白的牙齿露了出来，我扭过头不去看他。

暮色已沉沉下降，漆黑的夜空在街灯的映照下泛着生冷的铁灰，我看到笑非眼中有晶莹的泪光，他的脸向着街道，清晰的轮廓投射在玻璃窗上。我不知道这悲伤源自何处，但它瞬间侵袭了我，让我几乎窒息。

我突然一拳砸在胸口，吓了笑非一跳，他忙问怎么了。“这地儿太闷，我们走吧。”“好，你想去哪儿？”“哪都行，随便走走。”我说，“我有点喘不过气。”笑非看着我甩了一下头说：“走吧，午门。”

笑非把车停在东华门，我们步行沿护城河朝午门走去，初夏的凉风吹过，驱走了刚刚还占据着我的悲伤。角楼亮着灯，笑非倚着低矮的围墙停下来，向水面俯下身去，盯着水中建筑那清晰的倒影。

“知道吗？小青的书要出版了。”笑非突然说。“是吗？那是好事，应该庆祝一下。”我才回过神儿来，答道。“我问过她，但她现在正忙，说等一段时间再见。”笑非依然不抬头，双臂支着上半身，望着河水。“哦？随她呗，估计也够她忙一阵子的。”我停顿了半晌，又说：“你呢？这次回来有什么计划？还走吗？”笑非站直身体，转过头说：“哥，我必须得走，我不能待在这里，这里的每一天每一分钟都让我窒息。”他说完扭过头静静盯着故宫的红墙，墙面上生着一种攀附植物，开着看不清颜色的细小花朵。

“这次去哪儿？”我想打破这扼住呼吸的沉默，只好再问。“我不知道，哥。”笑非抽出一支烟夹在嘴上，划了根火柴点燃，眯着双眼吸了一口，又低下头去徐徐吐出来。良久后，他呲着牙咧了一下嘴角，幽幽说道：“对于我，去哪儿都一样。”

我从没有问过他一个人在外面怎么生活，那年，他自己开车去了西藏，在不丹和尼泊尔一住就是半年，再现身的时候瘦成了一道闪电。三年前，我母亲去世，我们三个重聚在一起，打破了持续半个世纪的冷战，发誓再不分开，也再不相爱。同年年底，笑非一个人开车上路，并从此一发不可收拾。

5

而今我依旧坐在这张办公桌前，斜对着从未关闭过的房门，却再也无法期待那个修长挺拔的身影出现，哪怕是瘦成一道闪电。

留在这个城市，嫁给这个城市，为它传宗接代，一代一代，直到浑身散发着土著的光辉。还必须逆来顺受，必须谄媚殷勤，像奴才一样为这个冷酷无情的主子创造剩余的财富，并为终于能吃饱穿暖而感恩戴德。却不知你连个没有名头的小妾都算不上，最多是个可以生养的粗使丫鬟，想要在三千万人中占领一席之地，需要怎样的三头六臂七十二般变化，摸爬滚打翻转腾挪后的遍体鳞伤也只能躲在漆黑的角落慢慢等待自愈，却从不为惧怕光明而感到羞愧。

笑非为什么要离开？难道这还不是全部吗？如果没有我，他凭什么忍受那每一天每一分钟的窒息？那个从来对社交不感兴趣，被我和笑非嘲笑为仇视全人类而遁世独行的小青，又是什么让她留了下来？

“我累了，想休息，有事让他们打我电话吧。”我站起身，走到小高身边，低声交代了一句。“是啊，这两天刚回来，时差还没倒过来呢，您早点回去歇着吧，我尽量不让人打扰您。”小高说。“好。”我说完要走，他突然又抬头问：“对了陆总，刚才那孩子行吗？我怎么回复他？”我看了他一眼，摇摇头：“回头再说吧”。

开着车我不知道该去哪里，只想尽快离开那个令我喘不过气的办公间，可我还能去哪儿？曝热的太阳刚刚西斜，氤氲的北京城被雾霾浓浓笼罩着，让你找不到可以畅快呼吸的地方。那就回家吧，我掉转车头向南驶去。

终于打开房门，我迫不及待地摔倒在沙发上，闭着眼睛躺了很久，当周身的温度终于降下来，我才意识到，前胸和后背都已经湿透了。我挣扎着坐起来，感到眼前一阵阵发黑，便起身去给自己倒水。经过书房时我停了下来，目光落在一本白色布面的书脊上。

“这次带了什么好东西给我？”我歪着头侧着脸问他。“带回了我的思念，那无尽的夜晚，在见到你的那一刻忽然亮天。”笑非夸张地挥舞着手臂，煞有介事地说。“鬼扯什么？不拿点像样的东西慰劳慰劳我这个被温饱负累拴住裤腿儿的可怜人，你于心何忍？”“哎哟，你这倒提醒我了，还真带了东西给你，你若不要我就准备送我家楼下卖汽水的大妈了。”“你丫给我滚，赶紧拿出来，我饶你不死。”我气笑道。“莫非我还活着？既然这样，等着。”笑非去背包里假装翻了半天，才回过头神秘地说：“拿去，这里有我的全部灵魂。”“他会半夜敲门吗？”我故意惊讶地问。“你问他。”笑非手一摆，一本正经地说。

接到手里我便知道个大概，这是一本用白色拷贝纸包裹着的厚厚的书，于是佯怒道：“跟你说了多少次，出门不要给我带书，这东西死沉的你还得背着。”“金山不沉，我得能挖得着哇！”笑非也假装生气，我只好瞪了他一眼，迅速拆开包装纸，竟是一本半新不旧的希伯来圣经。

“孩子，我不懂希伯来文。”我苦笑着说。“你翻开看。”笑非不理我。

满满的一本书，全都是泪水。

扉页上，我看到笑非隽朗的字迹：“永远让我流泪的圣城耶路撒冷，那在这片土地上建立了希伯来王国的犹太主人，曾凭借大卫之子所罗门王的智慧建造了第一圣殿和城墙，却在侵略者的贪婪暴戾中被一次次拆毁和重建。那些哭泣在哭墙之下流亡已久的犹太老人，风尘中对故土回归的渴望，仅只为了死后能够安葬在橄榄山上。我爱，我何时才能归来？”

“这是我从耶路撒冷的哭墙边上带回来的，这本书经过无数人的手，沾满了无数人的泪，那些渴望回归的眼泪。我一直把它们带在身边，因为它对我很重要，现在它属于你了。”笑非淡淡地说。

我盯着笑非的脸，曾经一直困惑于他对以色列那骇人的热情和渴望，今天终于找到了答案。“它的确很重要，为什么不留着它？”我问。笑非忽然“哈哈”一笑，说：“说了这里有我的灵魂，”他突然停下来，良久又说，“还有泪水。”

我走过去把这本书从架子上抽出来，轻轻翻开，一页一页地翻着，究竟哪一页上才是你曾经留给我的眼泪？我跌坐下来，把脸深深埋在书页里，是书页沾湿了我的脸颊，是无尽的夜晚那一直没有等到天亮的思念。

6

清晨，麻雀那幸福的欢叫声惊醒了我，我探身向隔壁家的阳台望去，在空调外挂机的格子间里，那对定居了四年多的麻雀夫妇正在讨论吃什么的话题。“啁啾啁啾——啁啾啁啾——”远处是浓浓的绿夹杂着这个季节不应该出现的灰黄。一天之中，如果幸运，在这个时间段会看到蓝色的天空，但今天没有，真不知道麻雀为什么开心，而我为什么明知没有希望还要抬头去看，每天。

我爬起来摇晃着去扶卫生间的门，这一夜深沉的梦竟像是从未中断过，漫长而疲惫。看着镜子中自己浮肿的脸，我苦笑道：“这就是你，伪装前的真实样子。”

是的，生命没有意义，生活还要继续，若不如此，又当如何？

我走进公司，小高笑着迎上来：“陆总今天状态不错，看来昨天休息得挺好。”简直是放屁！可谁又不是在放屁。我挥挥手让他坐下，没有和任何人打招呼，径自去了办公室。曾几何时，我为这个“陆总”沾沾自喜，而今，这冠冕堂皇的称呼只让我觉得恶心。

又是书锋的电话，我知道他会说什么，但还是拿起听筒。“期哥，昨天那孩子怎么样？你还中意吗？”“人不错，蛮聪明的。”我有一搭没一搭地。“哈，我就说么，你肯定能相中，怎么样？是不是特帅？我媳妇说简直就是年轻时的胡歌呀！”又是放屁！胡歌？还不如说是笑非的拙劣翻版，你的好意我心领了，但这么做有点过。

“既然他是学广告的，先让他去策划部练练吧。”我说。哼！最难的工作你先试试，保证待不了两个月就哭着喊着要走。“策划部？我想着让他给你当助理呢，这孩子机灵，能帮你省不少心。”书锋那边争到。“你到底想怎么着？真想帮我省心，给我找个媳妇得了。”我有些恼火，但也不想和他翻脸。“成成成！媳妇的事咱慢慢来，您老觉得怎么都行，帮我把这孩子安排了我就千恩万谢了，周末我请你吃饭！”“用不着，但我要问你一句，别跟我撒谎，董延是你哪门子外甥？”我忽然质问他。“哥——”“又来了，甭跟我装可怜，我就知道你小子没正经，回头再说吧。”我也不想纠缠这些，既然答应了他，何必不依不饶。书锋如蒙大赦，匆匆挂了电话。

唉，天地为炉，造化为工，何苦煅我如铜。

“一生中 / 我曾多次撒谎 / 却始终诚实地遵守着 / 一个儿时的诺言 / 因此，那与孩子的心 / 不能相融的世界 / 再也没有饶恕过我

“我，站在这里 / 代替另一个被杀害的人 / 没有别的选择 / 在我倒下的地方 / 将会有另一个人站起 / 我的肩上是风 / 风上是闪烁的星群

“也许有一天 / 太阳变成了萎缩的花环 / 垂放在 / 每一个不朽的战士 / 森林般生长的墓碑前 / 乌鸦，这夜的碎片 / 纷纷扬扬”

笑非合上书，目不转睛地望着窗外，夜，果然像纷纷扬扬的乌鸦，“呜啊呜啊”地扇动着翅膀，抖落一地风尘，携卷着从不肯睁开眼睛的梦幻隐没在黑暗之中。当我们三个在一起坐下来讨论诗歌的时候，总会有人渴望朗读，今天这首《结局或开始》笑非读过不止一遍，但每次读时我和小青都会凝神倾听，那抑扬着从笑非身体里流淌出的声音。

而小青更喜欢《夏夜的传说》，她说，诗歌的美一定要经得起朗读，包括所有的文学作品，因为文字来源于声音，没有韵律的文字如同没有灵魂。虽然优秀的作品很多，她还是最喜欢读这一首，她说，因为它很宿命，宿命中蕴藏着美。

你呢？小青问我。我很少把诗歌朗读出来，在读所有文字时都渴望死一般的寂静，所以我听不到自己的声音。我想我喜欢这首《结局或开始》，因为它的声音真的很美。

“我，站在这里，代替另一个被杀害的人。”

“陆总，您说什么？”小高走过来疑惑地问我。“没什么。”我叹了口气，回过头看着他说，“你通知董延上班吧，策划部，文案。”“好的，我看这孩子不错，有点像——哦，对了，工资怎么定？”小高什么时候变聪明了，我鼻子里轻轻一“哼”，不耐烦地说：“你定吧，我不管了。”“我定？陆总？”“是的，你定！”我坐下来，不再理他，他也就讪讪地出去了。

7

“‘我径直走向你，带领所有他乡之路。当火焰试穿大雪，日落封存帝国，大地之书翻到此刻。’”黑暗中的笑非双眼清澈闪亮，夜空的繁星投射在他眼中如同远处的大海在月光下流淌的清辉。

“‘是的，你不顾一切，总要踏上归程。昔日的短笛，在被抛弃的地方，已经繁衍成树林，守望道路，廓清天空。’”小青倚靠在我背上，侧过头面对笑非，接道。

“‘上帝以末日为我作答！我的谎言由自己耳中的蠕虫作出了回答。’”笑非依然望着大海，引用了金斯堡的《回答》。小青沉默，扭头看了我一眼，又怔怔地看着笑非。

“‘焦虑与强烈的希望，毫无反抗。宿命的沙漏流得越快，我的苦痛就越激烈也越舒畅。’”笑非依然自顾自地说。

“笑非！”小青突然忍不住喊道。

"'怪诞阴森的大神殿！唯一的希望是死亡——它俯临万物如新生的太阳，将能使他们的头脑鲜花怒放！'"

西海岸的最后一夜，每个人的心情都很复杂，短短十五天的行程却带给我们太多的东西，终于到了必须要说再见的时候，明天我们将折返洛杉矶，搭乘晚班的飞机回北京。

圣地亚哥海滩的夜晚宁静而舒适，远处军舰上粼粼的灯光辉映在海天交界处，白色的月光在五色霓虹的簇拥下如成群的天使在海面轻灵地跳跃，我感受着小青脊背的温度，甜蜜地畅想着仿佛已近在眼前的幸福生活，而忽略了笑非此刻面朝夜海倾吐的心声。

回酒店的路上，我们三个都没再说话，笑非依然独自走在前面，我和小青并肩跟在他身后，这一路上他都没有回头，只是安静得像只羊羔，向不可知的暗夜里孤独地行进。而我的满副心思全在小青身上，正琢磨着回去之后该怎么把这次旅行带来的良好开端延续下去。小青与我已不再有任何隔膜，自然得像一次冥冥中的偶遇，便印证了高山流水那永恒的真义。我相信在这件事上我并没有盲目乐观，相反，谨慎小心让我的收获大大超出期望。

"你好像有点不开心，是因为要回去了吗？"我捕捉到了小青的思虑，便说，"其实我们还可以再来。"我想，这"我们"也许只包括了小青和我。

"我不会为必然要失去的东西而难过，你放心。"小青淡然一笑，答道。

"那是为什么？"我凝视着小青，再问。她抬起一直低垂着的头，望着前方笑非的背影，喃喃道："我还搞不清楚，只是觉得有些怪怪的。"

那或许是因为爱啊！那时，我曾这样想。那或许因为爱，是爱像雾气一样在碧空如洗的夜晚在小青眼睛上蒙上一层朦胧的光，或许是爱，让她在幸福到来前感到些许惆怅，或许是爱，让她曾坚定的意志忽然变得患得患失起来。我把甜蜜挂在嘴角，向她道了晚安。

走进房间的时候，我听到洗手间传来淋浴“哗啦哗啦”的水声，知道笑非在洗澡，我便靠在床头等他洗完，好像自己有好多话要跟他说，却又觉得把一切看在眼里的他什么都懂。他会为我高兴的，不是吗？回到北京，我要正式开始追求小青，我想我会成功，这都是笑非带给我的，我要把此刻快乐的心情第一个与他分享。

我犹自沉浸在喜悦中不知过了多久，笑非依然没有打开浴室的门，水声还在响，我却听不到其他声音。“笑非！”我喊道，“怎么这么久？”没有回答，是不是他又在故意吓我，把水龙头打开后躲到别处去，好在我不经意间吓我个屁滚尿流。这是他做过的把戏，我才不会第二次上当，于是抬高了嗓门又喊：“你再不出来我可就招苍蝇了，一身臭汗去姑娘的房间洗澡不妥吧？”喊完自己“呵呵”笑了起来，却忽然看见笑非穿戴整齐地在浴室门口出现了。

“你丫没洗澡啊？在里面待这么久干嘛了？”我笑骂道，每次他洗完澡出来，都会赤裸着无可挑剔的上半身，穿一条薄棉布的四角短裤，湿淋淋地淌着水一下子扑到床上，抱着枕头亲昵地哼哼几声才跟我说话，今天怎么像换了一个人，衣服都换了新的，头发虽然还乱着但也是刚刚洗过，我定睛细看，问道：“你眼睛怎么了，红成这样？”

“哦，没事，香皂。”他低着头勉强回答我。“你要出门？穿这么利索干嘛？”我又问。“你老问那么多干嘛？”笑非忽然发起脾气来。我愣住，他极少和我发脾气，即便是真的生我气也不过丢下一句“对不起”转身走开，今天这是怎么了？

“笑非，”我突然想起他刚才在海滩上念的那些怪异的诗句，以为他也是为即将离开而难过，便安慰他说：“我们还可以再来，在你想来的时候。老大不小了，你不用为这事哭鼻子吧。”又是“我们”，为什么有些时候的有些话是完全不经过大脑的？

“我没哭，”笑非说，“是因为——”

“被风迷了眼？”我笑问道。

“是的，风中都是沙子。”

8

我在晨光中醒来，回想着昨夜那个甜蜜的梦，笑非独自走在卡梅尔宁静而美丽的海洋大道上，前方是迷人的白色沙滩，他微笑着回过头来，阳光笼罩在他身后，像一只守护天使在他四周展开巨大的羽翼，让他每一根发丝都闪耀着金色的光芒。我和小青手挽着手走在后面，那一刻，让时间驻足不前，让再多亲昵的吻都不会显得多余。

还没有睁开眼我忽然感觉到，小青已经醒了，此刻正支着下颌俯在我面前盯着我看。我便问她在看什么？

“你的嘴角，”她说，“它们在你熟睡的时候总是微微向上翘着，真美。”我不睁眼，又问：“就因为这个爱上我？”“是爱上你之后才发现你的美。”她轻笑着。我不高兴，虽然比不上笑非，我也算百里挑一的才子佳人，谈不上玉树临风却也仪表堂堂纤毫不爽。

“为什么爱上我？”我睁开眼睛，假装严肃地问。“你是我见过的最博学的人，和你相比，其他男人都很文盲。而且你谦虚，虽然装作很谦虚，但也足以让你拥有超越其他人的独特魅力。当然，这只是其中一个原因。”小青也一本正经地回答我。我强掩着喷薄而出的笑意，再次问道：“那其二呢？”小青想了想，说，“你得到了我的信任，我相信你爱我。”我收回漫到嘴角的笑容，觑起一只眼睛说：“就因为这个？爱你的人应该很多啊，排队也轮不上我吧？”我抬起上身倚在枕头上，平视着她的双眼。

小青忽然微微一笑，这笑容带着一丝冰冷和嘲弄，仰着脸用下巴看着我说：“好在你了解你自己，你的所有缺点和优点，别人很难做到。”“什么意思？”

“不懂爱的人没有资格说爱我。”她说。

从美国归来，我和小青进展得很顺利，当然，对于她这么一位史上最慢热的选手，这顺利不过是比之前少了些血泪史罢了。她虽不是个工作狂，但做起事来分毫不让，我也只好退避三舍之外随时等候她的召唤。但久而久之才发现，等待是爱情长跑中最错误的决定，作为男人，我必须要忍受人家姑娘时不时毫无理由的拒绝，并锲而不舍地为下一次进攻寻找借口。幸好小青不是那些待价而沽的胭脂俗粉，她从不屑于通过一些低级的手段来博得更多的关爱。说实话，她对关爱这东西也的确不太感兴趣，在她眼里，只要她已经有的就绝不会再希求，所以我能给她的其实很少。

“你拥有尘世间最美丽的眼睛，你眉毛的弧线无可挑剔。”我说。“我知道了，谢谢。”瞧，这就是她，让你的一切出击毫无受力点。

在我追求小青的漫长日子里，笑非只是偶尔出现，我发现他的情绪开始变得阴晴不定，便骗自己说他只是长大了，不再像小时候那样无忧无虑，这也许是好事。但我心里知道，他恐怕是觉得自己被冷落了，怕我和小青未来的生活容不下他。但这怎么可能，即便是小青，如果以和笑非分开为条件和我在一起，我也不会答应。但如果真是小青？

唉，我必须要让笑非知道我的想法，就像小青说的，笑非只是个孩子，用孩子的心去感受世界，成年人的世界是可怕的，我们要保护他。

“哥，你会和小青结婚吗？”笑非突然问我。“Why not? 终极人生目标。”我下意识地回答。“嗯。”他含糊着没有说话，我便问：“你怕自己以后放单儿？那就抓紧给自己物色一个，时间还来得及，咱哥俩儿搞个集体婚礼，以后搬到对门儿一住，我这一生也就圆满了。”我一句话把现实甩出好远，晃晃悠悠地飞出了我的视线。

笑非摁灭烟头，悄无声息地咧了下嘴角，说：“晚了。”“晚？你杜笑非即便到了八十岁，但凡流露出一丢丢想找女朋友的意思，那还不举国欢庆，万众沸腾啊！”我胡乱翻搅着舌头，心想口是心非绝不是个技术活。

笑非突然把烟头弹出老远，别过脸去不说话，他极少做这种粗鲁的举动，从我认识他到现在十多年了，他的修养是我见过的人中绝无仅有的。我知道他动了气，便收住话头，安静下来。

“有时候，我真想离开这个城市，离得远远的，直到可以畅快地呼吸。”良久之后，笑非说。我知道他并没有说给我听，只是在自言自语。

深夜的午门，深沉内敛着尘世所有的光辉，笔直分割着日夜无尽的轮回，比黑夜还黑的鸦群沉默地飞过，晚风轻抚着笑非俊秀的面庞，他微眯着双眼，久久注视着那座三面围合的巨大建筑，像是要穿越世间所有的芜杂回到遥远的过去，回到情窦初开的少年时代。

9

公元前一千年，那个曾被无数艺术家塑造过的骁勇善战的年轻大卫，以投石器击败了非利士巨人歌利亚，并割下了他的头颅。七年之后，这位在南方部族膏立为王的犹太人带领军队攻克坚不可摧的锡安城，并更其名为大卫城，统一了耶路撒冷。若干年后，他把美貌的妇人拔示巴的丈夫安排到战斗最激烈的地方送了命，并迎娶了这位他一生中最爱的妻子，为他生下了犹太人的第二代王所罗门。

但大卫最爱的儿子押沙龙的美貌偷走了所有以色列人的心，他拥有无可挑剔的身材和无与伦比的秀美长发，没有人能够抗拒他的魅力。万千宠爱惯坏了这个不可一世的少年，日益增长的野心让他最终不得不亡命天涯。在逃跑中，他美丽的头发被橡树的枝桠缠住，最终为大卫的将领约押所杀。

押沙龙的死让大卫悲痛欲绝，全以色列都为这个反叛的王子而哭泣，但这一悲剧却成全了以色列历史上最富传奇色彩的帝王——所罗门。他拥有超凡的智慧和旷世雄才，后世用三千则寓言故事及一千零五首歌曲来赞美他，他奢华的后宫收藏着世间最美的一千名女子，他的七百个妻子和三百个嫔妃。

“显然，你钟爱的不是所罗门王流传于世的三千则寓言和一千零五首歌曲，而是这一千名绝世美人。”我调侃道。

“你知道我对美人不感兴趣，寓言故事也无不夸张虚妄，所罗门最大的贡献是为犹太人建造了铭刻以色列极致辉煌的第一圣殿，并奠定了耶路撒冷的希伯来文明。”笑非不以为然地说。

“善良的人往往更容易偏向于弱者，何况历史从来没有真相。曾经没有国家、没有政府、没有军队、任人宰割的犹太人能够存活三千年的确是个奇迹，但不能证明今天终于崛起的他们有足够的理由占据世界的中心。”我反驳道。

“回归的渴望是人类的本能，如果全世界的犹太人都把迦南之地作为自己永恒的家园，那答案就只有一个。”笑非合上书，仰身躺在床上，不再打算和我说话。我望向窗外的校园，红男绿女们正沐浴在初夏的阳光里眉目传情欲拒还迎，我和笑非却窝在潮热的宿舍讨论和自己完全没有关系的话题。

“打球去？”我从铺底下摸出篮球托在手里，拍了拍犹自出神的笑非。“好哇！走。”笑非从上铺一跃而下，拎着球鞋和我出了门。还好，总还有可以把他从时不时的犯傻中挽救出来的事情。

十七年后，笑非终于踏上犹太人的国土，在耶路撒冷老城穿梭的他可曾抚摩着古旧的白石墙泪流满面？在梦幻般的古城雅法，流连于手工与建筑交融着的艺术之美，可曾感慨地中海沿岸那永世不朽的人类文明？那块凝聚着所有希望的土地，因那些在特拉维夫生活着的俊美少年，用彼此的爱拉近了犹太与阿拉伯两大仇视民族的距离。

夕阳照射着一身洁白的笑非，金色的光辉笼罩着第二圣殿遗址上修建起的哭墙，白色的岩块间塞满了饱含热泪的祈愿纸条，当他双手抚在光滑的石砖之上，那无法控制的泪水可是因漂泊多年的灵魂终于得以回归？

“当我终于站在尼摩山远眺迦南，耶路撒冷呵，我曾无数次梦中与你相遇！因为橄榄山，将是我永远的灵魂栖息之地。”我转动着手中银丝编就的陀螺，抚摸着上面撰写的希伯来文，这个银制空心陀螺是以也门犹太人最极致的手工艺打造而成，我问笑非那八个希伯来字母的含义，他微微张开粉嫩的嘴唇盯着我半晌没有说话。“原来你也不知道。”我嘲笑他。他垂下长长的睫毛，轻轻吐出四个字：“永恒的爱”。

“如果以色列允许移民，你一定会待在特拉维夫或者耶路撒冷再不回来，幸好你没有犹太血统，让我竟有一种失而复得的窃喜。”我岔开话头说。

“那也未必，我可以娶个犹太姑娘，你不知道，那些高贵的年轻男女各个美得令人心惊。”笑非斜了我一眼，咧着嘴角说。“阿弥陀佛，幸亏以色列只承认母系血缘，否则你还得嫁个犹太帅哥不成？”我笑着接话。

“‘要开开心心地在外面流浪，就要有一个可以回去的地方。’我不可能一生在路上，虽然我喜欢垮掉的一代，但他们寻找的心灵家园不是我的，我的离我很近，也很遥远，我也许终其一生都在寻找，却不能回归。”笑非说。

是的，同样在寻找，同样在离开，我们从来都不是垮掉的一代，我们是离开的一代。

第二章 | 押沙龙

1

04年春天，我们从西海岸归来，直到一年半以后，小青的世界才终于接纳了我。那一年，以色列总统魏茨曼逝世，香港特区新任行政长官宣誓就职；中国失去了巴金，世界失去了约翰·福尔斯。我想约小青一起看《星球大战》的终结篇《西斯的复仇》，她不屑地斜蔑着我说不感兴趣，我只好去找笑非。

从电影院出来，我还沉浸在精彩的剧情中夸夸其谈，笑非却淡淡地甩了一句："伊万·麦戈雷格只有在《猜火车》里最好看。""哥们儿，我谈论的不是谁好看，我在说电影。"我不喜欢他这样冷冰冰地打断我。"哦？这也算电影？"他继续不以为然地说。我歪着头看他，他突然笑了，拍拍我说："至少我陪你看了，小青姐一定只给了你一个白眼吧？"

"你是不是我兄弟？我靠！有你们这样的吗？不就是部科幻片吗？怎么就那么不堪了？你们都是不食人间烟火的文艺青年，我就是个大俗人，行吗？"我虽然已开始习惯近年来笑非的情绪化，但他这样嘲笑我还是令我有些恼火。“好吧好吧，我出生那年《三千里寻母记》刚刚拍摄完成，等我能看懂《唐吉诃德》时，你已经在看《星球大战》了。‘在——遥远遥远的未来，黑星和他罪恶的军队为了控制整个地球而发动战争，他们唯一的对手是科学家詹姆斯·查格尔博士和他的精锐勇士。他们在一起，是不可战胜的，他们在一起就是——麦克瑞一号！’”

笑非惟妙惟肖地念着熟悉的开场白，并配合着夸张的肢体动作，逗得我忍不住笑出声来。我正要抬脚踢他，他突然又严肃地说：“慢着！别怪我没教你，你可千万不要说小青姐是文艺青年，她会把你一脚踹到地上，再也别想上她的床。哈哈哈哈——”说完他一溜烟跑远了，我望着他的背影哭笑不得。彼时，我还没能上得你小青姐的床，但既然你说了，我绝不会给她踹我的机会。

“笑非什么时候才能长大呀？”我对小青说。“又怎么了？”小青放下手里的书，抬头问我。“他都快30了，还这么风一阵儿雨一阵儿的，我替他愁呗。”“哼！真是皇帝不急太监急，你又不是他，他也不是你。”小青不屑地说。“你倒是了解他，不如你劝劝他，我都劝了三千八百遍了。”“劝什么？”“劝他找个女朋友啊，30岁不结婚不奇怪，30岁还没谈过恋爱是不是有点过分了啊？”我急道。小青把目光转回到书页上去，半天才吐出一句话来：“他一直在恋爱。”

我扑过去抓住小青的肩膀，蹲在她身边，故作惊讶地仰脸问：“什么？和谁？告诉我，是不是你？是不是你？”小青温柔地抚摸着我的头发，看着我慢慢地说：“他爱你，难道你不知道？”“你胡说什么？我们之间的感情怎么能叫爱呢？再说——”我慌了，急忙争辩。“那该叫什么？你来告诉我。”小青严肃起来。我跌坐在地板上，头靠着小青的腿，缓缓地出着气，仿佛再没有机会可以畅快地呼吸了。

“子期，他一直不长大是因为他不想长大，他讨厌成人的世界，你我的世界。你还记得君特格拉斯的《铁皮鼓》吧，他就像奥斯卡。”小青轻轻拍着我的肩膀，像安慰一个孩子，我心中五味杂陈，一时不知道说什么才好。奥斯卡，王尔德。不！不该是这样的，我转过头，把脸紧紧贴在小青身上，喃喃地说：“我该怎么办？”

“爱他，用你的方式。”

早在我们三个从西海岸回来之前，小青就看出了笑非对我不同寻常的爱，却并没有感到丝毫的不解和排斥，她和笑非的感情比我久，也更了解他，有时候我会觉得她一直在惯着笑非，并潜移默化地把他引导到更加偏激的方向上去。但我错了，笑非不会受任何人的影响，在除我之外的任何人眼里他也并不偏激，包括小青。

“关心则乱。”她说。但我不是她也不是笑非，不会对任何事情都不屑于发表意见，而一任其自然发展，我无数次在他们面前否定这种消极的人生态度，但无非换来更加不以为然的冷笑。“他很正常，比你还正常。”她又说。于是我开始说服自己渐渐放弃杞人忧天的坏毛病，把所有能刺激到我的敏感神经训练得无比大条。“嗯，找回点你当老大时的气度了。”她笑说。我于是为能踏上另一个人生高度，并终于可与自己心爱的人比肩而沾沾自喜。

2

和小青在一起的那两年，我的生命从未如此完满，并坚信这一生再无可求，爱她已经成为我生命的主旋律，我沉浸其中不能自拔，并开始筹划似乎近在眼前的美好未来：组建自己的公司，做喜欢做的事，在三环内买个大房子，给笑非留一个房间。

“这话你最好别跟他说，否则你会很难过。”小青泡在浴缸里，闭着眼睛提醒我。“为什么？”我在浴缸沿上坐下来，俯身看着她。“即便他再想要，他也不会接受，你知道的。”小青说完下潜到缸底，开始“突突”地向水面吹出一串气泡。她挂着晶莹珠光的小巧膝盖露在水面上，柔美的秀发在水中漂浮，随着淡紫色泛着深金的波光缓缓流动，衬着她那白得透明的身体。“你当然知道，那无非是你的梦想，也只能和我说说。”她从水下冒出头来，大大地喘了一口气说。

“总是这么轻易被你拆穿，真没意思。”我故作沮丧地撩了一捧水到她脸上，她倒不气，却说：“说得是，我尽量吧。”说完又闭上眼睛潜到水下去。“今晚我留下来好不好？”我弯腰把脸贴近水面，盯着她问。她在水下轻轻摇头，我知道我该出去了。

不知道为什么，我竟能如此惬意地遵循小青的游戏规则毫无怨言，慢慢学会看懂她的脸色，了解她的需求，和她在一起之前我完全没想过我们的二人世界会是什么样子，但它就是这个样子，我接受，也情愿。

当日渐发福的云泽都准备结婚时，我开始变得不再淡定了，我知道结婚这事急不来，在领教了史上最迟钝的热导体之后，一个成年男人最单纯的渴望竟变得遥不可及，似乎要靠阴谋诡计才能完成。

还不至于，不至于，在摇头否定了无数个卑劣的手段后，我对自己说，我就不信哪个超过三十岁的女人不想结婚。小青虽然是我见过最深沉神秘的女子，但她想让你看到的你全部看得到，而且没有任何杂质。这就是天蝎座的性格，她们不屑于伪装，也不屑于撒谎，自认为拥有强大的能量与意志操控周边的一切，并懂得何时收敛和爆发。我知道她爱我，和我爱她一样深。

小青歪着头，再次拿下巴看着我，还未完全干透的秀发荡漾着弹性的波纹。“好啊，”她说，“那就是我们三个喽？”我为她如此敏锐的直觉而自卑，只好故作镇静地笑道：“有时候你也会问些废话，当然。”6 月 27 号是我的生日，每年我都会和笑非一起过，今年计划稍作修整，因为我必须要找个恰当的机会向小青求婚，一切会安排得简单自然，而笑非是我唯一想要的见证人。

“好啊，那就是我们三个喽？”笑非问了同样的问题，我一笑，说：“有时候你也会问些废话，当然。”我们三个在一起六年多，我还是每每会被这样的小细节刺激到，每当此刻，我都会由衷感谢西海岸的那次旅行，让我看清各自的情感走向，不必为这种频频出现的细节而醋意大发。

我简单把行动计划讲给笑非，他听完点了点头说：“很好，小青姐会喜欢的。但喜欢并不代表你会成功，哥，你得先给自己打一针。”“我给自己打了无数针，但每次还是会有意料不到的事情发生，鉴于我可怜的麻木了的屁股，我决定把所有的意外当作惊喜。”笑非挑起单眉看了我一眼，摇了摇头，那意思很明显：你做不到。

我独自憧憬着美妙的求婚仪式，很久才意识到笑非的沉默，看他闷闷地抽着烟不说话，我拿手肘推了他一下，说：“给根烟抽。”“你不是戒了吗？”他抬头惊讶地看着我，好像戒而复吸是件多么不堪的事情。“谁说戒了？只是抽得少了，但很快就戒。”我说。这倒不是撒谎，小青虽然不喜欢我抽烟，但不会强制我戒掉，因为对她来说只要不是原则上的问题，她一概不强求。她尊重每个人的选择，并严格恪守自己的决定。我知道，只要不触碰她的底线，我可以活得很好，一旦触碰，我会死得很快。

笑非把烟盒递给我，而不是像以往一样为我抽出一支点上，我并不介意，接过来用他的火柴点了，深吸一口。“这个牌子现在在北京很难买了吧？”我盯着手里的香烟盒，随意地搭话。“你想要的，一切都不是障碍。”他平静地回答。我感到他的话不知所云，却又不知道怪在哪里，细想下来，或许是对我即将实施计划的鼓励，但口气未免不受欢迎，便点了点头说：“有时候也并非那么简单。”“恐怕是的。”他说。

3

十二年前的一天，笑非趿拉着拖鞋走到小青面前，那是个夕阳明媚的黄昏，空无一人的体育场只有小青独自坐着发呆。那一年，这两个在我生命中最重要的年轻人还如五月的醋栗般青涩，笑非刚过完 17 周岁生日，我的二字头人生还未开始。

如果不是笑非，我和小青也许永远不能在一起，到了今天我终于可以对自己说：第七装甲旅最终守住了戈兰高地，决定性的六日战争就要结束了！

“你那会儿是不是特瞧不起我？”曾几何时，少年往事成为我和小青生活中主要的乐趣来源，我会追着她问一些曾经想知道却装作完全不感兴趣的问题，她心情好的时候会满足我的好奇心，所以我偶尔趁她没在读书写字看 DVD 的当口闲扯两句。

“知道还问。”小青瞥了我一眼说，虽然被她一瞥再瞥，我也知道今天她的心情不错。“那事真不怪我，我堂堂一学生会会长，什么风浪没经受过，向女孩子表白还用得着自己哥们儿出头？我绝绝地是被笑非害了，若当初是我去找你，你也不会五年之后才搭理我。”我愤愤地说。小青知道我非真心，也不拆穿，只笑道:“那事儿我还真没放心上，但我们系和你们系打架那次又是怎么回事?”

“什么?打架那次怎么了?”我的心突然收紧，这件事我后来问了笑非很多次他就是不肯说，难道真有隐情? “你不知道为什么打架?”小青觑起一只眼睛看我，“怪不得。”她说。“什么怪不得?到底怎么回事?快告诉我!”我急了，抓住她两臂摇晃起来。她一缩肩挣开我的手，坐了下来。

小青刚上大一不久便成了九四广告有名的才女，加上容颜娇美个性独特，同时追她的人不在少数，这一点我早已说过。除了广告系的那些师哥师弟，文学系的自然也少不了，要知道，学文学的孩子大多过度自信，自认比别人多了些浪漫和情怀，并且敏感多情善解人意，其实不过是多装了几两墨水的二货，包括我在内。

彼时校园里有不成文的规矩，除了同乡同学亲戚发小之外，各系间不可跨系追女生，追男生则例外。这规矩也没什么不好，各家守着一亩三分地儿自给自足，交流沟通方便不说，也免得肥水流了外人田。既然这是前辈们高度智慧的结晶，自然不该由我们破坏，但偏偏汉语文的大一新生坏了规矩，还请九三文学的师哥去撑腰，有几个自恃颇高的青皮顺势站出来论战，双方一时剑拔弩张，分分钟就会发展成流血冲突。这群二货见势不妙反又怂了，只好来找我和笑非。其实这也难怪他们，文学楼的姑娘真没法和艺术楼的比，灵气不足造作有余。但若是聪明点，追便追了，大不了转入地下战场，或者提前做好青梅竹马非她不娶的功夫，只要不是校花班草的也就罢了。可他们追的偏偏是小青，被愤怒的师哥师弟们抓住话柄的偏偏又是笑非。

这便是犯了众怒，都说九三文学的人越来越跋扈，盖因为有我这么个老大给撑腰，知法犯法之后还放出狠话：规矩是我们定的，不服来战！云云。这话出自谁的口我心中有数，当然不会是笑非，笑非之所以拦着我，是怕我知道他和小青的关系，彼时疑心颇重的我若真知道了，我和他的兄弟情分也就断了。

师弟们摆酒那天，我并不知道这么详细的内幕，只听说两个系因为追女孩子的事搓起火来，要动手。那时我还未深谙息事宁人的大道理，心想动手便动手，即便是我们理亏，也绝不能让自己的兄弟受气。当时若不是笑非拦住我我早该知道这一切，也许会避免很多自那以后我对笑非长达近十年的误会和疑心，但也许不会，who knows？

如今我才知道，笑非那天甩掉我之后，挑了几个死忠分子施施然去了广告系，那一仗约在西门外的西街路口，打得昏天黑地，基本是笑非一个人挨了绝大多数的拳脚，也打得对方心服口服。最后，在笑非一番有理有据有节的慷慨陈词后，双方抱拳和解，前辈们定下的规矩就在那一天在文学系和广告系之间解除了。文学系的兄弟们占了大便宜，却没人再敢追求小青，从此，笑非替我独自霸占小青长达三年之久。

而我那时竟还白痴地以为，这两个妖精各不理睬，相安无事。

4

长久的沉默，狭窄的空间突然闷热异常，窗外知了的聒噪声不绝于耳，像是体力不支时一旦来临便再也驱赶不去的耳鸣。墙漆真的很旧了，应该重新粉刷，有些家具需要扔掉，厨房用具全部换成新的，还有——哦，对了，该买几盆新的植物，芦荟和虎皮莲实在没什么新意，好在生命力顽强，你总不用太过挂念。地毯也扔掉吧，经年累月的灰尘无法彻底清除干净，由上一任房主留给我而我一直舍不得丢掉的这次就都扔了吧。

和陈熙分手有四年多了，我在告别上一家公司后不久贷款买了这套二手房，房子虽然有些旧但位置很好，二环内地铁边，对于没车一族的我算得上最佳选择。小青的父母发现自己闺女的婚事遥遥无期后，在长安街沿线给她买了一套两居室，偏偏是家境最好的笑非一直租着房子住。他有时会喊我过去，有时来我这里，但从不过夜。

笑非的父母很少来看他，我也基本碰不到，只在大学快毕业那会儿见过一面。两个气质风度极佳的神仙眷侣，彬彬有礼不卑不亢，尤其是笑非的母亲，被宿舍的男生仰慕了很久。那是位气质高贵身材秀美容貌惊人的女子，完全看不出是个二十岁男孩的母亲，和你交谈时她总是挂着迷人的微笑，即亲和又有距离。据笑非说他从小接受西式教育，父母很尊重他的选择，几乎从不约束他的生活。那时我便想，怪不得笑非如此优异，高素质家庭出来的孩子果然不一样。

回想自己的家，那个日夜沉浸在悲伤中苍白的母亲，那个只会施以拳脚从不关心我的哥哥，那个据说很优秀而我却完全陌生的父亲……

“你在怪他吗？”小青终于打破沉默。“不，不不，我没有，我不知道自己怎么回事，忽然想了很多，想我们三个。”我没法怪他，我虽然知道这恐怕就是小青当初对我冷眼相向的原因，但我知道我不能因此而怪他，我不是十二年前那个浑不吝的男孩了，不能再任由自己的感情肆意撞击，这是成长必须要付出的代价，是的，我们都变得淡泊了很多。

“我在想，你的建议很好，这房子是该收拾收拾了。”我望着小青，她真美，在我每一次把视线移向她时，她都不曾令我失望。“等你过完生日怎么样？”“也好，只是我等不及了。”我笑道。“那就再等等。”

小青离开时月亮已经爬上了地平线，我站在阳台上望着窗外，两广路以南还有大面积的平房，被巨大的蘑菇状树冠切割着，此刻漆黑的树叶间密不透风。忽然有种想出门的冲动，我拨通了笑非的电话。“在家吗？”“在啊，哥，什么事？”“我想出去走走。”“好，我陪你，去哪儿？”“算了，我去你家吧，顺便看看核桃。”“好，我等你。”

并非我不懂基本的社交礼仪，也极少有临时抓人的坏毛病，只是和笑非不同，我可以随时去找他，或者让他随时放下手里的事情来找我。而在小青那里就不行了，她甚至比其他人在这一方面更严苛，约她的成功率很低，她也极少见人，即便是我，想见她也要至少提前一天打电话。但她是女人，而且还是一个与众不同为我爱的女人。

周末这会儿路上的车并不多，但笑非住在人口稠密的东北三环，从我家过去也不算近，坐在出租车里，我倒希望司机能慢点儿开。

“你该买房了。”有一次，我说。三年前我就劝过他，以他的家庭条件三环内的房子随便挑，但他始终不为所动，不止是因为不愿花家里的钱，主要还是他在这里始终找不到家的感觉。“现在房价涨得这么厉害，我还不如换台车。”笑非不以为然。“哦？你的车没几年，换它干嘛？”我不解地问，这孩子是不是太没正事儿了？“哥，牧马人明年进中国了，我一定要买一辆。”“真的！好消息啊！‘不是所有的吉普都叫JEEP。’酷！”“真的吗？”笑非顿时笑逐颜开。“那你说我买什么颜色的好？”“你喜欢什么颜色？”我问。“黄的！”他说。我摇了摇头：“还是白的好看。”

多年以后，他终于买到了白色的牧马人，同年，小青买了辆黑色的大切诺基，而我的车始终是一辆白色的克莱斯勒300C。“只有虚荣的人才喜欢白色。”小青噤着鼻子笑道。“那笑非呢？”我问。“有些人没有原则。”“那黑色呢？”我也笑了。“黑色算色吗？”她不屑地撅起嘴。“真是双重标准。”“还好，不如你那么分裂。”

5

笑非打开门时核桃正站在地中间，它见是我便“喵喵”叫了两声。我走过去一把把它抱起来举到面前，蹭着它的鼻子说：“怎么样小伙子，都六岁多了你爹也不给你找对象，你咋没意见呢？”“哥，你逗它干嘛？你跟它说这个它也没感觉。”笑非笑道。“是啊，都怪你狠心的爹，唉，相煎何太急呀？哈哈！”

核桃长得很漂亮，橄榄色的大眼睛炯炯有神，体型偏大，体格健壮，尤其分布均匀色彩鲜明的银灰色条纹和眼角那埃及法老式的俊美眼线，一派英气逼人。我逗笑非说这长相比较随他，他竟美滋滋地笑起来。笑非把核桃当自己儿子一样爱，偶尔出门需寄养给我时，总要千叮咛万嘱咐直到把我说烦了，我说我不管了，你让别人帮你看吧，他就会一脸沮丧地说：那我不去了。真受不了。

核桃跟我很亲，每次它都会允许我抱它一会儿，但久了它也会烦，翻个身跑掉了。“养不熟啊！”我叹道。笑非说：“猫就是这样，它们的表达方式和人不同。”也许吧，虽然我也爱猫，但至今找不到和它们相处的理想状态。

“你那次和广告系打架的事，”我想还是开门见山的好，坐下来后，我说，“小青都跟我说了。”我以为他会说这么多年的事了不提也罢，结果他竟低下头来一声不吭，反倒是我不知道该说什么了。核桃走过来蹭笑非的腿，笑非把它抱起来放在沙发上，它便偎在他身边躺下了。

“你不该那么做。”半晌我说。“我知道。”他还是没有抬头。我很怕他这个样子，我不是来责怪他的，绝不是，但我无法表达自己心里的真实感受。路上我还在想，小时候的事如今说起来大多成了玩笑，哈哈一乐也就过去了，但此刻面对他，我胸口有说不出的滞闷，吐不出来也咽不回去。

“我是说你不该为我去打架。”好吧，如果这一句恰当的话。“你还为我挨过一刀。”“那不一样，那只是本能反应，我当时没想那么多。”我说，这么说也没错。“我当时也没想那么多，如果我想了，也许就不会做了。”他把头扭过去。我突然明白了。

无论如何，那时候我们都很小，二十岁不到的年纪，说话做事不会经过深思熟虑，更不会布局周密步步为营。笑非不会想到今天的结果，或是当时的他没有想到今天的他不能面对的结果。“我一直有个疑问，上学那会儿你为什么那么能打？你的家教很好，你不该是爱打架的孩子啊？”我只好岔开话题。“我从来都不喜欢打架。”笑非耸了耸肩。“不是吧？打得很随意呦。”我笑说。“我球技好，”笑非摊开手，“况且，我得跟你在一起——你是老大么。”他说完犹自笑了。

又是一阵沉默。“笑非，如果我这次求婚成功，我们三个明年一起去意大利吧，你不是一直想去吗？我也想，小青一定更喜欢。”我说，这不是一时兴起，虽然这两年我们也曾开车出去玩过几次，但像当年去美国的经历却再也没有了。“如果不成功，就咱俩去。”我补充到。笑非忽然抬头看着我，“哥，我希望你俩结婚，如果你一定要结婚的话，你只能娶小青。”“为什么？”“因为你们应该在一起。”

我们应该在一起。我为什么会突然想起陈熙？四年多了，虽然偶尔还有联系，但我知道我已经不爱她了，可每每想起她，我的心里还是不好受。

前几天她把电话打到我办公室，说幸好你在，我不敢打你手机，怕程青知道了不高兴。我听她气虚，便问她还好吗？她支支吾吾地说老毛病了，不碍事。我知道她自从那年做了引产身体一直恢复得不好，其实她体质还行，只是心病无从医治。可我还能做什么？我当初从她那夺走的已经无法再还给她了，我把它们给了别人，交付得很彻底。

“哥，我知道你不想提，但我还是要问你，你打算把陈熙的事告诉小青吗？在结婚之前？”我胸口一紧，深深地出了口气，“我想过，但我不能那么做，我不能失去她。”我一直等着笑非问我这个问题，终于等到了，我必须要回答，给我自己。“可是，你应该告诉她，你了解她。”“不，你不懂，我不是不敢告诉她真相，只是，只是我没有勇气说出来。”“我不明白。哥，我并不想让你们分开，我怕看到你难过，但我更害怕你必然要面对的结果。”“难道一定要面对吗？”我依然争辩。小青从不是个刨根究底的人，也对我过往的一切不感兴趣，她爱的是现在的我，我为什么一定要告诉她这件事？如果不说就一定是欺骗吗？

“我不知道，也许你是对的，但我很害怕。”“别害怕，无论如何，我死不了。”我长出了一口气，就这样吧，我对自己说。

6

苍白的大厅，苍白的人群，苍白的面孔一排排从身边滑过，仿佛一切都在虚无之中。巨大的玻璃窗外飘着早春的细雪，慢慢覆盖了僵化的人群，站在屋内的我却汗流浃背。

“我们一定要放弃这个孩子吗？”我问。我即将年满26岁了，我想我能承担一个家庭。“如果一个孩子的父亲不爱他的母亲，他会幸福吗？”陈熙说。她紧闭着双唇，深垂着眼睑，两只手死死扣在一起，双肘夹在腰部两侧，像是在发抖。“我爱你！你为什么不相信我呢？我爱你呀！”我把她揽在怀里，她冰冷的身躯像空气般贴着我的胸口。“不，子期，不要骗你自己，不要骗我，也不要骗他。”陈熙拼命地摇头，“不要，不要，不要——”“可他是谁？”我喊道，“他又在哪里？”

很多张脸围上来，他们专注地审视着我，带着微笑和惬意的嘴角。陈熙用力把我推开，手里突然多了一朵粉色的玫瑰，巨大的花瓣怒放着，一片片从花茎上脱落下来，纷纷扬扬，如同扯碎的尸衣，颠倒的梦想，旋转的徽章。

我向后倒下去，缓缓地，眩晕地，倒向不存在的土地。那些脸贴得更近了，笑容慢慢绽开，像膨胀的热气球撑开的脸，面目模糊，虚假而恐怖。我伸出手去，陈熙把凋败的花朵扔向我，砸在我空空的胸膛上。我终于闭上眼睛，眼前依然是苍白的一切，似是而非，无远弗届。

“诗人歌颂死亡，因为它空洞无物。”笑非说。“我不想死去，我不会死！”我睁开眼睛，看见他正微蹙双眉凝视着我，见我醒来便扭过脸去。

“我睡着了，”我尴尬地说，“很晚了吗？”“不，你睡了不到一个小时，你累了，又喝了酒。”笑非说。“唉，笑非，我是不是老了？”我掀开毯子坐起来。“你才不过30岁，怎么能说老了？不过长了一点肉而已。”他笑了一下说。“我现在很胖吗？”我困惑着问，笑非从来没说过我胖。“你那么高，140多斤，正合适。”笑非站起来，开始在客厅里踱步。“你倒是该长点肉了，比我高那么多，还比我轻不少。”我打了个哈欠，揉着眼睛说。

“那小青呢？不是比我还瘦？”是啊，小青一直把自己的体重恪守在90斤不变，但我能说什么呢？每次我刚提到她可以再胖点儿，她就会轻蔑地扫我一眼，抬起眉毛面无表情地说：“克制，是一种美德。”我索性再也不提，反正她瘦成皮包骨还是胖成猴面包树我都一样爱她，想当初我不就是为她纤细的背影深深迷醉吗？可我的第一个爱人竟是陈熙。

“想想你刚上学那会儿也就跟我这么高，没想到大学四年又长了不少，挨了那么多拳脚也没耽误你长个儿。”“因为我打球。”“我也打啊，怎么就没长？”我不满地说，长到 1 米 8 也好啊，不至于比我哥还矮。“我比你小。”“对了，你比我小两岁，上学那年你才十六！十六哇我靠！幸好后来你没再长，要不我更自卑了。”我笑着说。“还是长了一点儿，毕业那会儿我 1 米 83。”笑非面朝窗外背对着我，像在自言自语，“十六岁，十三年，好短暂。”“是啊，十三年之后不知又会是什么样子？”我说。“我知道，比现在更糟。”我一愣，笑非从不是个悲观的人，今天是怎么了？“我们会越来越好的。”为什么不呢？我的生活刚刚开始，一切都刚刚开始。“嗯，会吧。”笑非走回来，“茶冷了，我去换一壶。”

我想我今天应该没说什么话惹得他不开心，但自从我和小青在一起，必然见他少些，有时他打电话给我刚好小青也在，他便不说什么挂了，后来电话也打得少了，只是在我偶尔找他时，一定会出现。这样也许更好，他该有自己的生活，无论如何，他得自己开始。但我完全想象不出他和女朋友在一起是什么样子，这些年在他身边出现的也只有那个经常被他称作小青姐的人，而那个人属于我。

他们到底有没有相爱过？

笑非走进来，帮我把茶杯斟满，递到我手里，“你刚出了点汗，喝水吧。”他说。“嗯。”我望着杯中琥珀色的液体，有茶香淡淡浮上来，心中倏地一动。

“你想听我和陈熙的故事吗？”我问。“你终于想说了。”他看着我。“从哪儿开始说呢？”我叹了口气，好像我必须要从生命中截取一段出来，而这一段并不精彩。“从校庆那天吧。”笑非拍拍我的胳膊，长身靠在沙发背上，准备做个聆听者。“好。”我点了点头。

7

月亮移出了窗口，在明亮的客厅里完全看不到星光，只有楼群的灯不规则地排列着，间或一两盏倏忽明灭，在眨眼间可以忽略不计。在这间客厅里，面对面的两个人在讲述着第四个人的故事，那故事发生在遥远的过去，远到你必须奔跑，必须伸出手去才能抓住，收回来时掌心都是汗水。

我第一次也是唯一一次毫无保留地把我和陈熙的故事说了出来，从校庆那天我们酒醉上床到春节后那充满哀伤的分手，尽管我小心谨慎，那结痂的伤口依然渗出血来，我才知道伤痛从来不曾远离，无论你怎样试图把它从体内驱逐出去。我端起茶杯喝了一大口，忽然觉得有什么东西失去了，心里空荡荡的，不似之前期望的那样释怀。

我盯着笑非的脸，他不看我，视线也并未在任何地方聚焦，我希望他说点什么，但他始终没有开口。“笑非？”“嗯，怎么了？”“你怎么不说话？”我只好问他。“那，那孩子呢？”他终于问道。我愣住了，他竟然会问我孩子的问题，难道他不知道这孩子已经不在了吗？“孩子打掉了啊。”我说。笑非的眼圈突然红了，我知道他在强忍着泪水，便把脸转到别处去。为什么？为什么我从未为这个孩子流过泪，那天在手术室，陈熙在我怀里哭了很久，那近乎号啕的哭声至今让我心悸不已。

“哥，如果是我，我不会那么做。”良久后，笑非喃喃说。“我也后悔过，但那种无助的感觉更让我害怕，我做好了一切准备，却依然知道自己力不从心。我已经接受了惩罚，我想我一辈子都放不下了。”我努力想争辩，但我不知道自己在说什么。“也许惩罚还没有到来。”笑非说。我一惊，抬起头看他，他的脸像是笼罩着一层冷冷的光，你的视线穿不透它，他的视线也看不到你。“你说什么？”我提高了声音。“哥，我想要那个孩子，如果当时我在该有多好。”“笑非你在胡说什么呀？那个孩子根本就没有出生，他才三个月，没有感觉，听不到声音，不知道自己是谁。”我为什么会说这些，这根本不是我想说的，我恨恨地捶着沙发扶手，为自己也为笑非的话生气。

“是我的错。”“什么？”“都是因为我，你和陈熙在一起也是因为我。”笑非说。“不，不——”我说不出话来，我今天倾倒给他的这一切从未想过和他有关，错误是我自己酿成的，如果我怪过他，我不会把这一切说给他听。“是我，从最开始我就错了，该死的人是我。”笑非依然在喃喃自语，我突然间爆发出来：“你疯了！那个孩子跟你一点关系都没有！还有我要告诉你！那孩子，那个胚胎，他从未在这个世上存在过！如果一定要有人负责，只能是我！因为我不爱陈熙——”笑非猛地把脸扭过来，双眼直直地盯着我，太阳穴绷得紧紧的，眉梢眼角全部倒吊起来，仇恨的眼中布满了火焰。但只一瞬，他便把脸扭到别处去，把攥紧的双拳握在一起，抵在牙齿上，用力地敲着。

“你想打我吗？笑非？你想打我？”我开始歇斯底里，天哪，这不是我！我怎么会变成这个样子？笑非“嚯”地站起来，无意识地左右看了一眼，两步走到卧室门口，在背后摔上了门。

我到底说错了什么？他从没有这样对过我，我突然觉得他像女人一样不可理喻，我也一样，歇斯底里狼狈不堪，浑身散发着虚伪与懦弱的丑陋气息。挣扎了很久我才平静下来，周身已经湿透了，我瘫在沙发里喘着气，望着紧闭的卧室门，不知道该怎么办。

我完全糊涂了。我靠在沙发上盯着空空的天花板，忽然想起小时候读过的那本张爱玲的小说《倾城之恋》，那时候我并不觉得它好在哪里，但此刻我终于懂了，只有灾难可以解决所有问题。灾难，才能让两个相爱相杀的人走到一起。

我轻轻推开卧室的门，走到笑非的床边坐下。他裹着被子缩成一团，那么小，那么虚弱。我掀开他捂着头的被角，露出他湿淋淋的脑袋，“扑哧”一声笑出来，说：“我再不进来，你就要淹死了。”

“哥，我说谎了。”他说，依然蜷着身子，背对着我。“我知道，我知道。”我轻轻拍了拍他，低声说道，“你长大了，可以说谎了。”“哥——”“嗯，别说了，你好好歇着，明天不用早起，我先走了。”他把脸埋到被子里，不吭声，我站起身，他也没动。

月亮已经落到另一边的地平线上，东边的天空隐隐有淡灰色的光透出来，我想我明白了一些事情，但夜晚并没有过去，还有漫长的黑暗抗拒着黎明。

8

“都是因为我，你和陈熙在一起也是因为我。”我并没有听懂这句话的含义，就像我并没有去细想他说的哪一句是谎言。我当时有多少心思在那个比如今的我更无助更痛苦的人身上？我不知道。而我无数次拒绝他向我吐露心声，仅仅因为自己懦弱而虚伪的本性。

幸好，无论生活如何令你困惑，日子总是在继续，时间将补偿一切。当你衰老，当你忘记，当你不经意地回眸，你总会得到答案。

小青那天很美，让我没想到的是她竟穿了一条白色的修身长裙，勾勒出她那本已纤细玲珑的腰身，衬着一张精致完美的面庞宛若神话。在看到她的瞬间，我的心都化了，所有的一切都是值得的，所有的。

她微微歪着脖颈眯着眼面带微笑看着我，仿佛在说：你也不赖。那是自然，我可是有备而来！我微笑着迎上前，轻轻在她左颊送上一吻，她闭上眼睛调皮地一笑："要不要趁笑非没到动点真格的？"我一把搂过她说，"正有此意。"她便顺从地仰起头，任由我贪婪的嘴唇吸了上去。这一吻热烈而绵长，如同云里雾里般不知方向，从我们的第一个吻到现在，我依然每次都能在她柔嫩的双唇间搜索到甜蜜的芳香。如果时间就此停住，我绝不会为业已付出及尚未得到的一切怀有一丝遗憾，因为对于我，这才是对青春最好的致敬。年少时的梦想即将实现，十二年的煎熬也不过是苦乐一场，明天才是生活真正的开始。

当敲门声突然响起，我和小青像两条小蛇般瞬间拆分开来，的确，我们还不习惯在笑非面前亲热，这已经成为我们之间的一种默契。"先生，可以传菜了吗？"我看了看表，说："再等一会儿好吗？"那服务生礼貌地退了出去，我和小青相视一笑，坐下来。

奇怪，从不迟到的笑非今天竟然晚了。"你和笑非约的几点？"小青问。"一样啊，八点，你知道他每次都提前几分钟到，从未改变过，今天这是怎么了？"这点倒好，只要我们三个相约，每个人都准时得要命，我一般提前十分钟左右，笑非提前五分钟整，小青则每每决然踩着点儿现身。

"再等十分钟，他若还不到我就给他打电话，"我说，"也许是加班或者堵车。"小青点了点头，没有说话。十分钟过得如此缓慢，小青的眉头蹙起来，支着腮目不转睛地望着我发呆。我故作镇静地微笑道："你都没祝我生日快乐呢，小坏蛋，进门就索吻，把正事儿都忘了。""嘻嘻，"她突然高兴起来，双肘一撑伏在桌面上说："我的大帅哥猪，你生日快乐啊！""那礼物呢？不是要把自己拆了包装送我吧？"我坏笑道。"哎呀！忘记买了！罪过罪过。”“少来了，笑非这套伎俩都使烂了，快拿出来让我验收！”我伸出手去要，小青装作很无奈地去翻背包，我虽满脸堆笑，心里却说不出来的心慌意乱。

“那！拿去！”小青随手把一个大信封丢给我，我故作惊讶地接了，立马集中精神去猜里面的内容。戏票？最近有什么好看的？《猫》只是个神话，莫里斯贝嘉已经五年没来中国了，肯定不会是小剧场的戏。还能是什么？怀旧的卡片？儿时的照片？不过管它呢，我并不在乎她送我的礼物，我在乎的是她今晚和我在一起。我斜眼看着小青问：“是什么？”她怂了耸肩，抬着眉毛做了个鬼脸。好吧，其实即便她送我的是一张面巾纸夹着的两根睫毛我也不会感到丝毫奇怪，这就是她，让你的生活时刻充满惊喜。

打开信封时，我惊呆了，抬头望着小青半天说不出话来，小青却含着可爱的小酒窝笑道：“喜欢吗？下月末，我知道你有时间。”“意大利？”我问。“对呀！你不喜欢？”“不！实在太喜欢了！简直是惊喜！”我把机票按在胸口，伸长脖子给了小青一吻，眼前却忽然一黑。是的，那的确是两张，而不是三张下个月飞往佛罗伦萨的往返机票。

我们竟如此相爱，相爱到心意相近灵犀互通，这一点早已在我俩之间达成了共识，并曾为此心存感激，我们有共同的爱好和话题，可以一起谈文学艺术电影历史音乐哲学甚至宗教，在相见恨晚的那些日子里，肉体的欲望经常让位给深宵的促膝长谈，这让我们彼此钦慕，彼此敬重，并彼此深爱。可是今天，这份饱含真切情意的礼物却让我感到无比沉重。

我强忍住没有表现出来，还是被小青敏锐地捕捉到了。“怎么了？子期。”“没啊，没事，我在想笑非这小子怎么还不到，这都八点半了，我这就给他打电话。”小青突然皱起眉来，伸出一只手停在我面前，半晌才说：

“不用打了，他不会来了。”

9

我和小青都没有胃口吃东西，满满一桌子菜只动了一点儿，上好的法国木桐也变得索然无味。我一直看不懂小青的表情，她是装作毫不在意还是真的不在意。我绝不相信笑非会不来，当我严正重申了几次之后，小青不再和我争辩，只是不让我给他打电话。其实到了这会儿我也不敢打，我怕听到“你所拨打的电话已关机或不在服务区……”可这是我的生日，我的生日！是我要向小青求婚的日子，你杜笑非为什么不来？！

九点整，服务生进来暗示我时间快到了，我点了点头。我依然不相信笑非没有出现，突然一个不祥的预感浮上来，我说：“他不会出事吧？”小青翘起一边的嘴角，摇了摇头：“他即便是出了车祸，临死之前拨的最后一个号码也是你的。”我一愣，“你怎么说这么丧气的话？”我有些不高兴，小青却不以为然，盯着我又说：“我说的不正是你想的吗？放心，他很好，他不来自有他不来的道理，也许都是为了你。”“什么意思？”我问。“你今天是不是准备向我求婚？”小青舒展眉目，咬了下唇角淡淡地说。

“我本来不想让你知道我猜到了，但你不该把这个计划告诉笑非，我原本还不肯定，但笑非的失约让我明白了一切。”我囧得瞠目结舌，半天才说：“你怎么猜到的？”“你从来都不会在约我的时候毫无准备，可今天是你的生日，这个房间里也太过正常了，正常得有点不正常。”果然是冰雪聪明的小青，我冷汗涔涔。的确，我太过自信，有时候完美偏偏是最大的漏洞。“那，我该继续吗？”我战战兢兢地问。“当然，我很感激你为我做的一切，你知道，它同样会给我带来惊喜。”小青微笑着说。

我感动得说不出话来，探过身紧紧握住小青的手，紧张得浑身寒毛都竖了起来，脊背却一阵阵地冒汗。我张口刚要说话，门却已经开了，那首曾经在书锋婚礼上播放过的《为你钟情》再次响起，同时进来的是六个身材容貌都堪称绝色的少年，他们每人推着一辆载满玫瑰的花车，微笑着翩翩而至。头两辆是含苞待放的白玫瑰，接着是两辆淡黄色的玫瑰，最后两辆是娇嫩欲滴的肉粉色玫瑰，满满的玫瑰堆满了房间，顿时花香四溢。在我们还没来得及把紧攥着的手放下来时，最后一辆装满红玫瑰的花车出现了，巨大的厄瓜多尔红玫瑰怒放在巨大的花车里，而推着花车进来的——竟然是笑非！

“笑非！”我和小青异口同声地喊出来，小青把手紧紧地捂在嘴巴上，我的眼中忽然有滚烫的泪珠滑下来，我扑过去一把抓住他问：“你！你！你是怎么回事儿？”“哥，小青姐，对不起，我来晚了。”笑非微笑着，他的微笑如此完美，让刚刚退出去的六个少年黯然失色。但我刚刚说过，完美偏偏是最大的漏洞，因为此刻站在我眼前的笑非竟像是完全变了一个人，我不知道变在哪里，但就是感觉这不是他。

笑非。我呆立当场，面色惨白，脑海里只有这两个字在不停翻转。笑非提醒我说：“哥，时间刚刚好哦。”不，时间已经错过了，我的计划是九点零九分向小青求婚，我不知道现在的时间，但一定是错过了，我所有计划好的仪式也都没有执行。

但小青在等着我，笑非也在等着，我必须要做点什么。我摸出口袋里的戒指盒，而我的舌头竟然像大脑一样麻木，“青、青、我想问你——”所有准备好的语言都弃我而去了，我脑海一片空白。小青把手轻轻按在我递出去的戒指上，微笑着说：“子期，谢谢你，但请不要再说了。我愿意和你在一起，只是结婚的事——我们都还需要时间。”“不！青青，你让我说完。”我的视线又模糊了。小青紧紧攥住我的手，郑重地点了点头说：“相信我。”

我颓然跌坐在椅子里，抬头看时，笑非已经不见了。那车红玫瑰下面，是笑非留给我的生日礼物，一把用精致木盒装着的“英吉沙”小刀。

多年以后，在大洋彼岸的卡梅尔，小青静静地看着我说：“你总是想用你的方式改变一切，但你知道有些事情所有人都无能为力，包括你自己。你知道那把小刀的含义吗？”“我知道，笑非经常会送刀给我，因为他知道我喜欢。”“但生日是不可以送刀的，因为它意味着‘一刀两断’，如果那天不是我阻止了你，我们早就失去他了。”“可是我现在一样失去了他。”我用双手捂住脸，想尽量让自己平静下来，我知道，那天阻止我的不只是小青。

第三章 | 声声慢

1

“我听到传来的谁的声音像那梦里呜咽中的小河，我看到远去的谁的步伐遮住告别时哀伤的眼神。不明白的是为何你情愿让风尘刻画你的样子，就像早已忘情的世界曾经拥有你的名字我的声音。

“那悲歌总会在梦中惊醒诉说一定哀伤过的往事，那看似满不在乎转过身的是风干泪眼后萧瑟的影子。不明白的是为何人世间总不能溶解你的样子，是否来迟了命运的预言早已写了你的笑容我的心情。

“不变的你伫立在茫茫的尘世中，聪明的孩子提着易碎的灯笼。潇洒的你将心事化进尘缘中，孤独的孩子你是造物的恩宠。”

我把车停在午门广场的栅栏前，关闭了收音机。罗大佑那苍凉沙哑的声音依然在耳边回响，我擦不净沿着两腮滚滚而下的泪水，看不清你的样子淹没在漆黑的夜的边缘。我没有遵从小青的建议，没有用心去爱过本该用爱去保护的你，我是个懦夫，不配拥有这尘世间最美的感情，我失去了小青，也失去了你。

黑夜中静谧的午门广场曾是我和笑非最常光顾的地方，对于我们来讲，这里才是北京，而不是那些聒噪拥挤面目可憎的灯红酒绿和冰冷拘束粉碎梦想的格子间。而今，我只能独自到来，望着没有亮灯的城门发呆，回忆，如今竟成了我生活的全部。

电话铃声打破沉默，是小青。“我周三下午四点到北京。”“好，我去接你。”“谢谢！”这就是我俩的不同，即便在分开若干年后我们情意凋零，我也会始终把她放在心里那个不可替代的位置，像过往一样对待。但她则会严格划分界限，肉体的分离决定了形式上的不同，她会以加倍礼貌的姿态与我相处，时刻提醒我们已经结束了。虽然我知道她对我并不像她所表现出来的那样无情，但我甘愿保持现状，不想去验证那依然可能让我失望的事实。

在旧金山国际机场，我望着一身暗灰的小青，那一刻我很想告诉她，我还爱着她，但我没有，我拉过她的手，低声问道：“真的不跟我一起回去吗？”她摇了摇头，“我需要一点时间，”她说，“放心吧，我会回去的，也许很快。”我无语，我从没有说服过她，她始终固守着自己的生活方式，随着岁月的累积沉淀成一块再也无法移动的庞然巨石，她站在石顶眺望远方，从不会为任何声音而回头。

“不要流泪，不要给回忆太多的时间。”我点点头，望着小青。

人说耽于回忆的人更易衰老，而小青是一个从不肯停下来回忆过去的人，她只在乎未来，无论是近在眼前还是遥不可及，对于她都更有意义。“这也许就是你保持青春的原因，但那些往事对于你真的毫无价值吗？”我问。“不，恰恰相反，因为有价值所以被我谨慎收藏，它们属于我，但我并不属于它们。”小青淡淡地说。“你从未属于任何人。”我叹了一口气。“你错了，没有人真正属于另一个人，情感的归属也是有期限的，在你意识到失去的同时你也该意识到它早已在不经意间离去，不要去追，不用去想，告别有时候是爱的最佳方式。”我相信小青说的话，但最后一句我不信。

经过安检口时我回头望向她，她俏丽的身影一动不动地站在那里，双手轻握着垂在身前，挺拔的姿态一如二十年前。我鼻子竟有些发酸，但我还是忍住了，我没有再回头，我答应她不再流泪，我会尽量做到，虽然我深知自己完全做不到，这一点她也很清楚。

眼泪是很怪的东西，当你想用它来清洗哀伤，你会发现它并不在意你急切的恳求，而当你自认为你很坚强，它却适时来提醒你过度自信有多么荒唐。你驾驭不了它，却也摆脱不掉它，你厌弃它，也感激它，真正的女人不屑于拿它当武器，真正的男人却往往因它不经意地造访而感到羞耻。有些东西你终其一生不能理解，就像痛苦和哀伤哪个对眼泪更有吸引力，我不知道，我能分得清心痛和心酸的不同，但我从不知道何时我更需要泪水的慰藉。

肆意的流泪是一种奢侈品，它本该只属于女人。在遇到他俩之前，我极少流泪，如果不是麻木就是没有找到必须要流泪的理由，但那时的我即便找到了也没有哭泣的能力，因为不懂爱的人不配拥有泪水。

那一晚我哭了很久，我以为我把一生的眼泪都哭干了，但在第二天早上阳光照射在苍白的床单上时我还是洇湿了眼圈。小青已经走了，在走之前把旁边的那张床铺得十分平整，就像她从没有来过。我慢慢坐起来倚在床头，呆呆地盯着墙上的油画，那个孤独坐在林间草地上的小女孩，原来她不是在等待，而是准备离开。

2

“同心倩女，至离枕上之魂；千里良朋，犹识梦中之路。”“哥，如果我死在你前面，你要答应我千万不要每到祭日去看我。”笑非放下书，煞有介事地说。“胡诌什么，你想得美，还想死我前面，我还等你给我披麻戴孝摔瓦盆呢。”我笑道，这孩子想点什么不好，看看书又魔怔了。“我是说万一。”“你刚才就没说‘万一’。”“那我现在说，万一我死你前面——”“我绝不去看你，好的，我一定谨遵遗愿。”我假装不耐烦地打断他。“不是，我是说你别每次都等一年才去看我，我会疯的。”笑非说得一本正经，我突然不高兴起来。“疯了什么样，‘魂从知己，竟忘死耶？’来来来，我还怕你不成？”“哥，我说正经事呢，你又生气了。”

“年纪轻轻的，说什么生啊死的。巴勒斯不是说，当你停止生长时，你才开始死亡。你俩啊，还早着呢。”老楚坐在一边听了我俩的对话，突然评论道。他很少搭我和笑非的话，或许是那天他心情好，或许是某些字眼刺激了他，总之，老楚的一句话让我和笑非都闭了嘴，回想起来他也的确说得没错，便在心里“嘿嘿”一笑就过去了。

但从那一天开始我对“死亡”这个字眼认真起来，二十岁之前我没有经历过真正的死亡，我外公去世那年我还小，爷爷奶奶因为离得远感情并不深，自从我父亲去世后也便淡漠了，我哥偶尔去看望他们，我则极少成行，他们对我也并无好感。偏是对我生而未养的我的父亲的死，没有给刚刚出生的我带来任何悲伤。若干年后我回想起笑非那天说过的话，才开始真正惧怕起死亡的降临。

我在衣柜中翻了很久，终于找到六年前曾经穿过的那身黑色西装，我已多年不穿西装了，尤其对黑色西装怀着莫名的仇恨，但今天我要穿上它去见一位老朋友。

我把车停在空荡荡的停车场，步行向殡仪馆走去，远远看到等在大门口的王超。王超见到我立刻迎上来，低低喊了声“期哥”。他眼圈红红的，显然刚哭过。“谢谢你通知我。”我拍了拍他的胳膊，和他并肩往前走。“谢什么，期哥，好几年不见了，您看着更气派了。”王超想要说些轻松的话题，我却无心搭茬，只苦笑了一下说：“这个‘您’字你就省省吧，大学四年一个床上滚的，今天倒见外了。”“是啊，只是多年不见怕生疏了，但毕竟是老同学，还是觉得比旁人亲了很多。”这话倒是不假，只是今天的日子并不是老友欢聚，我们要见的是另外一个人。

这是个陌生的地方，却也无比熟悉，因为它和任何电影电视书籍及你脑海中的样子出奇的一致，冰冷苍白带着虚假的肃穆和陈腐的气息。我走进灵堂，看到了挂在正面墙上老楚那镶着黑纱的照片。“当你停止生长的时候，你就开始死亡了。”老楚呵，兄弟来看你了，多年不见，你老了好多呀！我走上去行了礼，又过去与那些素未谋面的家人一一握手，不敢停留，转身退到稍远的地方去。

老楚在我心里一直是个边缘人，他年纪虽大却不属于兄长的范畴，同室四年也没有相濡的情谊，但我敬重他，因为他沉静豁达，话不多亦不离群索居，和人相交不近亦不远，总是甘心停留在亲切与亲密的交界处，做一个自我完善的平常人。

“期哥来啦。”是何亮。“哦，何处也在呀？怎么，是不是该叫何局了？”我笑问，亮子是北京人，毕业后直接进了国家某部委，身家背景加上聪明才智，这些年跟踩了筋斗云一样蹿得飞快，今天他能来却是我万万没想到的。“惭愧惭愧。”亮子讪笑道，“我是惦念着楚大哥，没想到几年不见竟再也见不着了。”说着抹起眼泪来，王超也跟着红了眼睛。“本来还想着能见几个室友，看来只有我们三个了，”他深深叹了口气，又说，“都说世态炎凉，最凉也不过如此了吧？”

我看着何亮，显然，死亡这件事让他受到的刺激比我更大。他变了也老了，不止在样貌和气质上，更多的是眉间眼角那被囚困着的灵气及举手投足时沉稳与拘谨混杂的态势。仕途难行，能到今天总是有一番际遇的，你不能责怪这个世界上很多人被改变被同化，而是应该感激那些内心尚有余热愿意和你倾心而谈的人。要知道，在这样一个城市，至交陌路分分钟成为可能。

3

二十年前，我们因朋友的婚礼欢聚在一起，二十年后，让我们再次相聚的却是葬礼。一个四十几岁的人，因为生活的压力过度衰老，并在某一天突然间从你生命中消失了，这感觉不只是恐惧那么简单，还有一丝茫然，让你对生命有了新的认知。

“407的我都通知了，有事的有事不在的不在，倒是非哥一直没联系上，你知道他的去向吗？”王超问我。“他不在国内，也不知道什么时候能回来，如果他在，应该不会不来的。”我说，心里一阵酸楚，但还是忍住了。“是啊，非哥以前还经常会联系我，见过几次他还是老样子，看着真让人高兴。”倒是我这些年和大家疏远起来，而今找不到可以解释的理由，便岔开话题：“老楚是什么原因？”“脑溢血，发现时已经不行了，你知道他一直过得不太如意，家庭压力蛮大的，工作也太辛苦。”王超无奈地说。

我知道老楚当年为了留在北京找了一家很不理想的接收单位，毕业不久就回老家和青梅竹马的姑娘结了婚，带着她回到北京。过几年有了小孩又把父母接了过来，一家五口人都是他一个人养活，白天在报社上班晚上还要代课教书，那份辛苦一般人是承受不来的。“唉，我们都图什么呀？”何亮一旁喟叹。

如果不是在今天这样的场合，亮子的话会让我觉得虚假而无味，但我知道在老同学面前他的表现并没有丝毫夸张。死亡有时候是最好的洗涤剂，它净化一切虚伪和繁荣，让众生在生命的尽头归于平等。

“年少的理想，是压死我们的第一块石头。”我说。

“天地有情尽白发，人间无意了沧桑。”老楚平静地躺在棺木中的样子让我无比震惊，那过早花白了的头发和面颊上深深的皱纹让他看上去像个六十岁的老人。短短的二十年便把一个满怀希望的年轻人送进了坟墓，以如此衰老无助的姿态。逝者已矣，生者如斯，纵如此，谁又能体会未亡人的悲痛与凄凉？

不！笑非不能死！他不可以死！我猛地从梦中惊醒，翻身坐起来，四周漆黑一片，我摸索着去按电灯的开关，但无论如何也打不着，灯坏了。我只好光着脚走到客厅去，地板湿漉漉的，在客厅通往卧室的门边有一盏壁灯，我记得清清楚楚，但当我去摸时，那开关竟不见了！不，这分明是我的家，那盏灯也应该在那里，必须在那里！

我跌跌撞撞地向门廊走去，那里还有一个开关。摸到了，我急忙按下开关，一个身影出现在面前。他斜倚在门框上，仰着头磕着左手拇指的指甲，眯着双眼冲我咧嘴一笑，露出了洁白的一排牙齿，舌尖一抿抵在右侧的虎牙上。“笑，笑非！”我浑身发冷，寒毛倒竖。

“哥，我来看你了。”他走进来坐下，依然笑着对我说。“你来看我？”我一头雾水，忽然觉得有些东西断裂了。“是啊，这么多年你都不肯见我，我只好来了。”“笑非，你又闹什么？我什么时候不见你了？”我说。“我就知道你是故意吓唬我的，你怎么会不见我呢？只是——”笑非犹豫着不说话，我只好问他只是什么。“只是，我要走了，这次去的时间有点长，我想让你帮我照顾下核桃。”笑非说着把怀里抱着的核桃递过来。我突然吓得倒退一步，惊惧地问：“核桃？核桃在一年前不就死了吗？是病死的，小青已经告诉我了！”“死了？”笑非“嚯”地站起来，摊开两手面目铁青地说：“真的死了？核桃死了？那难道我也死了？我真的死了吗？哥！”我目瞪口呆地看着他，他忽然流下泪来，捂着脸不看我。

我回头看着窗外，夜凄惨惨的，阒然无声，我又扭过头，笑非依然在哭。“笑非，不要哭了。”我走过去拍拍他的肩膀，他把手放下来，疑惑地看着我，又低头看看摊开的双手，喃喃地说：“哥，核桃也死了，它去找点点了，他们作伴儿，挺好。”我再也止不住眼泪，大哭着说：“笑非，你别怪我，都是我不好，我让你失望了，我让你们都失望了。我什么也做不到，什么也做不到！”我突然扑到笑非怀里，紧紧地搂住他，他张开双臂拥抱着我，我感受到了他胸口的温热，突然欣喜若狂：“笑非，你没死！你没死！你还活着！”

4

梦醒时我紧紧抓着被角，泪水模糊了我的眼睛，我急切地打开灯，坐在床上大口地喘气。这一刻思念如翻卷的巨浪疯狂地袭击着我，我无法忍住泪水，又何必要忍住泪水，这是属于我的黑夜，不，是我本该属于的黑夜。

你不应该这样对我，就这样在我生命中消失，至少让我知道你去了哪里？是对我的惩罚吗？如果都是我的错，我又如何值得你去爱我？我在床上孤独地坐到天亮，当晨光从窗帘的缝隙透进卧室，我关了灯，慢慢地躺下来，躺成一尊永不会复活的雕像。为什么我爱的人都要离开我？小青、笑非、我的妈妈。

我望着我哥那张浮肿的脸，依然不肯相信我的母亲已经不在了。当我从电话里听到这个噩耗，我的血液像被瞬间抽空。为什么？小青离开了我，笑非也疏远了，如今我生命中最亲的人也要离开，我的妈妈，即便你没有爱过我，我又如何能让你离我而去，连一句“我爱你”都来不及说。

站在机场大厅里，我几乎不能走路，那种对即将面对的一切无法言说的恐惧吞噬着我，我拨通了笑非的电话。“笑非，我回家了。”我说。“哥，出了什么事？你的声音怎么了？”自从那年我大病一场，病愈后把笑非赶出我家，我们已经极少联系了，我一直被痛苦与内疚深深折磨，但今天，我好想找一个人说话，我需要人陪我。“我妈死了，我刚下飞机，我不敢回家，笑非，我不知道该怎么办。”“哥，你先回去，我很快就到，很快就到，等着我。”挂下电话时我觉得浑身都冷透了，我攥着拳头站在人流熙攘的大厅，黑色的西装外面裹着厚厚的羊绒大衣，出门时把一副墨镜戴在脸上。

我哥看到我没有说话，只是迎上来给了我一个坚实的拥抱。我一动不动地任他抱着，活了三十四年，这是他第一次拥抱我。“别哭，去看看咱妈吧。”他说。

妈，其实你还有一个儿子，他叫陆子期，这个名字是你起的，你曾经期望的是什么？你从来都没有爱过我，因为我不够优秀。但你有没有想过，如果你曾爱过我，我并不一定会让你失望？我跪在床前，轻轻抚摸着她冰冷的手，像抚摸着打碎的瓷片，光滑、冰冷，却伤人。她真美，还是那么美，那么年轻，把所有忧伤写在脸上，刻进每一条皱纹里，带走了。

我在她床前坐着，不想离开，并拒绝所有亲戚的慰问。吊唁的人由我哥和嫂子招呼着，他很冷静也很坚强，我知道他的悲痛有多深。“小叔，我是我奶奶的孙子。”我哥的孩子已经六岁了，他第一次见到面前这个人，这个从来没有给过他任何关爱的老人。我把洵儿搂在怀里，含着泪说：“洵儿，你又长高了，小叔好久不见你了，你们好吗？”“爸爸妈妈很爱我，奶奶也爱我，但是奶奶身体不好，爸爸一直不让我见。”“是的，奶奶很爱你，但奶奶不愿意让洵儿看见她不好的样子，洵儿明白吗？”“我明白，奶奶总买玩具和好吃的给我，妈妈也说奶奶最爱的就是洵儿。奶奶也爱爸爸，爱小叔，对吗？”“我不知道，我不知道。”我痛哭失声，我真的不知道！

傍晚时，笑非到了，同时到来的还有小青。他俩帮我哥和嫂子料理着繁杂的一切，我则完全如同一个废人。有时候笑非走过来陪我坐一会儿又走了，有时候小青过来看我一眼。“青，你来。”我喊她。她走过来蹲在我脚边，伸出手把我的两只手握在一起，仰着脸对我说：“子期，你还好吗？”“青，没想到你能来，”我说，“你不怪我了吗？我以为再也见不到你了。”“是的，我来了，过去的已经过去，我们还是朋友。”“朋友，”我的眼泪又流了下来，“谢谢你还是我的朋友。”“我们一直都是，你、我和笑非，没有人能把我们分开。”小青说着站起来，俯身轻轻地抱了我一下，小声说：“坚强点，子期，没有人不爱你。”

坚强点，子期，没有人不爱你。小青，你何苦骗我，你在可怜我吗？因为我已经三十四岁了，依然孑然一身，没有人爱，也没有人在我身边。我低头看着我妈平静的脸，喃喃地说：“妈，我没有娶小青，我一辈子不结婚，你高兴吗？”

5

葬礼很简单，除了家人和我爸当年的几个老同事便再没了别人，这样也好，我妈一生活在她自己的世界里，离开也不希望被太多人看到。哭了三天，到最后已经没了泪水，遵照我妈的意愿，我们早早在我爸身边给她留了位置，如今他们夫妻终于团聚了，在活着的世界始终不能让她满意的一切在另一边的世界将不会再烦恼她。我知道她为什么一直不老，她一定是怕老得太快到了那边我爸就不认得她了，那么现在他们一定相认了吧？死生契阔四十多年，如今终于可以执子之手，逍遥同游了。

回到空荡荡的家，我问我哥：“你和嫂子会搬回来住吗？”“不，我和你嫂子都商量好了，虽然你不可能回来，但这套房子是你的，你愿意怎么处理都行，我们没意见。”我苦笑道：“哥，我感谢你和嫂子的心意，但爸妈的遗产是咱两个人的，我不能独占，再说，如果妈知道了她会不高兴，她一定不愿意把房子留给我。”“子期，你怎么这么想？咱妈是爱你的，你不许这么说话。”“是吗？”我抬起头看着我哥的脸，他的确越来越像那张照片中的父亲，严肃、诚恳，一脸正气。“你坐下。”他说。

“你知道爸是怎么死的吗？”沉思良久，我哥才开口。“是车祸。”“还有呢？”“不知道了，你们都不肯告诉我。”我摇摇头，一个不可能完整的记忆从未存在过我的脑海里。“子期，有一件事我想替妈和我向你道歉，你从小到大从来都没有过过生日，没有吃过生日蛋糕，是我们的错。”“为什么？”我鼻子一酸，惊问到。

我从来不知道自己的生日，在上小学之前，我是个没有生日的人，每年我哥的生日会有蛋糕有礼物有小朋友和家人的祝福，而我什么也没有。我问我妈我的生日是哪一天，我妈说她忘记了。我问我哥为什么我没有生日？我哥瞥了我一眼，冷着脸说有些人不配过生日。但我总该有生日吧？即便你们不给我过，我也应该知道我是哪天出生的？我悄声细语地说。“一边凉快去，我忙着呢。”他一句话就把我打发走了。

小青曾经说过，我有极强烈的羞耻心，我想就是从那时开始的。从那天起，我痛恨一切和生日有关的东西，我不跟我哥过生日，不吃他的生日蛋糕，不参加任何人的生日聚会，每年的那一天我都会远远地躲到别处去，甚至长大之后我会看到生日蛋糕就烦躁，闻到蛋糕的味道就会恶心。但这件事我从没有跟任何人说起，没有人知道为什么在学校师弟们要给我过生日时我突然爆发的恼怒。

七岁上学那年，我为终于可以整整一天不用待在家里而兴奋异常，在我报到的第二天，我在下课后偷偷跟着班主任到了办公室。“陆子期，进来吧，你跟了我半天了，找我有事吗？”她和蔼地笑着问我。我的心瞬间融化了，长这么大，除了我姥姥还没有人这么温和地对我说过话。“老师，我想问您一件事，如果不可以，您也不要骂我。”我低着头胆怯极了，但我必须要这么做，因为我原本就和别的同学一样，我可以上学了，我应该是独立的人了。“你要问什么呀？你先说来听听？”班主任唐老师弯下身来眯起了眼。“我就是想问您，想问您——”“哈哈，傻孩子，你都来了，又不敢问了？你不问我可忙我的事了。”她继续笑着说。她的微笑给我了无比的勇气，我挺了挺胸，突然大声说：“老师，我想请您告诉我我的生日是哪一天？”“啊？”唐老师顿时糊涂了，“你不是逗老师玩吧？老师会生气的，陆子期，你来告诉老师你的生日是哪一天，下次你再问我，我会记得并告诉你。”

我的眼泪忽然间就流下来，羞愧得无地自容，拼命用袖口胡乱涂着脸，张着嘴“哼哼唧唧”地说不出话来。“陆子期，老师说错什么了吗？你别哭，歇一会儿慢慢说。”我并没有把为什么不知道自己生日的原因告诉她，因为我也的确不知道为什么，当时我小小脑袋瓜里面合计了很久，才说：“我把自己生日的日期忘记了，我哥今天要问我我如果答不上来，他会打我的。老师您就告诉我吧，我听说入学的表格上都有的。”那可能是我平生的第一个谎，但很值得，当唐老师翻找了学生档案把生日告诉我时，我真想跳起来搂住她的脖子，但我没有，我礼貌地说了句谢谢您就走了。

1974 年 6 月 27 日，我的生日！我终于知道我的生日了！我把这份狂喜偷偷埋在心里高兴了很多年，每到那一天我就会很开心，自己搞些小花样偷偷庆祝一下，并无视掉我妈和我哥那两张哭丧的脸。我当然没有告诉他俩，因为它是属于我的，只属于我。

6

“那一年我十岁。”我哥低着头陷入回忆，我默不作声，渴望听下去又很害怕。笑非和小青进来时看着我俩的样子犹豫着想避开，却被我哥叫住了，好吧，有他们在一旁陪着我也许更好些，我想。

“你出生那年我十岁，知道可能是个弟弟时我特别高兴，咱爸咱妈更不用说，虽然妈一直想再要个女孩，但咱爸说男孩更好，不操心。”我想我哥在用这些无意义的话过渡情绪，便没有打断他。“爸的事情你知道的不多，他一直都很忙，从我记事起就从未见他翘过岗，周末也是随叫随走，但他每晚必回家住，因为他知道咱妈在等她。”哦，这些并不能让我投入进去，那个没有见过的父亲和与他深深相爱的妻子，似乎还不是我的家人。

“你出生那天爸一直在忙，我和大姨二姨把妈送到妇产医院，我当时什么都不懂，并不认为爸爸不在身边是多大不了的事，但我想咱爸当时一定急坏了，可正巧他脱不开身。直到晚上六点多他才叫人捎信来说马上就可以出发了，妈很高兴，抚摸着肚子说小契不着急，等爸爸来了你再出来。但当时大夫说妈妈的宫口已经开到四指，马上就要进产房了。”我忽然间脊背冒汗，感到有某种不祥的东西沿后背爬上来。

“半个多小时过去了，还没有爸的消息，大姨安慰咱妈说没事，你安心生你的，又不是第一个孩子，他晚看个几分钟能咋的？我当时也这么想，我都十岁了也算是大人了，有我在妈不用担心。咱妈当时就高高兴兴地进了产房，但心里还盼着爸能在你出生前赶到哪怕是听到你第一声哭声。”说到这，我哥突然不说话了，一只手捂住脸轻轻抽泣，我急着听下文，只好问他：“哥，到底后来出了什么事，你们不是都盼着我出生吗？怎么突然又都变了？”其实我心里已猜出七八分，只是不愿意相信。

我哥平复了很久，终于忍住了眼泪，继续说：“爸没有赶到，他在半路出了车祸。”我脑袋“嗡”的一声炸开了，原来如此，原来如此！我那个没有生日的童年，和那个没有祭日的父亲，可为什么？为什么是我的错？

“他们把他送到市医院时他已经不行了，单位同事跑来通知我们时我哇地大哭起来，妈在产房听到哭声就拼命喊我，我不顾阻拦冲进去哭着大声告诉她：'我爸被车撞了，我爸就要死了！'”我哥的声音又被哽咽住了，我伸出手去握住他的手，却止不住自己的眼泪。“妈当时拼命要从产床上下来，她要去看咱爸，她说死就死在一起，只要还没死就必须见最后一面！但所有人都按住她不让她动，因为大夫说她当时宫口开到九指了，哪都不能去。妈当时就跟疯了一样，使劲捶着肚子哭喊着：'你这个孽障啊！你克死了你爹呀！你还不让我见他最后一面那！你这个孽障！孽障——'”

小青走过来把我搂在怀里，脸深深埋在我的颈窝深处，泪水湿透了我的衣裳，我死死抓住她的胳膊，把脸贴上去“呜呜”地哭起来。笑非在一边一直捂着脸强忍着不出声，屋里除了抽泣的声音一切都停息了。很久很久以后，我抬起头来问：“哥，那后来呢？”

“妈晕过去了，她喊着咱爸的名字，又叫着我的名字，然后就毫无生息地仰倒在产床上。我被吓傻了，以为咱妈也死掉了，幸好大夫检查完告诉我她没事，准备人工助产。我当时完全不在乎你是否能顺利出生，突然想起妈说要见咱爸最后一面，便偷偷溜出产房，没命地往市医院跑。也不知道跑了多久，感觉自己胸口都着起火来，我终于到了。”我哥的目光投在远处，停顿了好长时间才又说：“我没有看到爸爸，只看到了蒙着白布的尸体，而我没有胆量去掀开它，我没有见爸最后一面，我当时想，除了咱妈，谁也没有权力掀开那张白床单。”

那个从未谋面的我的父亲，那个一生对我无视的我的母亲，那个从小对我严酷无情的我的哥哥，从这一刻开始具象起来。原来他们的的确确是我的家人，无论他们如何对待我，都还是我最亲的家人，如果真是我的出生给这个原本幸福的家庭带来了灾难，我这些年的痛苦与失落又算得了什么？“哥，我懂了，都是我的错。”“不，你不懂。”

7

屋子里黑下来，小青起身去开了灯，走回来坐到笑非身边。“我还没说完。”我哥擦干了眼泪，拍拍我的手，“我要告诉你，妈是爱你的，你听完就明白了。”我点点头，我很想听下去。

“我被爸单位的同事送回妇产医院时你已经出生了。当时我看着病床上脸色惨白的妈妈心里非常难过，她一直闭着眼睛不说话，我知道她醒着，但她拒绝见任何人。护士把你抱过来让我看，我故意把脸扭过去不看你，我恨你，虽然我后来知道自己不该恨你，却一直对你爱不起来。”我哥说着转向我，“子期，对不起。”“不，哥，没有什么对不起，我知道你爱我。”我哥摇了摇头，继续说：“后来我还是忍不住看了你，你当时不哭也不笑，只睁着大眼睛聚精会神地盯着我看。那么白，那么漂亮！”我看到我哥脸上隐隐透出一抹微笑，便说：“那妈呢？”“妈很久不愿意碰你，她生完你没有奶，你是吃奶粉长大的。”

我理解我妈为什么恨我，但我哥却说她爱我，我就不能理解了。一个没有得到过母亲怀抱的孩子，真的能理解爱是什么吗？“你小时候很乖，懂事又聪明，只是得到的爱太少了，但我知道妈是爱你的，因为——”他停下来叹了口气说，“她从来没有给咱爸过过祭日。她也不让我告诉你他去世的日期，包括所有你想知道的细节，当然，你也就再也没有过过生日。”

漫长的沉默，我心里的某根弦突然断裂了，那紧紧绷住我的某根神经的弦，我一直不愿意去触碰的弦，它终于断了。我低头无语，我哥继续又说：“记得有一次我问妈为什么给你改名字，她当时哀伤地说她希望你能像爸一样优秀，她相信你终究会离开她，就像咱爸一样。我知道她每次看你的时候都像看到的是爸爸，她不止一次地说过他在你的身体里。她恨他不能与她白头偕老，但她终生摆脱不掉对他的爱，最终因为爱而变得不可理喻，变成了一个古怪的母亲。”

“那他为什么不愿意让你结婚？又为什么那么对小洵？”我不解地问。我哥没有直接回答我，而是反问道：“你知道爱得深的人最怕的是什么？”“是失去？”“不，是孤独。她失去了心爱的丈夫，却因为孩子不得不活下来，她无法正常面对你，于是变得更加害怕失去我，她怕我有一天也会离开她。对孤独的恐惧让她变得无比嫉妒，她嫉妒我爱上别人，嫉妒有人能陪在我身边而她没有。她不愿意让别人分享我的爱，就这么简单。”我哥说完低下了头，喃喃道：“你要理解她，她不是个完整的人。”我要再想一想。我不能马上理解我哥的话，但我想我会理解，即便是不能我也必须要接受，因为她是我妈，而且她也是女人。

“我懂。”小青突然说。我惊讶地抬头望向她，她深邃的眼睛里藏着一抹深沉的红色，此刻正逼视着我的眼睛。

终于到了告别的时候，我哥握着我的手说：“不愿意回来就不要回来了，姥姥去世后这个老家也没什么念想了，我会帮你把房子卖掉和咱家的存款一起汇到你户头上，你不是一直想自己做事吗？快些着手做吧。”“我不能接受，哥，我无权这么做。”我知道我哥早已年薪过百万，但我不愿意拿他的那一份。“不要跟我争了，这不是补偿，你必须知道，如果不是妈妈去的太突然，她也一定会这么做。她曾经对我说过她为你骄傲，她说对不起你，她不能给你太多的爱。”我还要拒绝时我哥打断了我，“我已经跟你嫂子商量好，明年我们会移民加拿大，小洵该上小学了，我们想在那里重新开始。”他说着笑了，“走之前我去北京看你。”“哥，你真的要走吗？”我被突如其来的消息惊住了，不知道该为他高兴还是为自己难过。“放心，我们还是一家人，以前一年也不过见上一面，以后说不上见得更多呢。想我就去看我们，我也一样。”“嗯。”我说，我虽然失去了母亲，但我还有一个爱我的哥哥。他和深爱他的妻子和儿子会在另一个城市重新开始，找回曾错过的一切。

重新开始，永远都不会太晚。

上飞机之前，我哥把笑非拉到一边对他说了几句话，笑非郑重地点了点头。飞机上我问他我哥都说了什么，他想了想说：“你哥问我你和小青姐还有可能在一起吗？”“你怎么说？”“我说我不知道。”“就这个？你说谎。”“还有，他说——‘答应我不要离开他’。”

8

重新开始，永远都不会太晚。可我还有机会吗？六年前的记忆把我带到了人生最悲哀的时刻，不是伤痛不是沮丧不是酸楚而是悲哀。我的爱得到的太迟了，三十四年，一万两千多个日夜，我都认为自己是一个没有家的人，终于明白了一切才发现，家又离我远去了。

我们都曾背弃过自己的誓言，因为一个不得不存在的理由，却永远不肯接受别人的背弃，纵使有一万个必须存在的理由。今天我已经完全理解了我的母亲和哥哥，却不能理解笑非和小青，虽然我已然接受。我给小高发了条短信，关了灯，闭上眼睛。

“又看到你真高兴。”我对小青说，接过她的行李箱。“你气色不太好，怎么了？”她问。“我刚参加完一个葬礼，你还记得老楚吗？”“你对面铺的老楚？他过世了？可是他不算大呀。”小青惊问。“比我大三岁而已，脑溢血。”“哦。”小青叹了口气，“你没事吧？”“我没事，只是昨晚没睡好，你知道我梦见了笑非。”

“有时候你太敏感了，”她说，“他还好吗？”“他不好，他让我帮他照顾核桃，我告诉他核桃死了，他很伤心。”我低声说。“子期，你还在认为笑非已经不在了？”“我不知道，我现在忽然有些恨他。”我喃喃地说。小青不说话，我们默默地走到停车场。“上车吧，我送你回家。”我帮小青打开后排的车门，她看了我一眼，坐到了副驾驶的位置。“系好安全带。”我说。

一路上我们没说什么话，我并不急于问她关于美国的一切，她也没说。到了她家楼下，她突然问我：“你想上去坐一会儿吗？”我没有想到她会邀请我去她家，自从那天离开后我便再也没有去过。我不想上去，说实话，但又不知道自己为什么要坚持，好吧，我点了点头。

她的房间显然重新装修过，原来的墙漆是柔和的深草绿，如今换成了冰冷的灰蓝，那些黄棕色调子的家具也丢掉了，统一换成了白。“你不是讨厌白色吗？”我笑着问。“我是画画的，你知道，我不讨厌任何颜色，关键看怎么用。”她一笑置之。“好吧，反正你总是理由充分。”我说。“你也不用故作大方。”她摊开手。“我们这是在吵架吗？”我笑了。“那难道是打情骂俏？”“好吧，算是吵架。我想看看。”我指了指房间。“随便看，我先洗澡。”

我没有去卧室，而是在客厅简单转了转就去了书房。我先是浏览了她这些年的新书，又看了看她新增添的图书收藏。哲学和宗教被挤在了一个角落里，这很正常，她越来越相信自己了。历史书籍增加了很多，详尽到世界各洲各国各个时期以至个别历史事件，这倒是我没预料到的，还有一些近现代南美洲及中东作家的作品，剩下的便是她一直酷爱的那些作家、艺术家及诗人。

我抽出几本书翻了翻，有一些十分晦涩难懂，明显是普通读者无法接受的作品，若在几年前我还会挑战一下，现在则完全没有精力和心情了。我把书重新放好，转身发现了一个令我意外的玻璃柜。

“那些东西都是笑非送给你的？”我在沙发上一直坐着等待小青出来，她出来时已经穿戴整齐并梳了头。“你是说书房柜子里那些？是的。”“他为什么要这么做？”我又问，我不理解，他竟然送我和小青一模一样的礼物，埃及的贝斯特神像、布达佩斯的风铃、土耳其的弯刀、威尼斯的水晶杯、以色列的银陀螺……所有的那些礼物原来不是为我所独有。“因为和你的一样？”我不说话，小青笑了笑接着说：“那你也应该不知道他把所有的礼物都买了三份，我们三个一人一份。”“是吗？”我立刻站起身走到书房，仔细在书架上寻找，书架上的书实在是太多了，它们从棚顶沿着精细的木头格子一层层排下来，占了整整一面墙。

“你在找什么？”小青疑惑地问我。“圣经，一本希伯来文的圣经。”“什么圣经？我没有什么圣经。”我猛地回头望向她，半天才说：“你没有那本圣经？”小青摇了摇头，好像忽然明白了什么，嘴角微微一翘，转身回到客厅。

我坐在书房的躺椅上，抬头望着满满一玻璃柜的礼物，每一件都那么美丽，那么精心，饱含着笑非的全部情意，但小青并没有那本圣经，那本沾满了泪水的圣经，它只属于我一个人，因为它里面有笑非的全部灵魂。

9

从老家回来，我们三个又一次坐到一起，那年 CCTV-5 更名为奥运频道，福娃的形象铺天盖地。五月十二日汶川大地震，七万中国人遇难。同年科索沃宣布独立，以色列建国六十周年。

“你不能去，我不是不愿意让你去，但你去了也无济于事，现在整个交通都是瘫痪的，你只能堵在路上添乱。”“105 省道已经抢通了，去北川没有问题，我和小青两辆车可以帮助很多人。”“真是笑话！全中国十三亿人就你俩有车是吧？少跟我废话，你不许去！小青更不能去！”“小青姐去不去我不管，反正我要去。”笑非执拗地说。“就是不能去！”我大发雷霆，我不知道为什么不想让笑非去灾区，难道真的是我冷酷无情？“哥！你也太——”“对，我就是冷酷无情，起码我还理智，我知道我能做的是什么！你现在就应该踏踏实实上班，把自己的事情做好，救灾有政府有军队，你去了怎么保证平安回来？再说工作呢？”“13 号那天我就把工作辞了。”“那小青呢？难道——”“是的。”

事情突然发生了匪夷所思的巨变，我曾批判嘲笑的那两个拥有消极人生观的年轻人，如今开始相信一个人的力量可以改变世界，而那个从来不愿意放弃为社会创造价值的我竟然在这一刻退缩了。

“不要吵了。”小青走进来，抬眼瞄了我一下，又说，“笑非已经跟家里通过电话，他父母非常支持他的决定。”“什么意思？我没有资格说话？”我刚刚有点泄气的皮囊又鼓胀起来，“真的出了事你能负责吗？”“不能！但我会和他在一起。”小青淡淡地说。

在笑非和小青出发后的两个星期，我才终于接到笑非的电话，在电话里我破口大骂，发誓诅咒再也不见他，但听到他的声音还是让我激动得流下泪来。他简单的跟我说了那边的情况，一直在说好难好难物资太少了，人也太少了，什么都做不了。其实我知道他们一定非常辛苦，新闻我每天在看，网上的消息一条都不落下，总是觉得照片中的某个背影是笑非，午夜梦回时被自己吓醒。

其实从他们走的第一天开始我便后悔了，我时常抱着核桃跟它说："你爸现在在哪儿呢？小青阿姨和他在一起吗？他们什么时候能回来？如果不回来可怎么办呢？"说着说着我就撑不住了，只好仰在沙发上大口地喘气。脑海中一直回响着笑非的话："药！需要很多药！消炎药、止痛药、感冒药、消毒水，什么都行！"

那是一个绝望的夏天。

6 月 27 日我在京石高速路口迎接远途归来的英雄，远远看到笑非那台伤痕累累的白色牧马人时泪水夺眶而出。可转瞬我便呆住了，小青的那台黑色大切呢？不可能是走散了，难道——我飞奔上前惊讶地看到笑非和小青从驾驶舱里走出来，才又破涕为笑。

"哥！我回来啦！"笑非冲着我兴奋地咧开嘴。我完全说不出话来，死死盯着他俩的脸，看完笑非又看小青，看了小青又看笑非，消瘦而憔悴的两张脸，却还是那么美。"子期，你怎么瘦成这个样子？"小青突然问我。"因为后悔。"我尴尬地笑了。

"谢谢你那时为我们做了那么多。"小青说。"不，跟你俩的行动相比简直太微不足道了。"我惭愧地接到。小青把完全干透了的头发绾起来，轻轻叹了口气："现在再提，当初我俩的做法并没有你想的那么伟大。其实你知道，这些年笑非一直在自我放逐，在北川的时候，我记得他跟我说过一句话，'毕业这么多年，最快乐的日子只有七天。'我想就是咱俩分手后的那七天。”小青仰靠在沙发上，闭上了眼睛，“我知道我必须要跟他一起去，因为我真的害怕他会出事。”

笑非的身影消失之后，我从床上站起身走到门口，双手扶在门上开始抽泣，像要把体内所有的氧气抽空，“笑非，别走。”我想告诉你我多么不愿意让你离开我，但我却无论如何都做不到，为什么每一次对你的伤害都让我痛得更深，更彻底。我慢慢止住眼泪，却听到门上传来指甲刮擦的声音，我猛地拉开门，看到了一脸泪水的笑非。

“笑非？”“哥。”我扑上去紧紧抱住他，他扔下手中的提袋死死把我搂在怀里，一口咬在我肩膀上，我疼得“啊”地叫了一声，他突然捧起我的脸用力吻我。

“我爱你，”他说，“你是我的，是我的。”我抹了一下被他咬破的嘴唇怔怔地看着他，大脑一片空白。“为什么不说话？”他问。我伸开双臂再次把他抱在怀里，把脸埋在他颈间开始哭泣。“子期，我爱你。”他在我耳边喃喃地说。我吻他，抚摸他，他把我按在沙发上帮我脱掉衣服，我知道我想要做什么，我对他说：“来吧，笑非。”片刻之后，我们同时发出巨大的呻吟声。

笑非的牙齿死死咬在我肩膀上一直没有松开，我咬着牙忍着，浑身颤抖。“你哭了？”我问他。“没有，我不会再哭了。”他吻了我一下说。我猛地起身看到门口站着的小青，她咬着嘴唇满脸泪水。

惊醒时我还在不停地哆嗦，浑身汗湿。我翻开左手的手掌，那条刺眼的疤痕泛出恐怖的紫红色，我慢慢合上手攥紧拳头，但手指酸软无力，随周身一阵阵的痉挛在我面前不真实地晃动着。我起身到浴室打开水龙头，任冰冷的水流冲激着我，我跪在瓷砖地面上，把脸深深埋在掌心中。

不爱你，我还可以爱这世间的一切美好。爱深秋干枯的树枝，爱初春漫眼的沙尘，爱整个冬天窗外的细雪，爱这个夏夜沉积的风。我赤裸地站在阳台抽烟，隔着一望无际的大海和荒漠，等待眼角的发丝在黑暗中慢慢风干。

但我做不到，这一切我都做不到。

第四章 | 归去来

1

2008年对于我是不寻常的一年，那一年因为我母亲心脏病突然去世让我们三个第四次聚在一起。有时候你会被一些重复出现的事物所迷惑，认为既然它可以再三再四便可以永无休止，但事实是，当你习惯于万事万物周而复始的规律，反而会发现只有情感的进程毫无规律可言。

笑非和小青回到北京后再也没有上班，我问他想不想跟我一起做事，他摇了摇头说："你不是说好朋友不能一起做事，是大忌吗？"我当然知道这是大忌，但我不愿意看着他闲下来，于是说："咱俩不一样，放心。"笑非微眯起晶亮的大眼睛看着我，忽然笑了，说："哥，你放过我吧。""好吧，那你自己找工作上班，或者回原单位。"笑非把拇指指甲放到嘴边，伸出舌尖舔了舔说："我有我的计划。"

他的计划就是再也不上班，还有小青。那天晚上我们三个在笑非家客厅坐成个等边三角形，面面相觑之后我率先开口。"既然这样，我是不是只剩下祝福的份儿了？”笑非抿着嘴不说话，小青则支着一边的腮帮子望天，我笑了笑说：“好吧，我就是个俗人，你们的路都选好了，我就自己溜达着吧。”我站起来拍拍笑非的肩又拍拍小青的，“但我有一个要求。”我看他俩依旧不吭声，只好又说：“我们三个再也不要分开了，无论去哪里，无论到什么时候。”“哥，是的，我们再也不会分开。”“难呢！”小青在一边突然开口，眼睛依然望着天花板，嘴角挂着一抹古怪的微笑。

“为什么？”我问。“你知道，三个人的关系很难保持平衡，如果你们信我，我倒是有个主意。”小青把支着下巴的手放下来，指着我又指了指笑非，回手又指向自己。“什么意思嘛？”我皱起眉头。“友谊，可以天长地久；爱情，便是旦夕祸福。不如我们三个发个誓，今生今世只做好朋友，谁也不许爱上另外一个，能做到，就是永远，做不到——”她耸了耸肩，摊开双手。

我和笑非都没有说话。这是什么他妈的鬼主意，简直灭绝人性遗患无穷，我看着小青不以为然的样子又扭过头看着笑非，他一脸错愕地愣在那里，盯着小青不知在想什么。

“啊——”笑非突然发出声音，他无意识地眨了眨眼睛，转过头看着我边点头边说道，“这个主意不错。”“啊，是的，这个主意真的不错。”我马上接着点头。小青翘起下巴拿眼睛来回扫着我俩，笑着说：“是吗？这个主意果然不错哦。”“那就这么定了吧。”我说。“好啊，我看就这样吧。”笑非说。“没错，这样最好。”小青说。然后大家就都不说话了。

如果你以为这是在开玩笑那就错了，因为我们三个都知道这根本就不是个玩笑。当然，我们那天并没有诅咒发誓，但谁都知道这个玩笑间定下的誓约对我们三个有多重要。

那年年末，笑非一个人坐飞机南下，一月初从洞里萨湖打来电话，让我和小青等他回来过春节。小青则开始埋头写她的第一部小说《第十九层》，关于一个过分复杂的人性纠葛，人物众多，充满悬念。我被她落笔伊始便能体现出如此深厚的文字功力而深深折服，曾几何时，我这个自诩风流才子文学大拿如今却憋不出一篇完整的文字。

"谢蒙这个角色怎么这么面熟？"我问小青。小青撇了撇嘴说："所有的人物都有原型，不过故事是虚构的罢了。""哦？那个自杀的沈云青我却不认识。"我摇了摇头，犹自说道，"这个 Gloria 的丈夫嘛——不会是我吧？"我歪着头斜瞥着她问。她"扑哧"一笑，指着我说："你们这些人啊，但凡是熟人的作品就总要对号入座，即便不认识也要拿来和感兴趣的作者认真比对，以满足自己的窥私欲。岂不知那小说的人物要经过艺术塑造，即便在某人身上辨识出一些熟悉的特征来，也是被作者打散重构的，若完全按现实的去写就没得看了。就像我把你的鼻子安在笑非的脸上，再把笑非的脸装在我的头上，你说那到底是谁？"我"哈哈"大笑道："莫非是鬼。""对了！这就是个鬼故事。"小青一噤鼻子不理我了。

好吧，问这些低级问题的确让我像个白痴，再说文学向来也不是拿来讨论的，被你捧在面前时它更像一面镜子，照得见照不见是读者的功力，照出来的是谁则是作者的手段。

2

农历腊月二十七，笑非终于回到北京，他说这一路很累，从磨憨口岸入境后就再也不想走了，本来想和路上认识的驴友一起搭车回北京，但最后还是选择了坐飞机。"哈哈哈——"我嘲笑道，"这不像你的风格，刚从救灾前线回来的人还怕辛苦，莫不是你一路走下来的？""嗯。怎么了？"

笑非不以为然地问我。我突然瞪大眼睛惊讶地喊道："What？！""我就是想知道我行不行。只走了一小段而已，从暹粒到曼谷、清迈穿老挝，多数都是搭车。"他说。"我靠！你丫真行，图什么呢？""散心喽。"他耸耸肩。

我看着面前的笑非，实在理解不了他脑袋瓜子里装的是什么，恨得我咬牙切齿想扇他一巴掌，但我又怎么舍得。"下次不许搭车走了，咱又不是没钱买机票。"我说。"好吧，下次我自己开车。"其实我知道，如果是我我也会觉得自助式旅行更惬意，但我还是不放心他一个人在路上，我以为他只是找个空气舒畅的地方度度假，没想到出了这么只幺蛾子。

"驴友呢？"我问。"他来找他女朋友，对你不感兴趣。"笑非笑道。"切！怪不得路上没跟你擦出火花。"我调侃他。笑非倒是没笑也没恼，想了想说："哥，你说这从没见过面的网友怎么就有那么大的吸引力让一个瑶族的小伙子不远万里来到北京？""阿弥陀佛，你该好好为他念念经，这孩子八成要被伤得体无完肤了。"我说。"不会吧，那小伙子特好。""那就更糟了，傻子太多，骗子都不够用了。"我开起玩笑来，无论如何，见到笑非都是最开心的事，这些年我们虽见得少了，但在不在身边毕竟不一样。

笑非听了我的话发起愁来，半晌才说："那怎么办？我要不要先给他打一针？""晚啦，人没到心都巴巴地送过去了，比干怎么死的你难道忘了？如今看来只有一个办法。""什么办法？"笑非急切地问。"念经喽。那摩啊利耶，克施地，嘎诃琶耶！""哥，你又逗我。"笑非生起气来，我却一边笑得不行，边笑边说："被我逗了十五年，你真不出息呀！"

笑非这次出门给小青带回了柬埔寨精致的银捧盒和漂亮的越南手工围巾，我装作不高兴地问："我怎么没有？""要不咱俩换？围巾给你，沉香手串归我？""算作交换定情信物吗？那我就换。"我嬉笑着说。"你最近说话越来越放肆了。”小青突然沉下脸来。是啊，我什么时候变得这么涎皮赖脸的了，我正了正神色，严肃地说：“算作交换定情信物我就跟你换。”“你滚！”“遵命！”我摆摆头，“笑非走，咱俩喝酒去！”我说着施施然往外走，笑非跟在后面傻笑，小青坐在那里动也不动地看着我俩。笑非走到门口突然说：“哎呀！我没带钱包！”小青立刻笑道：“我也没带！”“那还不快走！”“来啦！”我们三个大笑着出了门。

北京的冬夜也会有刺骨的寒风，今夜倒好，风不大，竟可以看见几点微弱的星光。笑非在夜空下站住，随口念道：“‘似此星辰非昨夜，为谁风露立中宵？’”我突然想到他说今年要自己开车去西藏，便接到：“‘劝君更进一杯酒，西出阳关无故人。’”小青听我俩念完，拍了拍笑非说：“‘莫愁前路无知己，天下谁人不识君？’”我回头瞪了她一眼，心中想：哼，你就惯坏他吧，反正你也不负责。笑非忽然笑了，转头对小青说：“‘今日相逢无酒钱，泥谁沽酒拔金钗？’”小青指指我，故作无奈地摇头：“唉，‘今日斗酒会，名旦沟水头。躞蹀御沟上，沟水东西流。’”“这句不好，卓文君太傻，司马相如一曲《凤求凰》就骗得她私奔，最后要写《诀别书》劝回负心人，如果我是她——”“如果你是她怎么着？自杀？两千多年前的女子，有几个能活得不卑不亢，一首《白头吟》也算千古流芳了。”我打断笑非的话。

“‘春华竞芳，五色凌素，琴尚在御，而新声代故！锦水有鸳，汉宫有木，彼物而新，嗟世之人兮，瞀于淫而不悟！’”小青半天没说话，突然沉吟道。“哥，为什么人会变？”笑非喃喃地问。“你这个问题问得像个学龄前，我作为一个成年人没法回答你。”我忽然莫名沮丧，刚才的心劲儿都没了。“天才死于成长。笑非，你就这样挺好。”小青说。

又能像过去一样一起喝酒了，虽然话题总是趋于沉重，但我们还是在新年来临前互道祝愿，并为了庆祝即将到来的友谊十周年频频举杯。小青留下来和我们过了第一个在异乡的春节，无家可归的我顺理成章地成为东道主，那一年春节是我们三个相识以来最开心的春节，我下厨包揽了所有的菜肴，然后就只剩下了吃吃喝喝说说笑笑。

3

春季结束时，我的公司顺利开业了，笑非这段时间并没有动，除了帮我料理公司前期的一些杂事，便是窝在家里整理旅行日志，我笑说这回我有两个作家朋友了，他撇了撇嘴答道：你想得美！无论如何，有他在身边我心里还是很踏实。小青偶尔会出现，但她自从辞职在家写作变得愈发孤僻起来，除了我和笑非便极少见外人。我说你闭门造车闷不闷那，还是多出来走动走动体验下生活的好。她说就你俩？我闭上眼睛看得都比别人清楚。好吧，既然走上了三条不同的道路，也难说孰好孰坏，至少我们在彼此间又找到了那种微妙的平衡。

公司开始运营我也忙起来，在中国做生意关系网决定了营业额，幸亏在这点上我还勉强应付，摸着石头过了几条小河沟后便渐渐顺手起来，我不奢望两年内会有盈余，只要我死不掉成功似乎不是不可能的事。

五月初笑非开车上路了，临走前他把路线告诉我，我惊讶地看着他在地图上画出的那条蜿蜒绵长的红线，问他："要走这么远？什么时候能回来？""最多两个月，如果顺利的话。""为什么会不顺利？"我又问。"万一想法改变了，思想偏移了，半途迷路了，被人拐跑了……""你行不行啊？"我生气地说。"不行又怎样？我开始喜欢这种生活了，刹车失灵，只能往前开。"我刚要说什么，他又打断我，指着我说："你别忘了，你还欠我一次意大利。"我顿时哑口无言，心里酸辣的味道翻卷上来，一时脸色也变了。笑非笑着给了我一下说："哥，会的，我等着你。"

三十岁后，时间竟像飞一般地前进了，它全然不顾及你的情绪，说走就走，你不抓着它，它也会拖着你。向小青求婚已是三年前的事，从相爱到分手也不过两年，比起和陈熙在一起的那四个月仿佛已过完了一生。我苦笑着，想想我生活中的这两段感情，连谈无疾而终的资格都没有。

07 年 9 月我收到了陈熙的喜帖，她知道我不会去参加婚礼，但还是觉得有通知我的必要。她如今工作生活也算如意，坐享着国家公务员那微薄的薪水和丰厚的福利，该有不该有的也都有了，丈夫比她大十几岁，是某部委的高官，听说是对她还不错。可这些完全无法打消我的顾虑，我希望她过得幸福，其它的一切并不关心。

犹豫了很久，我还是拨通了她办公室的电话。“您好，我想找一下陈熙。”“请问您是？”“我是她同学。”“您稍等。”我听到电话那边传来“熙姐，您的电话，说是您同学。”然后便是“咯咯”的笑声，笑声近了，话筒中传来陈熙的声音：“喂？是哪位同学呀？”那声音依然欢快着，我的心情也好起来。“是我，陆子期。”电话里停顿了一下，“小陈，你先去忙会儿别的，我接个电话。”“好的。”办公室里只剩下她一个人时，她才压低声音说：“子期，没想到是你，一年多没联系了，你们还好吗？”我们？我忽然意识到她说的是我和小青。“还好，谢谢你惦记着，我打电话来是因为接到了你的喜帖。”她没作声，我只好又说，“我恐怕不能参加你的婚礼了，想提前祝你新婚幸福。”我的语气明显不够自然，但我尽力了。“子期，谢谢你。我也希望你能幸福，如果你们要结婚，也希望能通知我。”

我很想告诉她我和小青已经分手了，但告诉她又有什么意义呢？我们就像同一条江河中的两叶小舟，在狭窄的河湾处相遇，借着撩人月色把酒言欢，却没想到天亮得太早，在广阔的江面上我们必须要执手相别各奔前程。

那年和陈熙分手，我们说好还是朋友，但谁都知道再做朋友已然太难，我们都没有豁达的情怀，不会完全把内心儿女情长的痕迹涂擦干净。记得临走时我对陈熙说："也许有一天，我们可以在一起。"陈熙点点头，又摇了摇头。我把她搂在怀里心痛欲裂，她却依然对我说："子期，谢谢你。"

"陈熙，如果有需要我的时候，只要我在，我随时可以接你的电话。"我不知道能不能做到，但在那一刻这就是我心里想说的话。"谢谢你，子期，代我向程青问好，如果方便的话。还有，我老公人很好，我想他是真心爱我的，你放心。"我顿时觉得异常尴尬，马上说道："对不起，我不是那个意思，我的话说多了你别介意，我只是打电话来——""没事，子期，我明白，谢谢你的电话。"

挂下电话，我突然想起书锋婚礼上他拍着我肩膀说的那句话来，的确，男人在女人面前薄得跟纸一样，女人在男人面前则深得像海。

4

读完小青发过来的《第十九层》最后一章，我深深地叹了口气，这是个太纠结的故事，人物剖析得也太狠，整本书读下来竟让人无法喘气，我关了电脑，拨通了小青家的电话。"好吧，周六下午两点。"听我说完来意后她说。

我开车上路时突然觉得好久不见应该给她带点什么，但今非昔比，又怕毫无理由地送礼物惹她怪罪，便在路边花店买了束蔷薇。"谢谢。"她很开心地把花接过去，让我进屋后径自去了厨房。瞧，女孩子有时候也很好打发，几十块钱就会让她们开心很久，但小青不好说，没准一句话不和会把我连人带花摔出门外。我心里笑道，真奇怪，我会有这样的想法，这种事从来都没有发生过。哦，我明白了，是因为我足够聪明，体贴入微又善解人意。

“别臭美了，一束花就想收买我，想什么呢？”小青端着花瓶走进来，看都不看我说。“想咱俩好像没怎么吵过架，我是说以前。”我回过神儿来答道。“没吵过吗？”她坐下来歪着头想了半天，“好像真没有，奇怪。”“为什么奇怪？”我在另一张单人沙发坐下来，问她。“人说感情深才会吵架，感情不深吵都懒得吵。我看这话不错。”她皱着眉煞有介事地说。“还真是，唉，怪不得不能天长地久，原来是孽缘不够。”

我心里非常清楚小青是什么样的性格，她若发脾气还算好，说明她还留了机会给你，如果真惹火了她，她是不会跟你吵的，是的，她会直接消失。

“放开这个话题吧，我们真要把过去的事掰开了揉碎了掺到未来的种种里面去吗？我觉得生活还没有那么不可救药。”小青打断我。“好，那说正题吧，能给我口水喝吗？”我严肃认真地问道。“讨厌。”她瞪了我一眼起身出去了。

若干年后我可能会知道为什么那些日子自己总是没正经，不过是为了掩饰内心极度的慌乱与困惑。小青说的没错，我就是个依赖自信活着的人，一旦觉得心虚，就认为天会塌下来让自己死无葬身之地。这一切小青都看在眼里，她不拆穿我，是因为她认为我还需要时间。但对我来说从来就不是时间的问题，是无法表达也无法承受。

有些东西我永远说不出来也不能说，即便是跟笑非和小青这样无话不谈的朋友。而我又无法独自去承受这一切，我的心已经遍布裂痕，随着不断增加的压力终将四分五裂。如果我有小青那样强大的意志力可以自我愈合，我便可以像她一样表现得泰然自若，但我不是主宰冥王星的哈迪斯，我只是敏感脆弱缺乏安全感的阿尔忒弥斯。

“洗耳恭听。”小青给我倒了一杯冰镇的蜂蜜柠檬水，自己那杯则是温热的。“我不是来提意见的，我只是想了解一下你这本书为什么要这样写，全当我是好奇。”“没明白。”她说，这是她拒绝回答的一种方式。“好吧，我能接受悲剧的结局，但我不能接受全盘的阴谋论，你的书里没一个好人。”“哈哈，”小青笑了，“我不觉得。”她摆了摆手说道。“玫瑰十字会是怎么回事？”我只好又问。“像你说的，阴谋论喽。”“你觉得生活中就没有真实的人？没有？”我不由得锁紧眉头。“相对存在，绝对没有。”“这是个悖论！”我突然激动起来，“现实情况是，我们不得不说谎只为了能活下来，活着才代表真实。”“当谎言成为一种习惯呢？”小青问，“当谎言也被定义为善意呢？还有什么才是真实？”“你太绝对了。”我无法再和她争论下去，她此刻的姿态告诉我我的话对她毫无意义。“第十九层只是比第十八层更深一层的地域，世间从来就没有人间和天堂。”小青突然缓缓地说。“小青，我一直想跟你解释——”“不！”她挥手打断我，“没有必要。”

这就是我一直深爱的女人，她平静的外表下隐藏着暴烈的灵魂，那些伤痛从来就没有消失，无视后果的释放便意味着死亡。这颗摸不到看不着真实存在的灵魂主宰着一切，像地狱烈焰般冰冷却燃烧。

“你有没有考虑过要出版？”良久之后，我打破沉默。“没有。”“那你为什么要写它？”我大惑不解。小青把双臂叉在胸前，仰靠在沙发背上问我：“笑非为什么要旅行？”“我们是不是要永远这样下去？”“或者你还有更好的办法？”

我颓然瘫倒在沙发上，我明白了，就像我必须要用繁忙的工作填塞时间，我们三个的确不可能像彼此期望的那样和谐共处了。

5

接近六月底时我心情慢慢好起来，想着笑非应该快回来了，他说过最多两个月，我知道他旅行的时候不喜欢被人打扰，偶尔电话打过去也可能是关机，便心安理得地等待他的消息。他会间或把行程告诉我，什么时候穿过若羌，什么时候到达那曲，山南到阿里那段漫长的路让我提心吊胆了好久，但只要有他的电话便是最开心的一天。

或许真该计划一次意大利之行，只有笑非和我的，这件事看起来困难重重，但也绝不是没有可能。也许我还欠小青一次，或者我们三个？不，那完全是两码事，不能混在一起，算了，看来这事还要再放放。

笑非没回来，我期望他突然现身的惊喜没有出现。6 月 27 日我接到笑非的电话，他说人在尼泊尔，可能还会去不丹、孟加拉和印度。我说千万不要去巴基斯坦，塔利班咱不惹。他说没问题，听你的就是。还有生日礼物寄给你了，快递无法追踪，你注意查收吧。我问他什么时候回，他说还不知道。他总是有办法在路上交到朋友的，挂下电话我想，笑非毕竟是成年人了，有权力按自己想要的方式去生活，可是这漫长的行程让我始料未及，怯懦如我也只能接受。我给他卡里汇了十万块钱，几天后他才回短信说钱收到了，谢谢，但花不到。

“你为什么不劝他回来？”小青问我。“你认为我该劝他回来？”我问。“不认为。”“那你什么意思？”“我只是在想他或许希望你这么做。”

我当然没有打电话给笑非，虽然我的确很想。一个半月之后我才收到加德满都寄来的包裹，一把附带出生证明的廓尔克弯刀。那天我又给小青打电话：“你能不能劝他回来？”“为什么是我？”她问。“为什么不能是你？”“因为我不是你。”“好吧。”我还是没有给笑非打电话。

10月末时笑非回来了，那天他突然出现在我眼前，带着扑面而来的古道西风，目瞪口呆的我差点没认出来他，当然这是夸张，除非他挫骨扬灰。我上下打量着一身风尘的他，皱起眉头来，他恐怕瘦了二十斤，瘦得全身上下只剩下了一双大眼睛，我恨恨地在心里想，这个混蛋，死回来就好。

“幸好你还赶得上小青的生日，见过她了吗？”我故意刺激他，可见我的确是个小心眼儿。“你看我这个样子像吗？”他摊开手笑着问我。“你也不像龟毛处女了，处女座都有洁癖，你丫现在穿得再艳丽点就是个苦行僧。”我笑道，“颠覆自己是不是很过瘾？”“比你想象的过瘾。”他淡然一笑。

“啧啧啧，简直就是垮掉派的悲剧复兴，看来你追寻克鲁亚克之路收获颇丰，从内往外渗透着潦倒与欢腾，我们该叫你什么？格桑笑非还是笑非尼赫鲁？”小青看到笑非后调侃他。“你们那个国家的人都是不穿衣服的吧，一块藏红色的棉布往胯上一围，戴串鲜花就可以上路了，你怎么没被晒黑？”等小青笑够了我问。“没完没了的阴天，没有太阳。”笑非无奈地摇着头说。

笑非的变化很大，虽然只有短短的半年时间，他的蜕变是显而易见的，就像七年前我们参加书锋的婚礼，他出现的那一刻依然让我一身冷汗。那一晚我们在小青家楼下的院子里聊了很久，初秋的凉风吹着梧桐树叶，远处传来桂花那清凉带着一丝甜意的芳香。

笑非讲了他这一路的经历，他遇到的人，男人和女人，垂死的和刚刚诞生的，充满希望的和全然绝望的，但都是轻描淡写毫不着力，小青全神贯注地听着，我却无法投入。我盯着他消瘦的面颊和熠熠生辉的眼睛，总觉得那是个幻影，现身的目的不过是为了消失。笑非看出我在走神儿，便问：“哥，你累了吗？要不要回去休息？”我笑着说：“还早着呢，倒是怕你累了。”“不会，我一路上都休息得很好。”他说。“对了，”我打起精神来，“我要特别谢谢你送我的那把廓尔克军刀，我不得不给它冠上‘梦寐以求’四个字，毫不夸张！”“我知道你会喜欢。”笑非一笑而过。“希望不是要跟我‘一刀两断’才好。”我本想开句玩笑，说完意识到一点也不好笑。

小青用笑声打破沉默，“断不了，也不能在一起，不能在一起，还断不了，除非三角形砍掉一角。”“什么意思？”我问。“我们三个人，除非其中的一个死掉了，另外两个才能在一起。”她突然严肃地说。

6

整个冬天笑非都没有再出门，但我们很少见面，小青开始写她的第二部长篇小说，更是不愿意见人，而我因为年底公司业务繁忙也便疏忽了和他们的联系，转眼又是一年。

春节过后的一个周末笑非来找我。“旅游日志都整理完了？”我问他。“差不多。”“最近有什么计划？还不想上班吗？”我又问。“小青姐怎么说？”他不回答反问我。“你知道喽。”我无奈地摆摆头。“我也一样。”我看着他毫无表情的脸，苦笑道：“你俩这是——什么毛病？”“哥，开春后我打算去欧洲。”我一愣，没有说话。等待是最痛苦的事情，何况等待的是一个承诺。关于意大利，我该说点什么？

“笑非，那年我生日，我计划向小青求婚，但结果你知道，不久后我们就分手了。”半晌我说。“嗯。”笑非点头。“我说如果求婚成功我们三个就去意大利，如果不成功就我和你，可你知道我为什么没有兑现？”“嗯。”笑非依然点头不语。“你知道？”“我不知道，但我想可能你觉得你和小青姐还有希望。”“不！完全没有了。”我深深叹了口气。

“你怪我吗？哥。”笑非突然抬头问我。“为什么要怪你？”我不解。“你生日那天——”“你毕竟出现了呀，你知道那对我一样重要。”“我，我——”“笑非，不要说了，我并非不想和你去意大利，实话说很想，可——”我突然觉得很好笑，竟自顾自地傻笑起来。“可是什么？”“那天小青送我的生日礼物——是两张意大利的往返机票，两张，你懂吗？”笑非突然向后一仰靠在椅背上，睁着大眼睛看我，俄顷又缓缓眯起双眼，抿嘴笑了。

良久之后，他掏出烟盒来，放在左手背上轻轻地磕打，像是要消弭一种无法控制的情绪，我把火机递给他，他没接，抽出自己的火柴把烟点了。

那一天，北京的天空出奇地蓝，万事万物经过整个冬季的蛰伏焕发着按捺不住的轻快气息，而刚刚停止供暖的室内却格外阴冷。笑非脸色苍白，不久前才丰盈些的双颊又塌陷下去，长长的睫毛覆盖着深邃的眼窝，笔直的鼻梁下光滑的鼻翼紧张地翕动着。我没想到他的变化如此剧烈，一时望着他呆了。

他缓缓吐出一口烟来，呲着牙淡淡一笑，说：“这次的攻略我做得很完整，如果可能我希望多走几个国家，从捷克开始。也许会去意大利，如果去了，我寄明信片给你。”

“笑非——”“哥，我很后悔那天我说了谎，以后我不会了，至少我会尽量去做。”笑非打断我。“笑非，我们可以计划另外一次旅行，我们三个。”我胡乱说着。

他并不接我的话，微倾着头看着我，又把眼睑放下来犹自说道：“现在我才知道，世界上最遥远的距离是：你在香港，我在布宜诺斯艾利斯。”

出发前的那晚，我和笑非站在深夜的午门广场，他抬头静静望着城楼上的灯光，幽幽说道：“‘唯一真实的乐园，是人们失去的乐园。’”他念的是普鲁斯特的一句格言，小青把它放在《离开的猫》第一卷第一章的起首，那是一个关于寻找的故事，小青说它们是离开系列的第一部。“离开？”我问。“是的，我们是离开的一代。”她说。

我实在没有勇气问笑非这次要去多久，他也没说，每次都是这样充满忧伤的离开，而归来的欣喜从不长久。我没有千言万语要向他交待，只能守着这夜静谧无边的黑。他眼角眉梢的星光格外耀眼，却每每随烟头的红光须臾暗淡下去，我扭过头不看他，他递过一支烟给我。“我们是不是要永远这样下去？”我问他。他倚在铸铁栏杆上，含着胸低下头去，半晌才说：“或者你还有更好的办法。”

笑非走后的第三个月月底，我接到他从佛罗伦萨寄来的卡片，卡片上没有只言片语，只手写了一首三段式短诗，诗的名字是《午门、断章》。

笑非对午门有着异样的情结，这情结我是不懂的，一如他爱美国、爱以色列、爱所有一旦被他抓住便绝不肯放手的东西，他的那颗原本自由却被禁锢着的灵魂，毕生洁身自好追求完美，恐怕只是因为对未知的一切充满恐惧，这一点我俩又何其相似，当最终的理想被颠覆，对自身那恶意的责怨所带来的消沉和绝望是致命的。

我读完笑非的诗把卡片小心地收起来，那一天是我三十五周岁生日。

7

核桃在我身边趴了一会儿就跳到地板上去了，刚才它还使劲用头顶摩擦我的胸口，蜷在我肘窝里打算睡一觉，但当它抬头睁着橄榄色的大眼睛看我时眼里突然划过一丝奇异的光，少顷，它站起来抖了抖背毛，又拿后脚爪搔了两下耳朵，头也不回地跑开了。

我很久都没有好好陪它，除了每天晚上拖着疲惫的身体回到家逗它说两句话，整个白天它都独自待在家里。我想过几次把它送去给小青，毕竟小青宅在家里的时间比较长，但我没有那么做，因为如果需要笑非自然会做的。核桃到今年春天就已经满十一岁了，相当于人类的花甲之年，正是需要陪伴的时候，但它依然和小时候一样不太喜欢腻人，只是动得少了，逐渐以一成不变的姿态代替了欢动和好奇。它喜欢待在客厅里，那里阳光充足，还有可以随时啃两口的绿色植物。想起送他去笑非家那年，我们一起看《大话西游》，听许冠廷优雅而感伤的嗓音，和玻璃窗上映出的那张完全未被风尘沾染过的流泪的脸。

我躺在沙发上不想起来，整个身体由内至外散发着一股颓唐之气。无休止的谈判开会讨价还价提着提不起来的精神时或恩威并举时或谄媚殷勤，实在不知道曾经那么吸引我的成就感如今带给我的还有什么？可我更加清楚的是我没有别的路可以选择，我从未对艺术或文学怀有同笑非和小青那样的痴迷，对知识的摄取和积累也完全是虚荣心作祟。于我，似乎一切到喜欢便已停止，目的决定手段，如果没有足够的爱做什么都是一样的，无非为了生活。

我从来没有想过我是否完全了解我自己，在小青潜心思考深入剖析自我的时候我不过为她卓越的思想高度钦羡不已，但我决不会那么去做，把自我在阳光下血淋淋地撕扯开寻找每一根神经和血管的源头和归处，这对于我永远都不可能发生。

可这样做有错吗？个体的觉醒往往以悲剧收场，因为偏偏是浅薄而庞大的众生拥有湮灭一切的力量，他们站在先驱者的坟墓上跳舞，把语言的垃圾扔得到处都是。

年初，加勒比海岛国海地地震致使二十多万人丧生，太子港沦为一片废墟。四十四天后智利发生更高级别强震，海啸席卷南美洲海岸。同年希腊、冰岛、印尼发生火山喷发，亚洲洪灾夺去数十万人的生命。面对这一切个体的欲望忽然变得无比渺小，锱铢相较更是粗鄙而可笑，在灾难面前人类被剥夺得一干二净，唯有爱在荒芜的废墟之上放射着耀眼的光芒。

当我们三个在深夜的梧桐树下坐在一起，每个人脸上的神色竟戏剧般的不同，我无比憎恨从我身上慢慢滋长出来的庸俗气息，卑鄙地渴望着一场灾难把这一切荡涤干净。但我知道虚伪如我不过只是说说，有时候我竟安享于这个娑婆世界罪恶的浸淫，在肮脏的浮华世间寻找自身未被玷污的那一点点微弱的闪光。

笑非的脚步没有停下来，小青的新书已经排在出版社的日程表上，只有我卑微如尺蠖般一寸寸地丈量着人生，对成功的渴望从未如此强烈。即便这个世界灾祸频仍，只要未波及到自身总会无耻地窃喜自己还活着，为了能在2012年买到一张方舟的船票，钱竟突然间变得无比重要。但这些不过是借口，即便老天爷突然瞎眼倾倒下巨额财富给我，真到了那一天我也不会是侥幸逃脱的一个，伊甸园没有我的位置，我会随着末日的废墟沉埋在属于我的土地，终于可以闭上眼睛把自己拥在怀中，感受那从未奢望去感受的真实的爱。

人类对末日的恐惧随着2012的临近持续疯涨，虽然还有两年多的时间，灾难已成为人们谈论的主要话题，我们三个同样不能免俗。那天坐在梧桐树下我问小青："2012如果真的到来你会做什么？""我想我会回家，和自己心爱的人待在一起。"小青说，"你呢？""不知道，也许抱着一棵大树等死。""笑非？"笑非望着混沌的夜空，心不在焉地回答："拿上相机爬到最高的一座山顶。""别臭美了，那时候也许你能看到的只是漫山遍野的火山灰。”我笑道。“那我还能做什么？”他问。“你可以回家，和父母在一起。”我说。为什么不呢？难道这不是多数人的选择吗？“不，”笑非摇了摇头，“我不愿意做第三个人。”

8

我翻着小青的书稿，震惊于那与《第十九层》完全不同的文字，那携带着完美韵律悠然流淌着的文字竟依然拥有巨大的撞击心灵的力量。小青说得没错，“对于命运，我们永远只是旁观者。”我们恐怕就是那只渴望自由却依然对红尘俗事充满好奇的猫，于前世今生的情感纠葛中渐渐彷徨于无地，旁观着自己的命运在轮回中被撰写被操纵却又无可奈何。

“看到马路总让我想到自己年轻的时候。”“你果真老了，开始用‘年轻的时候’来开启记忆的阀门。”小青说。“出世者不老，没办法。”我叹道，“我永远无法达到你和笑非的高度。”“哈哈哈哈——”小青突然大笑起来，笑得我一时手足无措。“高度？生活的痛楚在于总是为自己设定目标，要有钱，要有权，要有名望，要有高度，殊不知这些虚无的欲望即便实现也换不来哪怕一颗真正能给你带来幸福的筹码，没有爱你就一无所有。”

“那我便是一无所有喽？三十六岁孑然一身，上无父母下无子孙，身旁没有爱人。”小青一直在摇头，半晌才说：“子期，你为什么还不明白，爱不是拥有，爱是付出和收获。”“这个道理谁都知道，但这岂非更加虚无？”我反驳道。“不，这很真实，有人爱你，你也深爱着他人，你的心里满满装着的都是爱，你是富有的。”“那么你呢？”“我也一样，我心中有爱，眼睛里便能看得到爱，我爱世间的一切美好，爱自然界的万物爱人类创造的文明，我会为一首诗泪流满面也会为洁白的云朵欣喜若狂，这难道不是源于爱吗？

如果我心中没有爱，我如何能感受到幸福和快乐？”

我瞠视着小青眼里爆射出的光芒，惊异于她的这番言论，竟一时无从作答，但我知道它并不适用于我也不适用于笑非，我们都因为不可得而痛苦，即便心中有爱又能如何？毕竟，像她那样超脱的人世间能有几个？我不是众生，但众生因我而庞大。

那个曾经认为尘世充满阴谋论的女子如今站在云端俯视，低垂着佛祖般慈悲的眼睑，嘴角挂着一丝嘲弄的微笑。

“小青，你何苦为难自己，生命中不能承受之轻。”小青突然不说话了，她怔怔地看着我，把手张开贴紧嘴唇，纤细的五指像折断的翅膀般柔弱无力。

“子期，这是我的选择，在你和笑非都没有做出抉择的时候，我做到了。”

我不能埋怨小青没有给过我机会，但我也知道对于我和她来说机会只有一次，错失了便永不能再得，这是对我的惩罚，也是对她自己的。她所要的完美与笑非追求的完全不同，对于笑非是完整与缺失的差异，对于小青则完全是黑暗与光明。

看着自己心爱的人在另一条道路上渐行渐远而全然没有办法改变，是一种虚脱的感觉，你明知道你们不可能在未来的某一天相遇，就像你明知道她在前进的路上没有变轨的可能，但你依然在内心阴燃着一团孱弱的希望之火，期望在灭尽之前吹过一丝微风。

但我必须要说，《离开的猫》带给我的惊喜是不可言喻的，那个两年前还对阴谋论和神秘主义保有热情的女子如今内心充满了对自然及人类的悲悯和爱。它于我就像漆黑的夜晚结束时终于看到的一丝光明，这光是那样微弱，弱得让你不得不目不转睛。

“把结局改一下吧。”我说。“为什么？”“我希望你把它出版，我希望更多的人能读到它。”小青沉默不语，良久后问我：“我可以吗？”“你可以，你既然已经敞开了心扉，为什么还怕别人看到你内心的美好？”她目光定定地看着我，终于点了点头。我看到她苍白的面颊升起一片红晕，目光如水般温柔，心中倏地一动，记忆的片段如雨点般击打着现实的窗棂发出玻璃碎裂的声音，当我意识到自己无法承受时只好把目光移开了。

“既然它已经是部悲剧，结局如何就不重要了，给大家一点希望吧。”我拍了拍她的手，她翻过手掌把我的手轻轻握起，缓缓抚摩我掌心的伤痕，低着头没有说话。

9

当小青埋头笔耕，我积极赚钱，笑非则依然像长脚瞪羚般在各条国境线间穿梭跳跃，有时他会开车出发，但更多的时候一张机票便把自己送到我连想都不敢想的地方。日子便在无尽的等待中慢慢过去了，我需要不停地说服自己毫无怨言，因为我该做的并没有做到，连尝试的勇气都没有。

“把旅行日记给我看看吧。”有一天我说。“对不起，哥，日记是写给自己的。”他就这样直接拒绝了我，我点点头表示接受，心里想的却是，小青也说过这样的话，但最终还是同意把书出版了，我会等到那一天，不急。“我以为你记录的是沿途的风景。”“差不多，是我眼中的风景。”哦，我懂了，再也没有对他提出过类似的要求。

我安静地坐在沙发里喝茶，看着窗外明亮的果绿色环绕的铅灰色楼群，鸽哨声透不过双层防爆玻璃窗，麻雀只能在楼宇外墙的缝隙间筑巢，草坪中生满了虱蝇和跳蚤，嘲笑着那些把忙碌写在脸上内心却无所适从的行人。

“是不是最近烟抽得少了些？”我寻找可以交流的话题。“嗯，不写东西时几乎不抽。”笑非看着自己那修剪整齐的指甲，瘦长的甲盖让他纤细的十指分外迷人。他又把拇指的指甲放到唇边去，抵在左侧的牙齿之间，这个动作他很少做。“看了小青新书的书稿了吗？”我又问。“看完了，写得很好。”“我很惊讶她文字的变化，和上一本书完全不同。”“没有什么不同，她一直都是这样，没变过。”笑非轻描淡写地说。我知道就像我和笑非及小青会单独见面一样，他们两个在一起的时间应该也不少，我努力不让自己去触碰那些会刺激到我的小情绪，我相信我们三个都在遵守着誓言，就像我相信自己完全不爱他们两个中的任何一个。

“或许可以考虑把烟戒了。”我只好回到刚才的话题。“你戒了吗？”他问。“我在努力，至少比你好些。”我笑道。“你知道一个人远离家乡的感觉吗？”他忽然问我。“为什么还要走？”“因为我找不到留下来的理由。”

第二年夏天笑非去了以色列。

“他为什么把最想去的地方留到最后？”我问小青。“也许是一种告别的仪式。”她说。“我没明白。”“希望这次回来他不会再走了。”“真的吗？何以见得？”“他一直在寻找某种东西，我希望这次他找到了。”我把小青的这句话记在心里，然后便只剩下了等待。

2011 年我的事业开始呈大幅度上升趋势，账面的数字逐渐令人心满意足起来，公司的孩子们为了年底许诺的欧洲游而欢呼雀跃，我终于可以把绷了两年多的神经松一松了。

“换台车吧。”我对小青说。小青不解地看着我问:“我的车怎么了?”“谁像你一样丢了一辆大切又买一辆大切，颜色都不知道换一换。”我笑道。小青那年新买的车抛锚在了去北川的路上，若不是她及时跳下车，也就跟泥石流一起被冲下山涧了。每每想起那一刻我的心都会揪得生疼，悔得肠子都断了。“换什么？你说来听听。”她斜瞥了我一眼问。我明知道这是个陷阱依然奋不顾身地扎了进去，“你喜欢越野车有很多牌子可以选，都有比大切更精致的外型，轿车的选择就更多了。你像——”“停！想给我换车是吗？能先把你自己那辆大头鞋换了吗?”小青一脸严肃地打断我。“300C有什么不好？毕竟是你俩都喜欢的克莱斯勒呀。”

“我们什么时候开始讨论这么无聊的话题了？你要讨好我不能想个更可爱的方式吗?”小青手一挥皱着眉头说。“可爱？我最最亲爱的青青，你知道我无论想出什么方法在你眼里都低幼得可笑啊！我想给你买个花园，让你坐在院子里每天每天地放空发呆什么都不干，我可以坐在你身边看着你一直到老，到我的视线模糊得只剩下——”我伸开手臂突然被自己描绘的画面惊呆了，它就像赫然出现在我面前的桃源仙境，把丑陋的现实生活击打得粉碎。

我把双手插入发间深深低下了头，“对不起，”我说，“我什么都做不到。”小青把手放在我肩上，悠悠地说:“我们一起等笑非回来。”

枯了的树干/还站着/站成一排/支离破碎的网，黑暗来临前/我在别处/思念你此刻/触摸夜的善良，而当岁月/正沿着城墙寻找/无意散落在/护城河上的月光

当你为我留住星空/为这夜留住/遗忘的风景/我安享于/环绕着的温暖/答应你/不会去流浪/在春季到来之前

空间包裹 / 是安稳的壳 / 禁锢我 / 归去来的灵魂，如果前生记刻 / 你我的缘分 / 让我踯躅于你脚下 / 笑骂彼此 / 苍老模样，午夜、午门 / 静静坐着看你 / 把世界平分

我把笑非寄来的卡片放好，开始守着日夜的更迭计算时间。

第五章 | 花非花

1

小青的归来没有给我的生活带来丝毫改变，我依然每天早早起床，拖着困倦的身体站在浴室镜子前盯着自己浮肿的脸。这就是你，你所为之奋斗的世界并不在乎你，在乎你的人从未得到过你的爱。我在等待一个不可能回来的人，这等待对于我已毫无意义，我不知道自己为什么还活着，仅仅是因为没有勇气去死。

我打开浴室的水龙头，把水温调到最凉，站到花洒下面瑟瑟发抖。

每到盛夏，男生楼的盥洗间便成了大家冲凉的大澡堂。男孩子们拿着脸盆穿着小裤衩呼啸着聚在一起，接上满满一盆冷水从头兜到脚，嘴里还“呲呲啦啦”地大呼过瘾。更有一些连裤头都懒得穿的光着屁股就去了，反正也没有人在意，总好过被手欠的人按倒扒个精光，再捎带上几句拖泥带水的玩笑。这当然也是我的夏日娱乐之一，只是我不会光屁股就是了，一则因为我这个老大多少要留些颜面，再者 5 号楼的全算上还真没一个敢扒我。

笑非从来不参与我们的游戏，他正常出入学校的澡堂，一年四季从不爽约，况且他也绝不肯穿着三角裤出现在任何公开场合，尽管是空无一人的夜晚通向卫生间的走廊。事实是，在炎热的夏季他都不肯穿短裤出门，在球场上也不过把仔裤的裤腿挽到膝盖下面。当然不会有人就这一点说三道四，最多感慨几句他那脱离了低级趣味的家庭出身，让他周身罩着圣洁却不虚浮的光环。大家都知道他从不骂人，再急也不过拔高声量暴起青筋，大学四年没有人听他说过一个脏字，也便没有人去议论他为什么和大家不一样。

我也只当他是龟毛，虽然他会经常在去澡堂前喊上我，赤裸相见时也并没觉得有什么不妥，只是我尽量不去看他，他也从不让我帮他搓背或打肥皂。大学毕业后我俩再没一起洗过澡了，那年我发高烧他照顾我，每天帮我用温热的湿毛巾擦汗，晚上贴着我睡在一张床上，我突然觉得他像一个未曾发育的小女孩，能在一个成年男人身边睡得那样香甜。几次半夜醒来我都想把他抱在怀里，但每次也只是把他不经意搭在我身上的手拿下来，再轻轻放回到他身边去。

可我现在再也没有机会和他在一起了，哪怕只是面对面的笑一下，看他划火柴叼烟的样子，吸烟时微眯起的眼睛，吐烟时咧开的嘴角。那些如同梦境般美好的画面永远定格为画面了，当你知道未来什么都不能给你，回忆已成为支撑你活下去的全部。

我擦干身上的水珠，在浴室站了很久等待鸡皮疙瘩消退下去，再贴近镜子仔细查看眼中剩余的红血丝，决定是否需要再用冰块敷脸。如果样子还算过得去，我会去厨房给自己煮一杯牛奶麦片，趁热喝下去缓和一下自己僵冷的脸色，趁着余温未了穿好衣服出门。

每天每天都是这样，这不是向死而生的勇气，只是虽生犹死的悲哀。

在被小高问了无数次我的身体状况之后，我只好强撑起精神再度挂上笑脸，尽量不让气氛显示出异样，久而久之，每当步入公司的那一刻我便自然转换为另一个人，一个积极热情对未来充满信心的不存在的人。

“这个月的总结谁做的？PPT设计得很漂亮，画面干净，言简意赅。”我看完邮件后问小高。“延少啊。”“谁？”我的公司里竟然出现了一个陌生的我不知道的名字？“就是董延，策划部新来不久的那个小伙子。”小高笑着说，显然他对那个所谓的小伙子印象也不错。“你们叫他什么？”我皱起眉来又问。“嘿嘿，都是大家叫着玩儿的，陆总不喜欢我跟他们说去。”小高抓了抓耳朵尴尬地说。“没事，你去吧。哦，对了，以后你们也别再叫我陆总了，我听着烦。”“那，那叫您什么呀？总不能跟郭总一样叫您期哥吧？”“就这么定了吧。”我挥挥手让他出去了。

延少！哼哼。我心里冷笑，一个刚毕业的小屁孩，到公司没多久竟自称起少爷来，还大张旗鼓地叫开了，就算活儿做得漂亮些，也不过是个不知天高地厚的小屁孩！再过几年还不变成老爷了！早知道九零后的孩子不能要，还真是百试不爽。

“小高！你进来。”“唉，陆总，哦不，期哥，您叫我？”“你演宫廷剧呢？不能好好说话吗？”我眼睛一瞪，责问道。“没没没，我这不是习惯了嘛，以后我注意就是了。”我“哼”的一声笑出来，指着他说：“你呀，哪都好，就是没个性格。”“我知道了，期哥，以后我改。”“好吧，那我看着。”我笑着说：“你去，帮我把董延叫来，如果这会儿他不忙的话。”“好嘞，您等着。”小高说完转身出去了，气得我直摇头。

2

“你来公司多久了？”我盯着眼前这个白白净净留着鲨鱼头天然长了对桃花眼的男孩子。“快三个月了，期哥。”学得倒快，真是饿死胆小的。“工作还习惯吗？”我又问，其实我不知道我想知道什么。“挺好的，郭大哥和谷二哥一直在带我，我觉得我干得也还行。”我被这小子逗乐了，果然跨着两代人呢，说话的方式天差地别。“郭大哥谷二哥？射雕英雄传么？”我摊开手笑问他，“延少也算吗？”“我们就是觉得这样好玩，总比叫什么 Allen、Benson、Calvin、Duncan 强吧？”

这倒是我没想过的，多数跨国公司要求员工用英文名字已经是很普遍的事了，没人觉得不妥，甚至那些从上到下没一个洋鬼子的本土公司也依样画瓢，概因为我们这代人甚至更早的一代对国际化及跨国公司的向往，这一点这些出生在世界大同的今天，从小把英文挂在嘴边的孩子们是理解不了的。我点了点头说好，大家觉得好玩就行，只是别叫我陆大哥就成。“当然不，期哥这个名字很酷，听起来就像老大。”小伙子摆了摆头，突然咧开嘴笑起来，露出一排洁白如编贝般整齐的牙齿。我顿感不适，挥手说：“你去吧。”

最近公司的氛围确实活跃了很多，恐怕也和这小子有关。看来我对九零后的认识还很肤浅，可我并没有耐心与他们相处，那种完全飘忽的状态很让人伤脑筋。董延这孩子还不错，至少不让人讨厌，据说工作也很勤奋，每天嘻嘻哈哈哈的就能把事情做好，这一点七零后的我们很难做到。有时候我会不经意间在他身上看到一丝笑非的影子，只是那么一点点，会让我感觉很不舒服，我不希望这个世上有第二个笑非出现，哪怕只是他身体的某个细小投影。

上学那会儿男生流行梳郭富城式的中分，长长的额发五五分开挂在额头两侧，汗湿时格外有颓废青年的文艺气息。艺术系的男孩则更喜欢郑伊健在《古惑仔》里留的齐肩长发，在足球场上奔跑时总能引起二货女生们一浪浪的尖叫。当然光寸从未过时，配上嘻哈式的肥腿裤和平底鞋，随便在操场上跳几下街舞会收到同样的戏剧效果。我那时的偶像是科波拉镜头下的柯里昂阁下和小马哥，发型自不用说。至于笑非，大学四年他一直留着一成不变的发式，齐眉的额发斜斜地抹过头顶，遮盖着大半个额头。

我最爱看他用手向后拢头发的样子，那时他饱满笔直的额头会整个露出来，在他发际的正中间有一个清晰的美人尖，可惜这个让无数女孩心动的美人尖只被很少的几个男孩看到过。不久之后，我在小青额头上发现了它，并毫不费力地爱上了这个姑娘。

那天我抚摩着小青的额头对她说："你知道吗？你是我见过最美的女孩。""因为我有一个美人尖？"小青抿嘴一笑。"当然不是，哦，不全是，我喜欢你的眼睛、眉毛、鼻子、嘴，你光滑的皮肤，修长笔直的双腿——""停！你到底爱我什么？"小青问。"我爱的是这个像你一样的你，因为只有你，没有另外一个人像你。"我喃喃地说。小青坐起身来，倚靠在床头上，眯着眼睛看我，俄顷又笑出声来，只是那声音是很短促的一声"哼"。

"你为什么总是这样对我？你不相信我。"我吃惊地看着她如冰霜般被冻结的脸。"我没有不相信你，只是你的表达让我很惊讶，你不像是在和我说话，更像是在梦呓，你知道吗？那让我感觉怪怪的。"我突然间惊醒，睁大眼睛看着她，不，我没有，我只是有点走神儿，我再不会这样了，对不起，小青。我说："你不能怪我，和你在一起就像梦一样，这个梦我做了十一年，你知道十一年对一个男人意味着什么？意味着所有的青春岁月和少年情怀，而我把它都给了一个女孩，却从未奢望过那个女孩会属于我。”

我没有说谎，我只是在对一个我没有意识到的人说谎而自己也没有意识到。

小青伸出手轻轻抚摸我的头发，幽幽地说：“子期，你有时候的确让我很惊讶，并不是你的言行吓到了我，而是你竟然能蒙蔽了我的眼睛。我相信你对我的爱，因为我没有理由怀疑，在我接受你的那一天我就接受了你的全部，如果你骗我那只能是我的错，但这个错要你我共同承担。”“青，我爱你。”我把脸颊贴在她的胸口，慢慢闭上眼睛。她依然在抚摩我的头发，静静坐着想着她那不为我知的心事。

3

我坐在办公桌前，食中两指捻着银陀螺的细小手柄，微一发力，它便在桌面上飞速旋转起来，把四棱锥型的身体隐藏在几条宽窄不一的银色光带里。它就这样在一厘米见方的面积上平稳飞旋，良久之后，慢慢倾斜了身子最终跌倒下来。

我和小青又在卡梅尔住了四天，并没有南下，因为我们都知道洛杉矶不是笑非喜欢的地方，那年我们三个走在傍晚的星光大道上，笑非说：“人很美，但城市糟糕。”是的，这座天使之城被夸大的繁荣与文艺气息浓郁的三藩相比的确逊色，更嘈杂也更迷茫。当我们走过堂皇巍峨的中国大剧院时，笑非皱着眉说：“瞧，它最丑了。”我和小青都笑了，“这可是地标建筑。”“有钱就是好，在哪都可以建地标。”笑非说完转身走远了，还伸着胳膊挥了两下，像是在驱赶恼人的蚊虫。

“或许我们应该去 66 号公路。”我的思路完全是混乱的，我只知道我必须要找到他，活要见人死也要见人。“不，”小青坚定地摇了摇头，“留在这里还可能寻到一些蛛丝马迹，大海捞针完全没有希望，再说，笑非应该已从 66 号回来了，只是我们不知道他现在在哪里。”

“他一定不会出事吗？”我又问。“不会，相信我。”

除了相信她我还能做什么？但留在卡梅尔完全是徒劳，那几天我不知道自己是怎么熬过来的，我搜索了客栈房间的每个角落，希望得到一些笑非的信息，但没有。我开始怀疑自己是否认识笑非这个人，他又是否真在这个世界上存在过，我的思想开始进入混沌状态，每天躺在床上发呆，睁着干涸的双眼头脑一片空白。

“子期，你必须回去了，你的状态很不好。”最后小青不得不说。“不，我哪也不去，我要在这里等他，他只要还活着就一定会回来。”我动也没动，望着灰白的天花板说。“他不一定会回来这里，即便回来，一个月两个月，三年五载你也等吗？”“我等。”“你说谎，不要为难自己了，北京还有需要你的事情，你先回去，我会留下来。”小青的态度很坚决。“青，我回去也一样什么都做不了，什么也做不了。”我喃喃地说。“你可以，我了解你，你的能力超出你自己的想象，答应我，不要在这等死，回去吧。”

等死？守着空白的床铺，每晚在噩梦中惊醒，我会因此而死掉吗？可是小青为什么要留下来？“我想我可以在这里待一段时间，仔细想想一些事情，想通了我也就回去了。”她淡淡地说。

临走时我也没有再看到那天海滩上的那个男孩，我问小青她们那天到底说了什么，小青只是简单地回答我说他和笑非确实见过面，交流不多，书是笑非送给他的。我没再追问下去，我知道小青不是一个可以追问的人。

小青极少到我家里来，如果我们三个聚会最多的是在笑非家，但这次我把她从机场接回来后没两天，她打电话说要来见我。她回来后我一直没有问她关于笑非的消息，因为我知道如果有她自然会告诉我，我也很怕问到我不想听的事情。

“子期，你答应我，无论听到什么，你都要保持冷静。”小青坐下来后，按着我的手说。我心中倏地一紧，摇着头问她：“小青，你想跟我说什么？笑非到底怎么了？”“子期，笑非并没有怎么样，只是一点关于他的消息，你真的想听吗？”小青睁大双眼看着我。“为什么不？我答应你。”我努力让自己平静下来，至少在表面上。

“送你离开后我去了旧金山。”小青慢慢地打开话题。我点点头，示意她继续说下去。她停顿片刻，抿了一下嘴唇，仿佛下定决心似的说：“我去了 Castro。”“什么？”我不敢相信自己的耳朵，“你支开我就是为了去 Castro？”我“腾”地站起身来，不停地摇头，咬着嘴唇瞪着她。“你坐下，子期，你坐下，否则我现在就走。”小青板着脸对我说。我只好又坐下来，脑袋里却一直“嗡嗡”地响。

我绝不相信笑非会去那里，当年我们三个开车在旧金山游荡，特意探访了著名的 Castro 区，看着满眼的彩虹旗笑非歪着头说：“这里好，自由的世界。”小青当时开玩笑说：“那你留下来好啦，我保证你成为这里的大红人。”我“哈哈”地笑起来，催着小青说赶紧走，别让他被人看见，万一来劫我们，我还得把你搭上。小青回头问我难道不下来转转吗？“不，还是走吧。”我说。笑非很不情愿地跟我们走了，后来因为这事还被他埋怨了很久。

4

我竟然在心里对小青升起了一股莫名的仇恨，为什么我要让她告诉我这些，我完全不能接受这样的事实，而宁愿相信笑非的确是死了。我坐在沙发上冒着虚汗，背心却一阵阵发冷，小青看着我没有再开口，我知道她在等待我的反应。

我闭上眼睛又睁开，冷冷地问道：“告诉我，你为什么要去那里。”小青沉默了良久，我以为她不会回答我了，她却还是开口说：“刚一到西海岸我就想去了，只是我没法跟你说，请你不要怪我，我也不知道为什么想去看看，并一定是去找笑非，你知道，我并没有侮辱他的意思。”她停顿了一会儿又接着说。“直到遇见卡梅尔的那个男孩我才最终下定决心，但我不能带你一起去，你不可能接受那样的环境，所以，我自己去了。就这样。”小青的话一直顿挫着，像是每说几个字都要停下来喘口气，我绷着太阳穴的青筋静静听着，少顷，全身的肌肉涣散下来。我低下头闭上眼睛，把左手张开捂在整个脸上，掌心的疤痕硌在额头上时有种奇怪的感觉。如果这是开始，那到哪里才是结束？

“你还想听吗？”小青问我。“是的。”我说。

“我在那儿待了近一周时间，每天都是无目的的转，白天多数时候我会离开 Castro 去海边走走，晚上又回去。我光顾了那里所有的酒吧、餐厅、剧院、商店，还有其它一些地方，但我受不了那种嘈杂，我的心里很慌，想躲开又不能，只好硬着头皮待下去。”小青说着叹了口气，仿佛在思索什么，我呆呆地望着她，回想着那街道两边耀眼的彩虹旗。

“我想我恐怕错了，那个沙滩上的男孩骗了我，笑非不会在那里，我也许该去别的地方，但你知道我也一样毫无头绪，直到决定回来之前。”她看了看我，把脸扭到一边去，皱着眉继续说：“我在一家酒吧看到了一个白人男孩。”我知道她会说什么，所以我只是听着。“并在那个男孩手里发现了这个。”她从包里掏出一件东西来递到我面前，我一惊，抬头看着她，摇了摇头。“没错，这个银陀螺是他的，我们三个都有，而在 Castro 酒吧里的男孩不应该有，你仔细看一下，这一支的确是笑非的那支。”

我把银陀螺拿在手里，定睛看着，其实何必，我知道这一定是他的东西。这种纯手工掐丝的银饰只有也门犹太人才能做得如此精美，同样的东西不会有很多，能够找到三个已经不易，何况是从特拉维夫雅法老城带回来的，所以它一直是我非常喜欢且时时带在身边的一件东西。

“哥，我爱上了耶路撒冷。”笑非对我说。“那旧金山呢？你不是说最喜欢那儿吗？”我笑着接道。“当然也喜欢，他们不一样。”“佛罗伦萨呢？我记得有人说它是世界上最美的城市。”我抢白他。“是啊没错，最美的，没有之一。”笑非很认真地点了点头。“你还真不专一。”我逗他说。“不，你不明白，它们对我的意义不一样，如果生活我会选择旧金山，而耶路撒冷，更像我灵魂的家园，至于佛罗伦萨，我对它只有欣赏和赞美。”“分得倒挺清楚，要不还真免不了它们仨争风吃醋，不过这样一来却冷落卡梅尔这个小镇姑娘了。”我笑道。笑非愣了一下，想了想说：“卡梅尔一定是我最终的选择，因为它对我更有意义。”

我一怔，问道：“为什么？”“因为在那里的那些天我忽然明白了一件事，终于知道在这个世界上到底什么对我最重要。”笑非看了看我，平静地说。我看着笑非的眼睛，他低垂的双眸斜斜地望向右前方，睫毛遮挡着微微闪动的双眼，像是有某种东西从他双眉间溢出来，渐渐散开，笼罩在他平滑的额头上。他又把头发剪短了，精心打理的短发和参加书锋婚礼那天的样式很像，甚至连神色都没有太多不同，只是那曾经毫无意识始终上翘的嘴角绷得很平，连接着下巴完美的弧线。

“笑非，一定要离开北京吗？”我问。“是的，只是早晚的问题。”他说。“为什么这么说？”我又问道，其实我又何必再问。“该来的迟早会来，要走的终究会走。哥，你应该比我清楚。”笑非望着不远处的灯光，喃喃地说。该来的迟早会来，笑非，也许你错了。

5

背叛，是个复杂的字眼。如果是背叛了那个背叛你的人，谁更应该接受责罚？如果是你努力想要背叛而最终并没有背叛的，你是否应该接受责罚？如果因为你的误解和错误的决定背叛了本不该背叛的人，你接受的又该是谁的责罚？

银陀螺只有三个，其中两个在我手里。我轻捻着它的银质手柄突然发现这一支有些不同，我起身把自己的那个拿过来和它放在一起仔细查看，是的，独到的掐丝工艺几乎让你看不出任何破绽，但是最显眼的地方却被我忽视了，陀螺上刻着的希伯来字母。我并不认识这几个字，但我看到它和我的那一支完全不同。

“有什么问题吗？”小青问我。“没有。这支陀螺怎么到了你手里。”“我求他卖给我，他收了我一百美金。”小青歪了下头说，“他说这支陀螺是笑非送给他的，我想他并不知道它的价值。”的确，它远远不止一百美金，但如今它到我手里已经失去了任何价值。“他把它送给了那个男孩？一个很漂亮的男孩是吗？”我苦笑了一下说。“子期，你不要这样，也许那个孩子在说谎，而且那天他们见面的时候笑非的状态很糟糕。”

“是么？有多糟？”我冷冷地问。“笑非那天醉得很厉害，你知道他很少会喝醉，而且他除了和咱俩在一起几乎不喝酒。”小青说。“是的，他很纯洁，他不喝酒，也不抽烟，还不喜欢女人，除了你。”我摊开双手再次冷冷说道。小青用力咬着牙，使劲儿闭了一下眼睛，又睁开时死死盯着我，我把脸扭到别处去，她却说：“子期，你转过头来，看着我。我让你看着我。”我面带鄙夷地转过脸去，扬着下巴望着她，屏住气不说话。

小青的眼里忽然划过一丝光，我看到她眼圈微红，但依然瞪视着我，我把哽在喉咙的一口气缓缓咽下去，说了句对不起。“不要跟我说对不起，你对不起的不是我。你必须跟他说对不起，现在，马上说！说——对不起！”我摇了摇头，“我做不到，我做不到！”我把脸埋在手掌里，眼泪慢慢洇湿了指缝，沿着手背滑落下来。小青走到窗边去，静静地面对窗外，良久，她又开口说：“笑非那天晚上和 Eli 说了很多话，他说他刚从黄石公园回来，他说他坐在那里一直等火山喷发，但是他没有等到。那儿很冷，夜晚有很多虫子。”

我听到隐约的抽泣声，仿佛来自一个遥不可及的地方，小青停顿了很久，接着说：“那天晚上他还说了很多奇怪的话，他说他一个人走了很多地方，那些地方都很荒凉，没有人，没有动物，没有空气和水，什么都没有。Eli 当时问他，你为什么还要去呢？他说——他说要躲开他心里的那片荒漠。”小青又停下来，我再也控制不住，哭出声来。

“子期，没有你的地方，无论他走到哪里，都是荒漠。”

“不！他说那些地方很美，他说总有一天他要让我和他一起去看，他说过他再也不会说谎了，因为说谎让他心里很难过。”

“子期，为什么会这样？莫非是我做错了？莫非全都是我的错？”小青哽咽着说不出话来，我知道她在流泪，虽然她从不让我看到她的泪水。

天慢慢地暗下去，窗外的灯光一盏盏渐次亮起来，屋子里开始变得乌黑。没有人想着去开灯。

“那个 Eli 还说了什么吗？”我终于擦干眼泪，问小青。“Eli 说笑非还送给他一块手表。”“手表？”“是的，就是他一直戴着的那块，那天它戴在 Eli 的手腕上。”我的脑袋“轰”的一声炸开了，“这不可能！”笑非绝不会把那块表送人，那是我十年前送他的生日礼物，虽然只是一块万宝龙的钢链机械表，他却非常喜欢。从那以后他一直戴着，三年前我又买了一块积家送他，被他很坚定地拒绝了，他说他只要他最喜欢的。

“是的，我知道，笑非绝对不会把你送给他的东西转送给别人，即便死了他也要带在身上。后来在我的一再追问下，Eli 承认那块表是他偷的。”“他为什么要偷笑非的手表？”我问。“那晚笑非要走的时候，Eli 说要跟他一起走，但笑非没有同意，Eli 问他为什么不行，他笑着对 Eli 说‘我有病’。”“什么？”我惊问道。

“子期，请你不要怀疑笑非，无论他说了什么做了什么，你都应该知道，而且知道得很清楚，他到底是什么样的人！”小青生硬地回答我，并再次瞪视着我的眼睛，“但我需要抱歉的是，我没有要回那块手表，Eli 无论如何不肯卖给我，他说笑非是个好人，如果他回去找他，他会把手表还给他。”

6

他会回去找他吗？为了一个令他失望的人送给他的一块旧手表。

小青起身开了灯，刺眼的灯光让我猛然闭上眼睛，我用力按着太阳穴，想要制止住突如其来的一阵头痛。“原谅我，小青。”我说。“子期，”小青坐回到沙发上，轻轻按着我的手说，“我不该跟你发脾气，你有选择你自己生活的权力，没有人能说这是你的错。我只是很心疼他，我很难过。”“我知道。”我抓住小青的手，用力捏了一下，又放开了。“告诉我，笑非后来去了哪里？”

“我不知道，子期。我问 Eli 后来可曾有笑非的消息，他说再也没见到他了，那天晚上笑非在酒吧坐了很久，一直不停地抽烟，抽了很多烟。走的时候 Eli 问他要去哪儿？他说他还想去看看大峡谷。Eli 问去峡谷看什么？他说他要看看峡谷的底下到底是什么样子。”

“峡谷底下是什么样子？”笑非问我。“下去看看就知道喽。”我说。“我不是说步行可以去的谷底呀。”“那你说的是什么？”笑非看了看我，抿起一边的嘴角，不高兴地说：“是那些红色石头的下面，那些紫色石头的下面，那些黄色石头的下面，那里到底有什么？”“好啦，下面是坟墓，成千上万数十百千万亿座坟墓，都是白花花的骨头，人的动物的植物的微生物的六十万年前的，还没有思想和语言的生灵的遗骸呀。”我胡编一通逗他。没想到笑非却歪了头，皱着眉默不作声，半晌才说：“也许还会有我的。”我“啪”地给了他一巴掌，骂道：“你丫又疯魔了，赶紧走！”

“我没有在大峡谷找到他的痕迹。”小青摇了摇头。“笑非，他死了。是吗？”我突然抬头问道。“不会的。”小青安慰我。“是的，他是死了，他死了。”我知道笑非死了，他没有原谅我，也没有得到我的原谅，我们站在太平洋的两岸绝望地祈祷过，却没有得到回应。

“子期，你冷静一下。”小青抓住我的肩膀，十指狠狠地掐着我。我看着她的样子笑了，我还不够冷静吗？我难道还可以再冷静些吗？我挣脱开小青的手，直直地望着她，突然说：“你在骗我对吗？你知道他死了，却来哄骗我相信他还活着，你为什么要骗我？是他叫你这么做的吗？”“子期，我没有看到笑非，我没有找到他，但我相信他还活着。”我看着小青平静的神情突然勃然大怒："你凭什么相信他还活着？因为你根本不在乎他，他死与不死又和你有什么关系？你爱过他吗？你骗我，你根本就不爱他，你爱的是我！是我吗？是我吧！难道还有别人吗？你说让我们发誓再不能彼此相爱，为什么？为什么你要这么做？你怕我俩在一起对吗？你不想和我在一起又不想让我爱别人，你不爱他还怕失去他，你这个自私的恶毒的阴险的自以为是的女人！你——"

小青使出浑身力气狠狠地抽了我一个耳光。

"这一巴掌我替笑非还给你，我告诉你！陆子期，我为什么相信笑非还活着，"小青咬着牙满脸泪水，一字一顿地说，"因为我不想让他死！我会找到他，我一定会！如果我做不到，去死的就是我！"她紧紧地闭了一下眼睛，深深呼出一口气，又说："我是爱笑非，我也爱你，但那是不一样的，你应该明白！我之所以那么做，是因为——就是因为你！对！为了你！因为你是个懦夫！你从来都做不到你真正想做的！你什么都给不了他！你把自己从他身边推开，推向我，推向你从来没爱过的陈熙，你爱我，就是因为我和笑非很像！你有没有问过你自己为什么！你问过吗？你又有什么资格来质问我？"小青的眼泪一刻不停地流下来，她没有去擦，依然站在那里大口喘着气恨声说道："到了今天，你还在怀疑，怀疑我，怀疑笑非，你又有什么资格？每一个爱你的人都为你伤心难过，因为他们懂你，接受你，原谅你！但这不是理由。每个人都有自己的痛苦，别人带给你的痛苦不能要求另外的人去偿还！这不公平！"

我倒退着靠在墙上，慢慢地沿着墙边滑坐到地板上，喃喃地说："青，你在说什么呀？你为什么要说这些恶毒的话？我到底做错了什么？我到底做错了什么？求求你，不要说了。"

小青呆呆地看着我，片刻走到洗手间去，过了一会儿她拿着毛巾走出来，蹲在我身边。“子期，对不起，我不该说这些，我的话太过分了，事实不是这样的。也许我们还有希望，还有希望。”她边说边帮我擦干眼泪，我抬手去摸她的脸，她便伸开双臂把我搂在怀里，静静地把嘴唇贴在我头顶，不再出声了。

7

小青走后，我在家里躺了两天，我知道笑非死了。他去了一个我永远找不到的地方，一个人静静地离开了这个让他失望的世界，去做那个他一直不愿醒来的梦。“这世界上有一种鸟是没有脚的，它只能够一直的飞呀飞呀，飞累了就在风里面睡觉，这种鸟一辈子只能下地一次，那一次就是它死亡的时候。”

我没有再给小青打电话，也不想见她，因为我谁也不想见。

一周之后，我才回到公司，迎面撞见了郭子。郭子是我的小师弟，我毕业留校那年他刚刚入学，因为是老乡又是同系，他听到我的名声就来找我，一来二去成了朋友。他为人踏实做事谨慎，我开公司便把他请来做了副总，我不在的时候公司一应事务都由他打理，他也从未让我失望。

“期哥，你怎么这么多天没来？电话也不接？”郭子见我开口便问。“身体不舒服，一直在休息。”我随便应道。“脸色确实很差，到底是什么毛病？去医院了吗？”他皱起眉头来。“已经好了，就是个低烧。没事，你先去忙，午饭后和小谷来找我一趟。”“嗯。”他知道我不愿多说便应了一声走开了。

“哎呀，老大！您到底是怎么了？发个短信就没消息了，吓死我了！”小高看到我兴奋地说。“你歇着吧，天天针扎火燎的，我能有什么事？”我不耐烦地问，“怎么又把称呼改了？”“嘿嘿，大家随便叫的，觉得这样好玩。”好玩，好玩，我看你们活着就是为了好玩！我瞥了他一眼，转身进了办公室。

中午我依旧让小高订了午餐给我，但我完全没有胃口，又怕这家伙问三问四，只好装作吃完把饭盒偷偷扔到垃圾桶作罢。郭子和小谷进来时刚好一点整，我正盯着电脑屏幕发呆。

“期哥，我和谷经理来了。”郭子叫醒我。“哦，快坐吧。”我下意识地揉了下眼睛，站起来把他俩让到沙发上。“期哥，是什么事？”郭子问。“没什么大事，就是我最近身体不好，一阵子没来，怕公司有什么事需要我料理的，问一下而已。”我说。“还好，上个月那个单已经签了，小样也送过去了，下周会给回复。上海那边的讲座还是想请您过去，我回他们说这周跟你敲定时间，去与不去还没说死。长江集团那个活动筹备得差不多了，下下周一谷经理会带人去武汉，如果有需要，我可以一起去。基本就这些事，其他的按部就班在做，还都可以。哦，对了，小秦他们部门新加了个舆情监测，现在公司 70 人整。”郭子说完看看小谷，小谷接着说道：“期哥，这次去武汉我想多带一个人。”“这点小事不用问我呀，你自己定就行了。”我说。小谷是 4A 公司出来的，在策划上很有经验，现在主管策划部，对外则叫艺术总监。

“可我想带董延去，公司有规定实习生不能出差。”小谷为难地说。“哦？他来多久了？”“到这个月底才满三个月。”“为什么要带他？”我问。“这孩子很聪明，学东西又快，这段时间帮我做了不少事，尤其这次活动他想的几个点子非常好。我想培养他，以后让他做活动策划，您知道，这方面的人才太少了。”“没问题，你的人你来定，实习生可以转正么，提前转吧。”我说。“可应届毕业生实习期是一年，最少也要九个月，从来没有三个月就转正的啊。”郭子提醒我。我想了想，说：“这样，让他自己提交个申请，全公司投票决定，如果同意转正的票数超过百分之九十，就给他转，同时，把这条规定写到公司章程里面去。”

郭子和小谷都点了点头，又抬头看着我，我知道他们是在等我说点什么。我故意笑了一下，装作开心的样子：“看来我不在公司一样运营得很好，有你们我就没什么可操心的了，真想给自己放个长假呀！”“期哥，您别这么说，你是老大，又是公司的灵魂人物，你不在大家就跟丢了魂儿似的，事倍功半那！”“少来了，郭子，省了你的忽悠吧，我说的是真心话，我最近正在考虑这个问题。”“别！期哥，您考虑啥不好别考虑养老啊，这些孩子们离不开你呀。”我笑骂道：“我死不了不还得陪着你们，我就是说说，我真死了这么大个家不就散伙了吗？”

郭子突然沉下脸来说：“期哥，你这是说的什么话？这话以后咱可不说了，公司现在做得这么好，大家劲头都很足，明年分公司开到上海，我们的五年计划就要实现了，你怎么又说起丧气话来，你要不玩了，大家只有散伙喽。”

“我知道，我知道，我说着玩的，就是为了好玩！公司最近不是倡导玩乐至上吗？我觉得不错啊。哈哈，好了，我不说啦，你俩忙去吧。”

8

“我就是我，旷古的多心之父生育海洋，蠕虫在自己耳中，诱惑之蛇缠绕在树上，我端坐于橡树的思维之中并且躲进玫瑰，我深知如有任何东西醒来那便是我的死亡。”

笑非，我们何时才能再相见？

我目不转睛地盯着银陀螺在办公桌上旋转，突然，它撞到笔记本边缘滑出了桌面，掉在地上。我弯腰去捡时惊讶地发现陀螺竟从中间裂成两半，一个折叠起来的小纸条掉了出来。我捡起纸条疑惑地展开，是笑非手写的一句英文："Parted forever, my love."

Parted forever. 为什么这句话会出现在我的陀螺里？我拿出笑非的那一支细看起来，这个陀螺原本是上下两半合成的，在四角上都有极其细小很难觉察的焊点，因为银丝盘得很细密，无法发现里面的东西。我找出小刀仔细刮开衔接处，稍一用力把陀螺上下分开，看到了另一张纸条。

"小青，笑非送你的陀螺还在吗？"我立刻拨通小青的电话，问她。"当然，怎么了？""你打开过吗？""什么？""那个银陀螺是可以打开的，只是后来又重新焊起来了，你把四角的焊点用刀刮开看一下。"我急切地说。"好，马上。"

我屏息等待小青的回复，很快她惊讶的声音从电话那边传来："有一张纸条，这太奇怪了！""写的是什么？""Grateful! 这，这是笑非的字，他为什么写这个给我？"我闭上眼睛深深叹了口气："小青，我必须要做一件事。""子期，到底是怎么回事？他留给你的是什么？""Parted forever.""不！不会的。我们该怎么办？"小青的声音颤抖起来。"青，我必须要去他家看看。"

"你不能那么做，我们没有这个权力。"良久后，她喃喃地说。"我必须要这么做，你可以怪我，但我必须，现在。"又是一阵沉默，小青说："我们没有钥匙。""我知道，我自有办法，下午两点，如果你愿意，我们在那碰头。"我说。"我会去。"

我推开门走进这个已经三年多没有光顾的房间，房间依然整齐洁净，没有太多的变化，在小青没到之前，我什么都没有去碰。两点整，小青出现在门口。

“告诉我子期，到底怎么了？这件事很蹊跷。”小青看到我后立刻问道。“坐吧，”我说，“我还不知道怎么说。”我拿出两支银陀螺递给她。“‘永别了，我的爱。’子期，我不相信，他真的——？”“看看另一张纸。”我用含混不清的唇音低声说道。“‘Depression!’这是哥哥自杀前的遗言！子期！”小青睁着惊恐的双眼看着我，我不敢直视她，低头说:“我知道。”“子期——笑非他？不！这不可能！子期——”我把头深深埋在双臂中间，欲哭无泪。

“不对，这三个陀螺是他三年前从以色列回来时送给我们的，那这纸条他是什么时候放进去的？难道他早已——可为什么他还，和我——我不明白，子期，我不明白，为什么？”小青一直不停地摇头，我知道她在想什么，是的，笑非在那时已经准备好，在小青说他回来后也许再不会离开的时候。

我和小青呆呆地坐着，长时间一动不动，没有说话，也没有任何眼神的交流。我回想着笑非曾经对我说的那些话，竟像每一句都预示着今天的结局，而最初的最初便是我错了，我所不能原谅的他所做的一切，对他的怨怼与仇恨，所有的起因都源于我。

“我要看看他的东西。”不知过了多久，小青站起来说，“我要看看其它的那些还在不在。”“这也是我必须要来的原因。”我说。

笑非房间的收纳处并不多，因为这些年他一直在外面游荡，几乎很少添置东西，我和小青仔细翻找了可能放置那些东西的地方，什么都没有。所有据小青说我们三个原本完全一样的纪念品都不见了。

没有任何痕迹可以显示我们三个曾经无比珍重的感情，他走之前抹去了一切。

“他恨我。”我颓然跌坐在椅子上，痛苦折磨着我的每一根神经。“他除了走之前留给你的那封信外，再没有别的东西了吗？”小青嗫嗫着问。我摇了摇头。“他在信里说了什么？”“一些很普通的告别的话，只是最后——他说，他希望我俩能在一起，你和我。”“我明白了，”小青哽咽着说：“他是个混蛋！”

我们三个人，除非其中的一个死掉了，另外两个才能在一起。

9

暗涌的愁情被杂沓的语言颠覆 / 步行的海岸一条濒死的鱼 / 呕吐出末日性欲的全部空白

被冲刷的尸体辉映出耀眼的金色 / 落日中告别过往神圣的爱情

海鸟捡拾离人抛却的泪珠 / 以华美的姿势将秽物填向大海 / 而贝壳被打磨成锋利的触手 / 因贪婪的吸吮留下血痕

血，以疯狂的速度稀释成海 / 怀抱在记忆中逐渐朽没的沉船 / 虔诚度化故事孤独的主角

告别的圣歌从天而降 / 被背叛的叛徒在云端翩翩起舞

我必须要重新思考一些东西，那些自认为在人生的路途中可以被避让被无视的一切，从没有真正被我摆脱掉，它们不仅悄然侵害腐蚀着我，还有对我更有意义的那些我爱的人。

我查阅过希伯来文的字典，笑非送我的那支陀螺上的字的确是“永恒的爱”，而他自己留下的那支则刻着“遗失的爱”。几天以后，小青告诉我，她的那支陀螺写着“宽容的爱”。这就是笑非对我、对小青及对他自己的情

感总结，他让人把这些字刻在这三支银陀螺上，分别送给这三个原本可以因爱而永久结合在一起的人，而此刻却因为爱最终阴阳相隔，永难再见。

我望着笑非家过分整洁的房间，终于知道对于一个把完美看得如此重要的人，对一份始终缺失的感情怀着怎样的痛苦和失望。而他缺失的仅仅是一句我可以轻易说出口却最终没有说的话，一句让他有理由留下来不再漂泊的那句话。

我背叛的不只是他，还有我自己。

我和小青久久地呆坐着，时间仿佛凝固成一片毫无生气的死海，海面漂浮着耀眼的金色尸体，落日泣血，乌鸦盘旋不去，以亘古不变的乌黑嘲讽着那些依然苟活的人类。没有原谅，也绝不会原谅！他以如此决绝的方式向我们告别，带走了所有他曾经视为生命的一切，那里还有我未曾交付的承诺。

孤独从未离开过，它纠缠着每一个爱人脆弱的灵魂，在生命的终点，它以崇高的方式毁灭一切，和死亡一起被埋葬在漆黑冰冷的海底，没有原谅，也绝不会原谅。

小青看着我，像是看着一个空洞的影子，她一样没有泪水，只有深深的无法消弭的绝望。“不！我不相信他什么都没有留下来，”小青忽然站起身说，“他的那些游记？”我们立刻疾步走到书房，在书架的最顶端找到了六本厚厚的活页册。六本册子薄厚不同，应该是他这些年整理撰写的旅行日志，它们奇怪地被一条黄色的丝带捆在一起，外面包裹着白色的拷贝纸。

小青这次没有犹豫，她迅速拆开丝带，却不肯翻看，只是把它们一一递给我。

我翻开第一本的封面，看到了一句熟悉的话：“想念一个人，从离开的那一刻已经开始。”我递给小青，小青看了一眼说：“没错，这句话本来就是笑非说的，那天我们在北川的安置区扎营，他对着夜空说了这句话。我把它放在了《离开的猫》的卷首语上。”

我没有办法一页页翻看，只好随便翻开一页读起来。

哥，那曲草原的天空蓝得惊人，我今天在野外遇到了一只雄壮的野牦牛，它白色的背毛闪闪发亮，孤傲地伫立在山崖上。我们一直对望了很久，它对我说：生活还有希望……

我坐在巴德岗的杜巴广场，广场的东北角有一家很小的咖啡屋，出售自制的咖啡和酸奶，咖啡味道极苦，像是掺兑着离人的眼泪……

哥，你知道吗？我终于到了佛罗伦萨，满眼的艺术珍品让我热泪盈眶，如果此刻你在我身边该有多好……

旧时天阶月染，你笛声如诉，我锦裘未卸被封七部长歌。而今绿纱灯畔你静默如花，我敛衣策马，茕茕南下。若秋水无心，何妨余青丝婉转，不羁不绾，不牵不乱……

哥，你在这里，我在哪里？

我再也看不下去了，泪水早已模糊了我的双眼，他把每一个所到之处都配了照片，可是那些照片里没有一张出现他茕茕瘦削的身影。

我把这些册子放下来，打开最后一本的最后一页。在这一页上有只干燥的蝴蝶标本，被粘贴在一片早已褪尽了颜色的玫瑰花瓣上。那是一只白色的鹤顶粉蝶，它卵型的翅翼铺展开来，翅端的红色斑块格外刺眼。在标本的下方笑非写了一段话：“这只蝴蝶死在了特拉维夫浮华而落寞的街道上，我把它的尸体带回来，送给你。”

在这本册子的最后，只有几个字："蝴蝶恋花，花非花。"

我眼前一黑，站立不稳，"扑通"一声跪在地上，书从手中滑落，那只白色的蝴蝶跌在面前，摔得粉碎。

第六章 | 笑非笑

1

“哥，爱一个人的感觉是什么样的？”笑非突然问我。我一愣，脱口而出：“想把他抱在怀里，永远不放手。”

“不，我的感觉不是这样的。爱一个人就像——”笑非不看我，只是伸出一根手指，点在锁骨之间，缓慢地说，“想拿一把尖刀从咽喉一直割下去，直到小腹，让身体完全敞开，把内脏掏空，等血流干，把他装进来。”

我一阵眩晕，只好扶住河畔的矮墙，把身体慢慢靠上去。这一刻，我仿佛在笑非身上看到了小青，他俩的形象重叠交织，如两大行星合二为一前毁灭性的碰撞，迸发出比这夜还要漆黑的光芒，瞬间吞噬了我。

很久之后，我止住周身的颤抖，想要说点什么掩饰，却突然发现泪水早已爬满了两颊。

那天我和笑非从深夜的午门归来便很久未见面，他把自己关在家里不肯出门，我因忙于公司的事情也没去见他，偶尔打电话过去他还是老样子，情绪化。好吧，或许我也需要冷静一下。

9 月 20 号是笑非的生日，我本想今年既然他在北京不如约上几个老朋友热闹热闹，却被他很坚定地拒绝了，他说："哥，你若真体贴我，就让静静来陪我好了。"我说好，我把她给你送过去，你等着。我自有我的主意，因为那天是周二，我提前两个小时离开公司，开车到王府井买了早已看中的那块积家，直奔笑非家去了。我没有叫小青，因为她向来不太在意这些生日纪念日什么的，甚至连朋友的婚礼都从不参加，既然笑非跟我说想静静，估计小青也收到了相同的信息。这样正好，毕业这么多年都没再和笑非单独过过生日了，今天，他总不至于嫌我也多余吧？

路过一家花店，我突然动了心思，从来没有送过花给笑非，也许是个惊喜。我停好车走进去，迎面是个热情的小女孩。"先生，您买花？""哦，我就是看看，不知道买什么。"我也的确不知道买什么，我给小青买过无数次花，每次都是雏菊、龙胆、铃兰、石竹之类的小型花卉，只有求婚那天我准备了玫瑰，这不能怪我，怪她品味怪异。

我在花店转了很久，终究没有下定决心，便要出门。"先生，您要是给女朋友买花，玫瑰是最合适的。"女孩叫住我。"哦，那男孩子呢？"我下意识地问。那姑娘打量了我一眼笑着说："您也可以尝试下玫瑰，在你不知道买什么的时候，玫瑰也许是最好的选择。"话是有道理，但我不能送玫瑰给笑非，这未免太诡异了吧。"哦？那你帮我看看。"我却说。"红衣主教就不错，花朵大，花期长，颜色也漂亮。"我摇了摇头。"那么黄色的怎么样？代表纯洁的友谊和美好的祝愿，这是爱斯梅尔黄金，如今最好的黄玫瑰品种。当然蓝色和白色的也不错，看您喜欢。""就要黄色的吧，我要一打儿，谢谢。"

我把精心包好的玫瑰拿在手里，突然有些忐忑，但兴奋的心情冲淡了一切，未再细想开车上路。

到了笑非家门口，我把玫瑰藏在身后，理了理衣襟正要敲门听到了小青的声音。我一愣，小青竟然也在？我心下踌躇，不知该怎么办，回去吗？算了吧，我还不至于这般没有气量，于是在门上轻轻扣了两下。

“你哥来了！我去开门。”我听到小青欢快的声音，片刻后她出现在门口。“没猜错吧，请进！ Prince Charming 第三！”“我当是谁，原来是静静小姐，久违了。”我尴尬地一笑，踱进门内。笑非显然精心打扮过了，白色的立领衬衣配着铅灰色的修身长裤，头发打理得一丝不乱。“生日快乐！”我笑着说，把汗湿的手中紧攥的玫瑰递给他。他诧异地接过花，怔怔地看着我，我才发现客厅的茶几上插着满满一束盛开的白玫瑰。

“看来我来得不巧。”我说。“怎么？早知我来你就不来了？今儿个我来，明儿个你来，必须要间错开了来，才不至于太冷清也不至于太热闹？”小青调侃我。“当然不是，我突然想起笑非说他只想静静来着，如今静静来了，我也就不用再来了。”却忘记自己曾经说过让他等我。

“‘相逢不用忙归去，明日黄花蝶也愁。’既然来了，你还要走么？”小青依然笑着问我。我看了一眼笑非，他还在盯着黄玫瑰发呆。“‘愁多人易老，断肠君不知。’你来我走，成何体统？看来我走不了，且容我逗留片刻。”我走过去拍拍笑非的肩膀，笑道。“哥，谢谢你。”笑非望着我说。

黄玫瑰分散着和白玫瑰插在一起，倒是别有一番美丽，我端详着面前的小青，她一身紫衣，松松绾起的发髻用藕色的发带束着，笑眼如丝。可是你为什么送玫瑰给笑非？却从不肯接受我的玫瑰？而我又中了什么魔障非要送玫瑰给他？我挥走这些纷乱的思绪，开始强撑起精神来笑道：“怎么？今晚什么安排？我是不是又要被逼吃蛋糕？”“蛋糕没有，有个帅哥送你你要不要？”小青扬起脸顽皮地一笑。

2

晚餐很愉快，我下厨简单做了几个菜，三个人分享了一瓶红酒和两支蜡烛，第二瓶酒打开时，我们都有了些醉意。微醺微醉间我说：“好久没听笑非唱歌了，真想听。”“哦？正有此意，永远忘不了笑非唱的那首《暗香》，让所有声音都黯然失色。怎么样，笑非？”“不要去那么嘈杂的地方好不好？”他说。“那翻翻你的箱底儿，有没有二十年前的卡拉 OK！”小青笑说。笑非耸了耸肩，我起身去翻他电视柜下的抽屉。

“不会吧，只有一张张国荣的？其余那些呢？”我翻了半天问道。“丢掉了，只是这张一直舍不得。”“好吧，男愁唱女愁哭，咱俩唱让她自己去一边哭。”我笑着把碟片放进 CD 机。“你什么时候见我哭过，想得美，除非你死给我看。”我一皱眉：“这种把‘死’字挂在嘴边上的习惯可不好，又不是哈迪斯转世，阎罗王投胎。”“我错啦，今天笑非是主角，我要听他唱歌，你别老冲我来。”小青噘嘴说。“能不能不唱啊，哥哥姐姐们，酒还没喝完。”笑非一边埋怨。“就让我们趁你大喜的日子好好怀旧一下，你不唱我唱。”我说。

好久没有唱歌了，公司聚会我也只是坐在一边当听众，看着那群八零、九零的新新人类演绎些莫名其妙的口水歌，不是让人昏昏欲睡就是狂起一身鸡皮疙瘩。我唱完《风继续吹》和《倩女幽魂》便开始喘起粗气来，直呼老了老了，一代歌神凄凉谢幕，你们年轻人来吧。小青鄙夷地瞥了我一眼说：“你呀，虚荣大于虚伪，虚伪大于虚心，从来都是虚张声势。”“怎么说话呢？你行你来呀！”我气笑道。“笑非上，我先去一边静静。”小青转过脸去，支着头歪倒在沙发上。“我也去一边静静。”我把麦克丢给笑非，依样倚在沙发的另一边。

“哥，你说 Leslie 如果不死，活到今天他会快乐吗？”笑非握着话筒盯着电视屏幕问我。“不会，他想要的这个世界不能给他，何况他太完美，太完美的结果就是终究会不完美。”我半睁着醉眼无意识地回答。“我知道。”他说。

“子期，你和笑非又怎么了？”那年我哥临出国前到北京看我，周末我们和笑非一起吃了晚饭，回来的路上他问。“没什么啊，我们一直很好。”“去年见他我就觉得他状态很差，你俩好像也不怎么说话了，上学那会儿不是好得跟一个人似的吗？”他又问。“哥，我们都是大人了，还能像小时候那样在一起腻吗？”我心里有些烦，便说。“没事就好，那么小青呢？”“小青又怎么了？哥，你问这些干嘛？”我不高兴起来。“为什么不再争取一下？”“争取什么呀？我压根没想结婚，婚姻能带给我的别的东西也一样。”

“小叔，我觉得小青阿姨特别好，和妈妈一样漂亮。”洵儿一边搭话说。“洵儿不要乱说话，爸爸跟小叔谈正事呢。”嫂子揽过洵儿的肩膀，让他靠在自己身上。“什么正事？现在公司就是我的正事，公司做不起来，我什么兴趣都没有。”我不耐烦地说。“子期，不好意思，我不该插嘴。”“嫂子，我不是冲你，你们过好自己的日子，我没问题，三十多岁的人了，还要你们为我操心不是太让人笑话了吗？”我尽量缓和语气，但依然耿耿。

“我知道，你有你的主意，小时候你就是这样，要不是我，你也不会变得这么倔。”我哥又说。“哥，你能不能不提小时候的事？我从没怪过任何人，再说生活是我自己的，为什么把责任推给别人？那样我就舒坦了吗？”“好，你不愿意我说我就不说，但笑非这个孩子——”“他不是孩子了！他三十三了！哥！你放过我吧，你不觉得这种落差太大了吗？”我哥再没有说话，我沉默地开着车，怒视着前方。为什么那时候不肯给我的现在要一股脑抛给我？当我已经习惯没有爱的人生时，再来告诉我爱有多么重要！是不是只为了能让自己良心稍安，不必因为把我一个人丢在这个没有家的城市而深深自责？

我注视着繁华的街道上忙碌的行人，每个人难道不是如此？家在你离开的那一刻已经不再属于你了，无论它是否还留了位置给你，那个位置你是不可能再填补回去了。“哥，你放心出国吧，我会好起来的，到时候我去看你。”很久之后，我说。

3

湛蓝清透的池水，两个梦幻般的白衣舞者缠绵交错，曾那样美好的感情也会瞬间遗失，当你意识到它再不会回来时，留给你的只有深夜独自一人的车上被雨水打湿的脸庞。9 月 20 日晚上笑非唱了唯一的一首歌，便是这首《全世界只想你来爱我》。

我把这首歌循环播放了无数次，每次都忍不住会哭，在深夜的午门广场我不敢下车，只能静静地坐在车里望着前方朦胧的灯光想念他。

笑非。

“那花并不是我送给他的。”小青说。“什么？”“是他为你买的，因为他知道你一定会去。”“为什么你不告诉我？”我瞬间心痛如裂。“因为你的嫉妒，我本以为你会知道，我不可能送白色的玫瑰给他，而喜欢白色的只有你。但当我看到你那天的神情时，我便不想说了。子期，你想一想，你的疑心害了几个人？”

是的，我又想起 10 月 30 日那天，我的错不可原谅。

小青的新书终于出版了，这个消息是笑非告诉我的，那天我很开心，便约了他们两个打算好好庆祝一下。我们把晚餐订在工体旁的一家不错的餐厅，说好谁也不许开车，今天一定喝到尽兴。这次我没有过多的准备，却刻意买了一束红玫瑰。

笑非那天穿了一件帅气的黑色紧身皮衣，配一件铁灰色高领罩衫，小青依然穿着鹅黄色的针织衫，围一条白色没有图案的丝质围巾。我穿上小青最喜欢的那件双排扣黑灰色短大衣，搭着水洗蓝的仔裤，把六年前她送我的那条蛋青色围巾扎在颈间，出门前没有在镜子里看到一丝缺陷。

互道祝福之后，我央求着小青快把大作拿出来开眼，她笑着从背包里取出两本深绿色封面的书来，递给笑非和我。“虽然不是处女作，但却是处女版，我该说点什么祝贺你呢？语言在此刻显得多么苍白，真想送你一个吻聊表心意。”我兴奋地接过书，竟比小青自己还要高兴得多。“别拽词了，先看看。”小青瞪了我一眼说。“遵命！”我翻开扉页。

《离开的猫：橡树与玫瑰》，作者——非笑？！

我的脸色顿时变了，这不是玩笑，在黑底白字的扉页上的的确确写着的作者名字，竟是“非笑”！为什么？为什么生活总是让我不停地问为什么？

“出版社那边逼着我删掉了三段敏感的文字，还好，对整个故事没有影响，我妥协了，因为我答应你要出版它。”小青无视我的诧异淡淡地说。“无论如何，还是很完美，完美极了！”我尴尬地笑道，“尤其笔名起得非常好，似笑非笑！好一对绝色璧人，”凡尘妖精，“再没有比这个名字更适合你的了。”我把书还给她。“你不留着么？”她问我。“当然，瞧我高兴得都糊涂了。”

那一晚我频频举杯，夸张地大笑，不迭声地胡言乱语，笑非和小青竟也不以为意，跟着我一起把好戏演了个姹紫嫣红。酒过七巡，我突然失声，指着笑非半天说不出话来。“哥，你要说什么？”笑非问我。我张着嘴哆嗦了几下突然爆发出狂笑，笑过之后才说：“我觉得你特别傻，真真是傻得透亮，傻得诡谲，傻得一点都不可爱！”“我怎么了？”“哈哈，你当年穿着拖鞋去找小青，到底是为了什么？”我厉声问道，“你什么时候穿着拖鞋出过门？你这么有洁癖的一个人！”“哥，你醉了。”笑非倏地沉下脸来。

我又笑起来，“是啊，没错！罪无可恕，我破坏了一对天赐良缘，人间美眷，似水流年。”我已经完全失去了意识，胡乱把冲撞到脑海的句子搬运出来。“子期，你过分了！”小青横眉对我，咬着牙说。“还有你！”我指着小青的鼻子说，“橡树与玫瑰！你不是最讨厌玫瑰的吗？原来你不是讨厌玫瑰，只不过讨厌我送你的玫瑰，因为我没有资格！好啊，那你可以送给别人，送给你真正爱的人！”我把那束红玫瑰一把抢在手里，伸到她面前说：“这里正好有一束，还是红色的，我当年向你求婚时剩下的，你看，还没凋谢，你正好拿它来送人！”

“哥！你不要这样，小青姐她——”“叫小青！不要叫姐！OK？”我回望着笑非，一脸狰狞地咆哮道，“你也不要叫我哥，从今天开始，不！从咱俩认识的那一天开始，你哥就不是你哥了，他是你的仇人，是所有人的仇人！是孽障！懂吗？不该生下来的孽障！”

小青气得脸色惨白，笑非咬着嘴唇不说话，我依旧毫无节制地咆哮，喷吐着连我自己都恶心的文字，但这一切并不能使我泄愤，我站起身，把那束玫瑰狠狠摔在包房门口的垃圾桶里，头也不回地走了。

4

道貌岸然的君子只在陌生人面前道貌岸然，在最亲近的人眼里却往往暴露出魔鬼般的狰狞，当你卸下所有的伪装和防备，也释放了内心的恶与怨。因为你自以为不会失去，而把那些倾泻给他们的一切认作是他们理应承受的，因为他们爱你。

我回到家时早已像泄了气的皮球，没有丝毫愤怒，只剩下对自己的鄙视与厌弃。我把衣服胡乱扔在地上，去洗手间满满放了一盆冷水把脸扎进去，当意识到自己就要窒息而死时才抬起头来凝视着镜子中那张丑恶的脸。

这张脸已经完全超出了我想象的范畴，他和平日那张故作姿态的脸有多么的不同，写满了悲伤和疲惫，讥讽和颓丧。我想起刚才笑非那痛苦的神情和小青蔑视的目光，狠狠地给了镜子一拳，这一拳如同打向我自己，那脸瞬间四分五裂，还带着破碎后的血痕。我把自己摔到床上去，面朝下呻吟起来。

从我们三个第一次见面起，我对笑非和小青的误解便如影随形。大二那年我试探笑非，他想都没想穿着拖鞋就出了门；五年后的国庆节头一晚，笑非把小青带到我面前；第二年年初亮门送老朴，是笑非又帮我把小青留下来，那天晚上我第一次送小青回家，她也第一次没有用鄙夷的目光看我。而随后我和笑非吵翻，在同年的校庆当天，我因对他俩那毫无根据的妒恨转投陈熙的怀抱，直到张国荣去世的第二天我们才又和好，而在那一天我依然对他俩的关系抱有无法消弭的醋意。

我真的怀疑过笑非和小青相爱吗？没有！从来都没有过，我只是嫉妒他俩的感情，嫉妒他俩那么优秀那么般配那么应该在一起。但我知道小青爱的是我，无论我用多么怨毒的语言攻击过她，我都不能否认她对我的爱。

她从来就不是我嘴上说的那种人，笑非也不是，我之所以还要如此暴跳如雷，只不过因为我是个丑陋狭隘懦弱的小人，仅此而已。

没有人真正欺骗过我，即便他俩真的走到一起我又有什么理由去埋怨，是我的错让小青离开了我，而在这之前笑非曾提醒过我两次，每次都被我懦夫的侥幸心理占了上风。在我和小青分手笑非照顾了我一周之后，我残忍地把他从自己身边推开，推向那么绝望的境地，并开始了自认为合情合理可以延续到终老的长久的疏离。但我又为什么在母亲去世的第一时间给笑非打了电话？他出现的时候带来了我多么渴望哪怕见一面便死去的那个人——小青。

笑非曾经因为我对他的种种不公而埋怨过我吗？从来都没有，而我还一而再再而三地伤害他，只因为我知道他对我的感情让他不会轻易离去，可我凭什么这么自信？难道就凭自己对他那从未释放过的爱？

同样，我没有资格要求小青对我忠诚，因为在她面前我早已把这两个字践踏得支离破碎，而笑非更加不可能做出背叛我的事，除非他死了，只有死亡才是他对我最大的背叛。

我早该知道以小青的性格她绝不可能以自己真实的名字出版小说，如果她当时征求我的建议，我难道就不可能给她推荐“非笑”这个笔名吗？她那时刻挂在脸上对万事万物无不嘲讽的笑容，顽皮时撅起嘴角向上滑动的眼神，开心时咧成月牙般可爱的嘴。为什么见到这两个字时我会如此震惊？仅仅因为在他俩面前我从不控制的放肆的情绪？

其实，我非常喜欢“非笑”这个名字，如果不是小青还有谁配得上它？似笑非笑，似花非花，于这世间最纯美的意境中如果依稀伫立着两个人，还有谁比他们两个更合适？而我又算得了什么？我所拥有的一切都是笑非和小青给我的，如果没有他俩，我在这个世上将一无所有。

我翻身坐起来，擦干眼泪，去浴室冲了一个温水澡，又用冰块敷好了眼睛和手掌一侧的伤口，坐下来静静等待有勇气再站起来的那一刻。

当钟表的指针指向十一点，我换了一身崭新的衣服，还喷了一点点香水，确认自己不会显得狼狈和邋遢之后，我出门打车上路。时间已经很晚了，我依然锲而不舍地敲开了那家花店的大门，当小姑娘抱怨着出来看到我时，忽然莞尔一笑，问我是不是需要红玫瑰。是的，我说，要很多。

我知道小青并不讨厌玫瑰，她只是躲避爱情。没有人不喜欢玫瑰，如果它们真的代表着爱情。

5

我捧着一大束红玫瑰来到小青的门前，准备好承受她所有的责骂绝不争辩，我是个男人，有些时候，该做男人应该做的事。我把手放在门上试图让自己平静下来，没想到门竟然自己开了，原来她果然在等我。

我轻轻推开虚掩的房门，见到了一片狼藉，翻倒的椅子，碎裂的水杯，还有随便扔在地上的那条围巾和黄色针织衫。屋里静悄悄的，只开着一盏壁灯，我把玫瑰放在沙发桌上坐下来，倏忽转眼间，看到了卧室门口笑非的那双黑色尖头皮鞋。

我突然很想笑，却笑不出来。我慢慢站起身走到卧室门口，推开门平静地看着床上卧着的两个人。他们睡得那样香甜，像两个襁褓中的婴儿，笑非的头窝在小青的颈间，小青手臂环抱着他的肩膀，像是抱着垂死的爱人。床边地上是笑非的衣物，凌乱地堆叠着，向我发出阵阵冷笑。

我拈起被子的一角缓缓地一寸寸地掀开，两个人光滑赤裸的蜷曲着的身体慢慢展现在面前，从没有在我脑海出现的画面此刻终于清晰地出现，我猛地掀掉被子，他们两个惊醒了。

我从地上捡起笑非的烟盒和火柴，低着头点燃了一支，坐在床边的躺椅上，嘴角露出一抹骄傲的冷笑。

小青看着我没有说话，片刻后拽过睡衣围在身上，我肆无忌惮地审视着她，和面前无动于衷的另一个。笑非光着身子坐起来走到我面前，我起身飞起一脚狠狠踹在他的腹窝里，他一声不吭地跌坐在地板上，抹了下嘴没有说话。我伸手示意他起来，他便又站起身走向我，我使出浑身力气抬手一巴掌打在他脸上，把烟头弹掉转身走了。

灰蓝色的天空突然更换了面孔，那戏剧般撕开夜幕的闪电带着巨大的愤懑的雨点劈头盖脸狂泻下来，我木然站在原地，看着四散奔逃的人群，一丝冷笑慢慢凝固在两颊上。我想象自己伸开双臂，五指微曲，幻化成一只巨大的复仇天使在黑暗中静静伫立，抬头的瞬间，目光划破长空，有浓墨般的血液沿着天际四野流淌下来，在地面淤积成冰冷的一滩。所有的生灵都沉默了，只有乌鸦，扭曲着、挣扎着、拍打着湿淋淋的翅膀发出刺耳的尖叫。

我在街上游荡，享受被痛苦销蚀着的意志，多么可怕多么戏剧性，我大笑出来，同时听到耳畔传来死神的镰刀刮擦墓碑时那沉静而有节奏的声音。

如果你爱我，你应该知道你已经判处了我的死刑，并把我永世钉在无人的荒野那焦黑的十字架上，在那一刻我恨的竟然不是小青，我恨你，永远不可能原谅你！

随后到来的是漫长的严冬，寒冷一节一节渗透到我的骨骼深处，无论走到哪里，我都感受不到一丝温暖，但我已习惯了寒冷，并时刻不忘向它抛去戏虐的嘲弄。生活为你关上了一扇门，只为了打开另一扇，去你大爷的，都关了吧，我的世界清静无人。

2011年11月23日，小雪。我坐在办公桌前百无聊赖，浏览邮件时看到笑非的发件地址。我把鼠标放在删除键上停顿了片刻，最后还是打开了他的邮件。

他说：我从没有骗过你。

我一笑而过。

第二年入冬之后，我接到小青的电话，盯着手机屏幕思考了良久，我按下接听键。“子期，我想见你。”她说。“哦？什么事？”“关于笑非。”“你搞错了吧？”我笑着问。“你想听什么？”她依然淡淡地。“邀请我参加你们的婚礼？”“你希望这样？”“嗯，我想不出来别的，”我冷冷地回答，“不过，貌似你没有结婚的打算，但也不排除为了某个人放弃原则。”“子期，我知道你恨我，你可以不见我，但你必需见他。”“是么？什么时候你还认为自己有权力对我发号施令？我很忙。还有，我并不恨你，你是谁？我又是谁？”

长时间的沉默，我并没有挂掉电话。“笑非病得很重。”“是吗？你怎么不说他死了。我答应过去他的坟前祭奠他，我不会食言。”“子期——”“那么，还有别的有意思的事情吗？”我又一次笑出声来。“再见。”

放下电话，我开始翻找香烟盒，却无论如何也找不到了。“小高！”“什么事，陆总？”“看到我的烟了吗？”我烦躁地问他。“那不是在您桌子上呢吗。”“哦，看到了，你去吧。”我伸出酸软的手指把烟盒拿在手里，抽出一支来点燃，猛吸一口之后爆发出一阵剧烈的咳嗽。“您没事吧？”小高进来又问。我抬眼冷冷地盯着他，他缩了一下头出去了。

我看着手里的香烟盒，巨大的红色圆形图标中印着黑色的粗体字，依然是那恒久不变的 Lucky Strike。

6

放下吧，还有多少岁月可以蹉跎，当你发现青春已一去不返，所有值得眷恋的回忆都像传说，无论是痛苦还是美丽，都已显得极其不真实。

“我很感谢你愿意见我。”小青望着我的眼睛，在这座城市最高的一家咖啡店里，我和小青终于见面了。“你不该还是这般美丽动人，你知道这对我刺激很大。”我微微一笑。“你希望时间来替你报复一切，那你何不再等得久一点？”小青说。“时间眷顾的是你，不是我，何况，它也不是万能的。”

“我可以说我想说的话了么？”良久之后，她问我。我摆了摆手示意她无妨。“我和笑非什么都没有发生。”她依然面无表情地说。她总是这样单刀直入，不给你思想缓冲的时间，我只好一笑置之，让她知道我并不在意。“这也许对你已经不重要了，但我有义务告诉你。”我撇了一下嘴说道：“谢谢你告诉我，但我不信。”她看着我点了点头：“是的，我知道。我也不信。”

“你千方百计想要见我，就是为了跟我开这个一点也不好笑的玩笑？”我从唇间发出“呲”的一声，笑问她。“千方百计？我很高兴你给我下的这个定义，我喜欢。”我永远斗不过小青，无论在意志还是语言上。“我千方百计地为了另外一个人，一个你二十年前就不可救药地爱上的那个人。”“请你注意你的语言。”我几乎老羞成怒。“那么好，我只告诉你我想说的，你如果不想听随时可以制止我，我不会再来。”

那个你想挽救的人或许已经死了，何况你说什么我都不会再相信。“请便。”我说。

“那天发生的整个事情都是我的错，是我逼他那么做的。”小青忽然低下头去，缓缓地说。“这么说是你强暴了他？这倒是个有意思的话题。”我说。她抬头望向我，摇了摇头："幸好没有你说得那么严重。""小青，你最近改写剧本了？"我的语气充满了嘲弄。小青摊开手靠在椅背上，又把她美丽的下巴抬起来看着我。"哦，对不起，我也忍不住开了个无聊的玩笑，您继续。""谢谢。"她继续说，"我一直恨你，这恨是爱你的附属品，我从不认为你不爱我，但你的猜忌和莫名的暴躁毁掉了一切。当我意识到你和笑非的感情以后，我做得还不够。"她伸手示意我不要说话，继续又说："我不能把这些归咎为我内心的阴暗面，但它的确存在，只是一直被我压抑着。嫉妒的人是我，不是你。"她深深叹了一口气，等我说点什么，我歪了下头表示无话可说。"那天你做得确实过分了，我不是刻意要刺激你，但依然是我的错。""批评与自我批评？你还不如直接说是我逼的你，这样不是更顺理成章？""不！你有你的错，但我的更严重，我不该，不该那么做。我完全控制不了自己，那些年来对你的怨恨和不满，它们突然全部爆发出来，把我推向我一直试图压抑住的另一个极端。"我盯着小青苍白的脸，嘴角微微一翘，说："你的忏悔很动人。"

"子期，很多时候我们不了解自己，在没有外力的作用下觉得自己可以抵挡一切，并坚信爱的力量，但忽视了爱所带来的那些负能量。"小青不理会我的反应，继续说。"哦？你所自诩的爱不是人间大爱吗？又怎会为了这些小情绪贸然失控？"我问。"我想把对你的爱全部转移出去，但我失败了。""哈哈！全部转移？转移到笑非身上？水到渠成。"我笑了，这实在可笑，虽然我知道她说的不是这个意思，但我故意要抓住话柄讥讽她。

"笑非是无辜的。"她看了我一眼又说。"你也是无辜的。你瞧，问题解决了，你们都神圣而纯洁，是我狭隘的小心眼儿促成了这一切。我承担全部责任，还有呢？"

"那天晚上——""好吧，快些进入正题，我迫不及待。""我的确想和他发生点什么，那突如其来的决定让我失去了理智。但我们没有，当我和笑非赤裸相对时他突然开始浑身颤抖，像是受到了很大的惊吓，我想安慰他，他却开始哭起来，就那样蜷在我怀里一直哭，一直哭——”小青用双手蒙住眼睛，长长地喘气，“子期，我错了。”片刻之后，我看到有泪水沿她腕部滑落下来。我望着漆黑的夜空，沉默了。

我无法相信自己听到的一切，就像有人握着匕首对我说，我不想杀你，我只想割掉你心口的一块肉。那一刀刺下去时，我低头望着自己流血的胸膛，还必须要对面前的人说谢谢。

“笑非呢？”我终于问。“他病了整整一年，不肯见我，也拒绝任何人。在他终于痊愈的那天，他又走了。”

7

我原谅了小青，但我没有告诉她，在10月30日后的一天傍晚，我去见了笑非。

我不知道自己为什么要那么做，不过既然我总是无法知道为什么，又有什么是我不能做的？我必须要再见他一面，最后一面。我给笑非发了一条短信，告诉他我在楼下等他。那一晚天色阴沉，我把车远远停在小区外面，步行走到他家楼下，等了很久他才下来。

他穿着单薄的外衣，头发有些凌乱，我看着他半晌没有说话，他也一样，我想他也不知道自己该说什么。我们面对面站了很久，却一直不曾对视，天暗下来，我知道我必须开口。

“笑非。”他抬起头像看着一个陌生人，我被他的眼神刺痛了，转过脸去，继续说：“告诉我，你为什么要这么做。”他不说话，抽出一支烟来点上，当我回望他时他正注视着我。“为什么？”我又问。他依旧不肯吭声。

"说话。""我为什么不能?"他吐出一口烟来，讥笑地看着我。

我发现自己在不自主地摇晃，天旋地转，他说得没错，他为什不能?"你爱她吗? 你根本不爱她!""你不了解你自己，我也一样。"他又是一笑，咧开一侧的嘴角露出叼着烟的两三颗牙齿，那牙齿在昏暗的光线下惨白刺眼。我摇了摇头，这完全不是我所期待的对白，我期望他请求我的原谅，让我可以义无反顾地抛下他潇洒离开，但他冰冷的语言把我冻结在原地，夜雾升腾上来，我的额角渗出细密的汗珠。

"为什么要骗我?""我没有骗你，我喜欢小青，一直都喜欢。"他说。"喜欢不是爱，喜欢不是可以伤害别人的理由。这不是你，告诉我——""我没有伤害任何人，我只是做我应该做的，仅此而已。"他面无表情地盯着我，但那眼神却像一根钢钉深深钉进我的眉心，我不想再说什么，也许我可以转身离去，忘掉所有的一切，我依然可以活下去。但我没有，我为自己此刻的懦弱而恼怒不已，却无法挪动脚步。

"但她是小青!"我咬着牙恨声说道。"小青怎么了? 一样都是女人，就像你喜欢过的陈熙。""笑非! 你太无耻了! 我真没想到——""那你现在知道了! 怎么? 你还想打我?"他再次打断我，眯起狭长的双目，却射出凛冽的寒光。

"你会娶她吗?"我问。"我为什么要娶她? 嗯?"他又抽出一支烟来点上，双唇夹着香烟歪头瞥着我说。"笑非——""陆子期，你看错我了，我不是你的小弟，我也是个人，和你一样。"我踉跄地倒退一步，远远地看着他，他的确不是我一直想象的那个样子，他变了，变得如此彻底，毫无余地。

雾渐渐散去，一阵风过，雨点细密而模糊地笼罩下来，我决定再也不见这个人，永远。我走了，不是潇洒地离开，而是背负着刻骨的仇恨和满眼的泪水。

笑非，为什么？

那是我俩见的最后一面，那一天我以为一切都结束了，直到我和小青第一次在那家俯视整个北京城的咖啡厅见面，在我和笑非分别的一年之后。

他完全可以说出小青今天告诉我的那些话，但他没有。而我又如何能轻易地卸除仇恨？我已无法相信任何人，每个人表达的都不同，正如小青所说，如果谎言也被定义为善意的，还有什么才是真实？当阿尔芒痛苦地仰望茶花女的窗口，他不可能相信那亮灯的房间内没有第二个人。有时候人们情愿相信谎言也只是为了在其中寻得一丝安慰，因为你自知毫无能力改变已既成的事实，又怕因自己的猜疑而错过在未来的某一天很可能后悔的东西，是的，这些人都是聪明的。

小青再没找我，我把空洞的躯壳完全奉献给了工作，日复一日，让我误以为自己已经彻底忘记了，但我依然会时时想起小青和那个细雨中憔悴而瘦削的身影。如果我还有机会，我会对谁说我爱你？

可我没有机会了，笑非终于像徘徊在空中不肯回头的风筝自己切断了那根引线，那是在我手中一直握着却始终不肯收回来的线，当看着那只无脚的飞鸟消失在我的视野之外，我竟有一丝卑鄙的释然。难道这就是更好的结局？在孤独无数次攻陷我之后，我拨通了小青的电话。

“是我，”我说，“折戟沉沙。”我把自己的半生总结了四个字，告诉她。“什么？子期，你怎么了？出了什么事？”她焦虑的语气突然让我很兴奋，心中沉寂了许久的欲望又泛升上来，我说：“小青——我爱你。”

8

从笑非家回来后很久我都没有起床，那天小青开车把我送回家扶我躺到床上，帮我擦去额头的汗。她说把车钥匙给我，我去把你的车开回来，我说不用了，你回去休息，我很好。她摇了摇头拿着钥匙出了门。一个小时之后她才回来，把买来的一堆食物塞进冰箱，坐在床边看着我。我没有说话，她也没说，临走时她告诉我好好歇着，过几天再来看我。

我没有带回笑非的那些笔记，因为我不知道他是否愿意，我一直想着那只破碎的蝴蝶和他写的最后一句话。

小青中间来见过我两次，每次来都会带几朵白玫瑰，她走的时候我会望着那些玫瑰发呆，和床头柜上那张笑非在鸽点灯塔下的照片，午夜梦回时喊着他的名字。

我几乎一直没有起床，小青来时会做些吃的给我，然后坐到床边看我一会儿就走。我们依然无话可说，谁都知道一切都已经太迟，如果命运试图挽救过我，在笑非离开之前我应该恳求他回到我身边，但我从来都没有说出口，在他生病的时候我拒绝去看他，如果当时我去了，他或许就不会走，不会走——

几天后郭子给我打电话问我怎么了？我说家中有些事情需要处理，一时不能动。他问是否需要帮忙，我苦笑了一下说，帮我好好打理公司。

我刚要挂电话，郭子又说：“期哥，还有一件事。”“说吧。”“董延这小子咱还留吗？”“怎么？申请没通过？”我问。“全票通过。”“那又怎么了？”“他最近和技术部的小于好像在谈恋爱。”技术部的小于我知道，一个腼腆沉静的小伙子，颇有些才华的UI设计师。我笑了一下说：“郭子，我们七十年代的人就不要去管他们九零后的事了。”“哦，我知道了，期哥，您忙吧。”他说着挂了电话。

我没有死去，也没有去死，关于这个问题我考虑了很久，最终的答案是否定的。当郭子再次电话告知我必须要参加世纪剧院的一个活动时，我开车出了门。许久不见的北京城依然繁华喧嚣，对于它来讲个体的命运微不足道，我笑着对自己说，你好，不如我们重新来过。在凯宾斯基门口我追了一辆出租车的尾，司机很恼怒地下来看了看说你给一千得了，我数好钞票递给他，他临走时向我投来迟疑的目光。

停车场爆满，我想把车停在路边的人行道上，在倒车镜中没有发现任何障碍后我踩了一脚油门，车子稳稳地撞在离我侧方本有 20 公分远的水泥灯柱上，后保险杠和右后尾灯粉碎。我在倒车镜中仔细端详着自己的脸，在车里坐了片刻驱车回家。

我知道我不可能再做什么了，当天晚上我打了小青的电话说我想见她。

我们还能做什么呢？小青问我。“你可不可以重新爱上我？”我说。“子期，我一直都爱你，但我们不能在一起。”“为什么？这难道不是笑非所希望的吗？”她看着我摇了摇头说我不知道。

我轻轻把她搂在怀里，吻她，她没有拒绝。片刻之后，我们已经脱光了最后一件衣服拥抱着躺在床上。抚摸着她温暖柔滑的身体，曾经那么煎熬着我的欲望却突然消失了，也许这种死而后生的彼此慰藉并不能让我们感觉更好。

我和小青就这样并排躺着，像两个多年未见的老友，因始料不及的生疏而尴尬莫名，良久之后我问她。“你爱他吗？”“子期，这个问题你问过我了。”“那就再告诉我一次，好吗？”我喃喃地说。“我爱她，我爱笑非，一直都爱。”她叹了口气说。“他知道吗？”我又问。“他知道，所以他才会那么做。”“他是傻瓜。”我说。“还是个混蛋。”

我紧紧地把小青抱在怀里，她把脸贴在我的胸膛上，我再次尝试吻她，抚摸她，她舒展开身体等待着我。可我满脑子想的却是另一个人，那个孤独地游荡在特拉维夫街道上的年轻的笑非，我无法把他的影子从我脑海中驱散，我做不到，我对小青说：“我做不到，小青，我做不到。”我把自己缩成一团浑身颤抖，胸口像有一只冰冷的手掌在使劲地压迫着我，直压到我的心房。“我明白，子期，你想哭就哭吧，我在这儿，在你身边陪着你。”

那一晚，我们什么都没有发生，我终于相信小青没有说谎，笑非也从来不曾欺骗过我。

我在痛哭的疲惫后进入梦乡，天很蓝，云朵白得耀眼，鸽哨声从未有过的清澈悠扬，我们三个站在太平洋岸边高耸着的鸽点灯塔下，望着远处蔚蓝的海水发呆。笑非回头微笑地看着我，他年轻的面庞没有一丝憔悴，风吹起他额前细软的头发，微眯起的狭长双眼蕴含着无尽的爱。他是降临凡间的天使，到来挽救末世来临前惊慌而无助的人类，以他最纯真的爱和迷人的笑容。我好想把他抱在怀里告诉他我爱他，但他摇了摇头对我说：“哥，等我，别走。”

9

我在睡梦中惊醒，是小青的电话，我摸索着把电话拿在手里，听到她急促的声音：“子期，笑非回来了！他回来了！”我“腾”地翻身坐起，披衣下地。“等等，你说什么小青？你再说一次。”“是笑非，他——现在在家，你马上来。”我来不及说再见匆匆穿好衣服出了门。街道两侧的建筑像雾一样快速消退，前方永远的红灯让我心急气躁。等我，笑非，等我！

到笑非家门口时大门敞开着，我三步并作两步踏进门去，看到小青犹疑的脸。“他在哪儿？笑非在哪儿？”小青指了指卧室的门，拉住我说：“子期，你要冷静。”我一把推开她冲进卧室，看到了躺在床上的笑非。

他一身洁白仰卧在床上，周身散发着朦胧的柔光，我盯着他的脸，他双目紧闭面无血色，苍白的嘴角挂着一丝嘲弄的微笑。不！我扑上去抓住他的手，那手指冰冷，他死了。

我怔怔地看着眼前这个无比美丽的身体，慢慢跪倒在床边地板上，他死了，临死之前还在嘲弄我的背叛。我握住他冰冷的手掌，亲吻它，“笑非，我来了，我知道你怪我，但你不要用这样的方式惩罚我，我知道我错了，请你原谅我，不要离开我。我们还有机会重新来过，我要告诉你，我爱你。”

笑非没有回答，他死了，拒绝看我最后一眼，他终于抛下令他失望的一切独自离去，带着无法消弭的伤痛头也不回。我跪在他面前，把他的手紧紧贴在我的脸上，在我狠狠踹了他一脚之后，他曾用这只手抹过他的嘴唇，从牙齿间用力地擦过。

“我爱你，笑非，从见到你的第一刻我就爱上了你，从来，从来都没有改变过。我所有对你的伤害都让我痛彻心扉，你不知道我多后悔动手打了你，那一刻的疼痛始终在我心口挥之不去，可我竟从来都没有请求过你的原谅！我每天每天都在想你，无论你是否在我身边，对你的想念从来都未曾间断。我爱你，请你不要离开我，回来吧，让我们重新开始，我还是你的子期，再也不会离开你，一分一秒一生一辈子，我永远都是你的，只属于你。再给我一次机会，好吗？让我可以爱你，让我像你爱我关心我一样爱护你，陪在你身边，不再让你受到任何伤害，不要离开我，不要离开。我会告诉所有人，让全世界都知道我对你的爱，我爱你，只爱你，永远到永远，不要来生，只要今世，我们相爱，我们在一起。”

不知何时，小青已经退出房间，我把笑非抱在怀里，含着泪吻他的额头，他的眼角，他的两颊和他冰冷的嘴。“我终于可以抱着你了，你知道吗？每次见到你的时候我都想这样抱着你，永远不放手。笑非，睁开眼睛看看我，求你看看我，我是你的子期，没有人像我一样爱你。我爱你！从见到你的第一刻我就爱上了你！但我从没有告诉过你，求你不要恨我，不要带着仇恨离开我。你不是说让我等你吗？你不是说过再也不分开吗？为什么还用这样的方式惩罚我？求你原谅我，求你回到我身边来，我再也不会放开我的手，我会给你做饭吃，给你洗澡，哄你上床睡觉，发烧时在你身边照顾你，流泪时和你一起流泪，我只求你，求你不要这样离开我，连最后的机会都不给我。我还没有抱过你，没有吻过你，没有告诉过你——我——爱——你！”

我把手和笑非的手指轻轻扣在一起，再次紧紧地紧紧地把笑非抱在怀中，把脸贴在他毫无生息的胸口，泪水洇湿了他洁白的衣裳。我从来都不是我自己，我从来都没有勇气说爱你，如果你肯原谅我，请你一定要等我，别走。

我爱你，笑非，从见到你的第一刻我就爱上了你。

梦醒时，小青已经离开了，她在床头留下一张字条。

“子期，我走了，我依然不相信笑非已经死了，我要去找他，为你把他找回来。如果我做不到，我们也不会再见面。好好活着，等着我。爱你的，青。”

我流着泪看着空荡荡的房间，是的，他们都走了，留下我在这个荒芜的世界里自生自灭。我所有年少时的梦想都变得幼稚可笑，没有爱的生命我只是一根随波逐流的稻草。

我回到笑非的家，带走了那几本旅行日志，把它们重新包裹好放在行李箱里，亲吻了他曾无数次泪湿的枕头，买了一张飞往特拉维夫的机票。

很久以后的一天傍晚，我坐在大马士革门前环形的台阶上，等待一个我所熟悉的身影出现。那一天是 2015 年 6 月 22 日，夏至。

每个人心中都有一个耶路撒冷，因为你回不去。